Un Beso Inolvidable

TERESA MEDEIROS

UN BESO INOLVIDABLE

Titania

ARGENTINA - CHILE - COLOMBIA - ESPAÑA
ESTADOS UNIDOS - MÉXICO - URUGUAY - VENEZUELA

Título original: *A Kiss to remember*
Editor original: Bantam Books
Traducción: Amelia Brito

Published by arrangement with Bantam Books, an imprint of The Bantam Dell Publishing Group, a division of Random House, Inc.

© 2001 *by* Teresa Medeiros
© 2003 *by* Ediciones Urano, S. A.
    Aribau, 142, pral. - 08036 Barcelona
    www.titania.org
    atencion@titania.org

ISBN: 84-95752-39-5
Depósito legal: B- 40.710 - 2003

Fotocomposición: Ediciones Urano, S. A.
Impreso por Romanyà Valls, S. A. - Verdaguer, 1 - 08786 Capellades (Barcelona)

Impreso en España - *Printed in Spain*

A la memoria de mi preciosa Pumpkin.
Fuiste mi gata milagrosa, que me calentaste la falda y el
corazón durante trece años. Sigo dejando tu manta
preparada por si acaso decidieras venir a hacerme
una visita.

Al buen Señor.
Recurría a ti cada mañana con el corazón lleno
y las manos vacías y me dabas más bendiciones
que las que podía llevar.

Y a Michael. Cada beso tuyo es inolvidable.

Agradecimientos

Quiero agradecer a todo el personal del Bantam Dell Publishing Group, entre ellos Anne Bohner, Amy Farley, Theresa Zoro, Betsy Hulsebosch, Susan Corcoran, Barb Burg, Yook Louie e Irwyn Applebaum. También quiero expresar mi gratitud a Margaret Evans Porter, cuyas exquisitas publicaciones sobre el romance y el matrimonio en el periodo de la Regencia elevaron mi imaginación a nuevas alturas (o sea que si me equivoco en algo no le echéis la culpa a ella, echádmela a mí). Deseo agradecer a las colegas escritoras que me mantienen en mi sano juicio: Jean Willett, Elizabeth Bevalry y Rebecca Hagan Lee. Y un agradecimiento especial a Wendy McCurdy, Andrea Cirillo y Nita Taublib; la Cenicienta sólo tuvo un hada madrina, mientras que yo he sido bendecida con tres.

Prólogo

*S*terling Harlow tuvo que ponerse de puntillas encima de una otomana para mirar por la ventana del salón. Lo habría tenido mucho más fácil si no hubiera tenido a una gorda gata amarilla plácidamente echada sobre su brazo. Su aliento tibio empañó el helado cristal formando un círculo perfecto; lo limpió con la manga justo a tiempo para ver detenerse un elegante coche de ciudad en el camino circular de entrada a la blanca casa señorial; cuando vio saltar de la parte de atrás del coche a un lacayo de peluca y librea para abrir la portezuela, se acercó más hasta pegar la nariz al cristal.

—Nunca he visto a un verdadero duque, Nellie —susurró, dando un entusiasmado apretón a la paciente gata que era su compañera constante.

Desde el instante en que sus padres le dijeron que su tío abuelo les haría el honor de visitarlos, había pasado todas sus horas de vigilia mirando sus libros de cuentos en busca de una ilustración de un duque. La imagen que se formó finalmente de su tío fue una especie de cruce entre Ulises y el rey Arturo: amable, valiente y noble, con un manto de terciopelo rojo sobre sus anchos hombros y tal vez incluso una reluciente espada colgándole de la cintura.

Retuvo el aliento cuando se abrió la puerta del coche y la luz del sol hizo destellar el blasón pintado sobre la brillante lona.

—¡Sterling!

La voz de su madre reverberó a lo largo de sus tensos nervios, casi haciéndolo caer de la otomana. Nellie saltó de sus brazos y fue a buscar refugio detrás de las cortinas.

—Baja de ahí al instante. No estaría bien que tu tío te viera fisgoneando por la ventana como uno de los criados.

Decidiendo que no era aconsejable recordarle a su madre que sólo podían permitirse una criada, bajó de la otomana de un salto.

—¡Llegó el duque mamá! ¡Ya está aquí! Y llegó en un coche tirado por cuatro caballos blancos, igual que Zeus o Apolo.

—O el diablo —masculló ella, mojándose los dedos con la lengua para domeñar al mechón rebelde que siempre se escapaba de sus gloriosos cabellos.

Sterling trató de mantenerse quieto mientras ella le quitaba varios pelos de gata de la chaqueta y volvía a atarle el nudo de la pequeña corbata, tan apretado que igual lo estrangulaba y le extraía toda la vida. Quería parecerle lo mejor posible al duque; quería que su madre y su padre se enorgullecieran de él. Si su padre se sentía orgulloso de él tal vez no se quedaría tantas noches en Londres mientras su madre lloraba en la cama hasta quedarse dormida; sus ahogados sollozos lo habían despertado más de una vez esa semana.

—Ya está —dijo ella, retrocediendo y ladeando la cabeza para examinarlo—. Estás hecho todo un hermoso caballerito.

De pronto se le arrugó la cara y le dio la espalda, llevándose un pañuelo a la boca.

—Mamá, ¿estás llorando?

—No seas tonto —repuso ella, agitando la mano, para quitarle importancia—. Me entró algo en el ojo, una mota de ceniza del hogar, supongo, o un pelo de Nellie.

Por primera vez en su corta vida, Sterling sospechó que su madre le mentía. Antes que pudiera insistir, se abrió la puerta del salón.

Sterling se giró a mirar, olvidado de su madre, porque el corazón empezó a retumbarle en los oídos.

Su padre estaba en la puerta, sus mejillas cubiertas por venillas azuladas, tan enrojecidas como su nariz. Normalmente hacían falta una noche de ganancias en las mesas de juego o al menos tres botellas de oporto para ponerle ese brillo febril en los ojos.

—Ellie, Sterling, tengo el gran honor de presentaros a mi tío Granville Harlow, sexto duque de Devonbrooke.

Con gesto impaciente, el duque hizo a un lado a su padre y entró en el salón, seguido por un gigantesco lacayo. Desilusionado, Sterling observó que el duque no llevaba un hermoso manto rojo sino un severo frac negro y calzas hasta las rodillas desprovistas de todo adorno. No tenía los hombros anchos sino estrechos y caídos hacia delante, como si estuvieran en inminente peligro de desmoronarse. Unas gruesas cejas hacían sombra a sus ojos claros y un mellado anillo de tiesos cabellos blancos le rodeaba la brillante coronilla de la cabeza.

Al anciano se le agitaron las ventanillas de la achaparrada nariz, y de pronto estalló en un sonoro estornudo que los hizo retroceder a todos.

—Hay un gato aquí, ¿verdad? —dijo, paseando la mirada por la sala, con los ojos entrecerrados—. Sacadlo de aquí enseguida, no soporto a estos odiosos bichos.

—Lo siento muchísimo, excelencia. Si lo hubiera sabido, la habría encerrado en el corral con los demás animales.

Sin parar de musitar disculpas, su madre abrió la ventana y sin ninguna ceremonia arrojó a Nellie al jardín.

Sterling abrió la boca para protestar, pero el duque pasó su mirada de la gata a él, dejándole la lengua pegada al paladar, paralizada.

—Qué suerte que haya llegado a la hora del té, excelencia —dijo su madre, con una trémula sonrisa—. Ordené a mi cocinera que preparara todo un surtido de refrigerios para...

—No tengo tiempo para ociosidades ni cháchara —la interrumpió el duque en tono duro, borrándole la sonrisa—. Tengo que volver a Londres lo más pronto posible. Un hombre de mi posición tiene asuntos más importantes que éste de qué ocuparse.

Cuando el duque se le acercó, a Sterling empezó a arrugársele la nariz; el olor del anciano era más desagradable aún que su apariencia; olía a ropa interior apolillada guardada desde hacía siglos en el ático.

—¿Éste es el muchacho? —ladró.

Su padre fue a ponerse junto a su madre y le pasó un brazo por la cintura.

—Sí, éste es nuestro Sterling.

Sterling retrocedió cuando el duque se inclinó a mirarle la cara de cerca; el rictus de su delgado labio superior dejaba claro que no le agradaba mucho lo que estaba viendo.

—Es un poco pequeño para su edad, ¿no?

La risa de su padre sonó un pelín exagerada.

—Sólo tiene siete años, milord. Yo también tardé un poco en pegar el estirón.

El duque le dio un tirón en una oreja, el cual le hizo agradecer el haberse acordado de lavarse bien las orejas por detrás. Antes que lograra recuperarse de esa indignidad, el anciano le cogió el labio inferior entre sus huesudos dedos y se lo estiró, para examinarle los dientes.

Él se apartó bruscamente, mirando al duque incrédulo. Podría haberlo mordido, pero temió que su sabor fuera aún peor que su olor.

Obedeciendo a un codazo de su padre, su madre dio un paso adelante.

—Es un niño obediente, milord, y tiene un corazón bondadoso y generoso. Siempre lo he llamado mi angelito.

El bufido del duque les advirtió que no valoraba mucho esas determinadas virtudes.

—Pero también es la mar de inteligente —añadió su madre, entonces, retorciéndose la falda entre las manos—. Nunca he visto a un muchacho tan pequeño con tan buena cabeza para las letras y las sumas.

El duque empezó a caminar alrededor de él, haciéndolo sentirse como un gordo animal en descomposición al que acaba de ver un buitre hambriento. Pasado un momento de tenso silencio, el anciano se detuvo y se balanceó sobre los talones.

—Ya he perdido bastante de mi precioso tiempo. Tendrá que servir.

Sterling vio que su madre se llevaba la mano a la boca, y vio alivio en la cara de su padre. El calor de la desesperación le desató por fin la lengua.

—¿Servir? ¿Qué tendré que hacer? No entiendo. ¿De qué habla? ¿Papá? ¿Mamá?

Su padre le sonrió:

—Te tenemos una sorpresa maravillosa, hijo. Tu tío Granville ha accedido generosamente a hacerte su heredero. Desde ahora vas a ser su hijito.

Sterling miró desesperado de su padre a su madre.

—Pero es que yo no quiero ser su hijito. Quiero ser vuestro hijito.

La sonrisa de su tío, enseñando unos dientes amarillentos, era más amenazadora que cualquier mirada furiosa.

—No será hijito de nadie. Jamás he sido partidario de mimar a un crío. No tardaré nada en hacer un hombre de él.

—Verás, Sterling —le dijo su padre, moviendo la cabeza tristemente—, la esposa de lord Devonbrooke se fue al cielo.

—¿Para escapar de él? —preguntó él, mirando desafiante a su tío.

Su padre entrecerró los ojos, a modo de advertencia.

—Se fue al cielo porque estaba enferma. Por desgracia, murió antes de poder darle un hijo. Él no fue bendecido con un hijo como nosotros.

—La tonta débil de carácter me dejó con una hija —ladró el duque—. ¡Una hija! La muchacha no me sirve de nada a mí, pero te hará compañía a ti.

—¿Has oído eso, Sterling? —le dijo su madre, que aferraba la mano de su padre con tanta fuerza que tenía los nudillos blancos—. Tendrás una hermana. ¿No lo encuentras maravilloso? Y vivirás en una magnífica mansión en Londres, con muchos juguetes para jugar y un poni para cabalgar. Tendrás la mejor educación que puede conseguir el dinero, y cuando seas mayor, tu tío te enviará a un maravilloso viaje por Europa. Nunca te hará falta nada. —Empezaron a correrle las lágrimas por las mejillas—. Y algún día, dentro de muchos, muchos años, claro —añadió, mirando asustada al duque—, serás el duque de Devonbrooke.

—Pero es que yo no quiero ser un duque —dijo Sterling en tono enérgico, y los hombros empezaron a temblarle—. Y no lo seré. ¡No podéis obligarme!

Pensando solamente en escapar, pasó junto a su tío y corrió hacia la puerta como un rayo. Pero había olvidado al lacayo, que lo cogió y se lo puso bajo su macizo brazo como si no pesara más que un jamón de Navidad. Trató de zafarse debatiéndose con pies y manos, ciego de terror, sordo a todo lo que no fueran sus propios gritos de furia.

Hasta que oyó el tintineo de monedas.

Se quedó callado y se tragó las lágrimas al ver a su padre coger la abultada bolsa que le lanzó el duque.

Un cruel destello de triunfo brilló en los ojos del anciano.

—Tal como acordamos, sobrino, he incluido la escritura de propiedad de Arden Manor. Desde hoy en adelante, por mal que te vaya la suerte en las mesas de juego, nunca tendrás que volver a preocuparte de que te arrojen a la calle tus acreedores.

Sterling se quedó absolutamente quieto, al comprender. Lo habían vendido; sus padres lo habían vendido a ese malvado viejo de ojos fríos y dientes amarillos.

—Suélteme.

Sus palabras resonaron en el salón, deteniendo todo movimiento. Las dijo con tal autoridad que ni siquiera el corpulento lacayo se atrevió a desobedecerlo. Lo soltó y él se deslizó rígidamente hasta quedar de pie, sus ojos secos y ardientes, ya sin lágrimas.

La boca de Granville Harlow se curvó en un rictus de renuente admiración.

—No me disgusta ver una exhibición de brío en un muchacho. Si ya has acabado con tus pataleos, puedes despedirte de tus padres.

Sus padres avanzaron, tímidos, como si fueran desconocidos. Con la mano de su padre en el hombro, su madre se arrodilló junto a la puerta y le abrió los brazos.

Sterling sabía que esa era su última oportunidad para rodearle la cintura con los brazos y hundir la cara en la blandura de su pecho, su última oportunidad para cerrar los ojos y aspirar intensamente el aroma a azahar que perfumaba sus brillantes cabellos castaño rojizos. Su ahogado sollozo lo hirió hasta la médula de los huesos, pero pasó junto a ella y salió por la puerta sin decir palabra, con sus pequeños hombros muy erguidos, como si ya fuera el duque de Devonbrooke.

—Algún día lo comprenderás, hijo —oyó decir a su padre—. Algún día sabrás que sólo hicimos lo que consideramos mejor para ti.

El sonido de los desgarradores sollozos de su madre se desvaneció cuando se instaló en un rincón del coche. Cuando su tío subió y el vehículo inició la marcha, lo último que vio fue a Nellie echada en el alféizar exterior de la ventana del salón, mirándolo muy triste.

Primera parte

En todo el surtido de su aljaba
no tiene el Diablo para elegir
ni una sola flecha para el corazón
comparable a una dulce voz.

George Noel Gordon,
Lord Byron

Capítulo 1

Mi queridísimo hijo,
me tiemblan las manos
al escribir esta carta.

*L*legó el demonio a Devonbrooke Hall.

No llegó tirado por cuatro caballos blancos ni en medio de una ráfaga de azufre, sino en la forma de Sterling Harlow, el séptimo duque de Devonbrooke, de cabellos dorados como la miel y rostro angelical. A largas zancadas recorrió los corredores de mármol de la mansión palaciega a la que en sus veintiún últimos años había llamado hogar, con dos mastines moteados caminando pegados a sus talones con su misma agilidad leonina.

Con un despreocupado movimiento de la mano ordenó a los perros que se quedaran quietos, abrió la puerta del estudio y se quedó allí, apoyado en el marco, calculando cuánto tiempo estaría su prima fingiendo no darse cuenta de su presencia.

La pluma de ella continuó varios minutos rascando la página del libro mayor de cuentas, hasta que un violento movimiento al poner la raya a una t dejó una fea mancha de tinta en el papel. Suspirando derrotada, lo miró por encima de sus anteojos de montura metálica.

—Veo que Napoleón no consiguió enseñarte modales.

—Todo lo contrario —repuso él con perezosa sonrisa—. Yo le enseñé a él una o dos cosas. Dicen que abdicó después de Waterloo sólo para escapar de mí.

—Ahora que has vuelto a Londres, tal vez yo considere la posibilidad de ir a hacerle compañía en su exilio.

Mientras él se le acercaba, ella se mantuvo tan rígida como un maniquí de modista. Curiosamente, Diana era tal vez la única mujer de Londres que no se veía fuera de lugar detrás del esplendoroso escritorio de caoba y cuero. Como siempre, vestía en los majestuosos tonos verde bosque y vino en lugar de los colores pastel claros y blancos virginales preferidos por las beldades del momento. Llevaba los cabellos oscuros recogidos en un sencillo moño que acentuaba la elegancia de su frente a la que una graciosa puntita en la línea de cabellos daba una forma acorazonada.

—Por favor, no me riñas, Diana, querida —musitó él, inclinándose a besarle la mejilla—. Soy capaz de soportar la censura del mundo, pero la tuya me hiere hasta el fondo del corazón.

—Eso si tuvieras corazón —repuso ella, ladeando la cabeza para recibir el beso, suavizando la severidad de su boca—. Supe que habías llegado hace más de una semana. Supongo que nuevamente estás alojado con ese sinvergüenza de Thane.

Haciendo caso omiso del sillón de orejas de piel situado delante del escritorio, él dio la vuelta y apoyó el muslo en la esquina del escritorio más cercana a ella.

—Nunca te ha perdonado del todo que hayas roto tu compromiso con él, ¿sabes? Asegura que le destrozaste el corazón y lo calumniaste cruelmente respecto a su integridad.

—Mi problema no se debió a la integridad de tu amigo —dijo ella, y aunque puso sumo cuidado en mantener la voz neutra, no pudo evitar que le subieran los colores a las mejillas—, sino a su falta de integridad.

—Sin embargo, en todos estos años, ninguno de los dos se ha casado. Eso siempre me ha parecido bastante... curioso.

Diana se quitó los anteojos y le dirigió una mirada glacial.

—Prefiero vivir sin un hombre antes que casarme con un niño. —Como cayendo en la cuenta de que había revelado demasiado, se volvió a poner los anteojos y se dio a la tarea de quitar el exceso de tinta de la punta de su pluma—. No me cabe duda de que las aventuras de Thane quedan pálidas comparadas con las tuyas. Me han dicho que desde tu regreso has tenido tiempo para batirte en dos duelos, sumar a tus ganancias las fortunas familiares de dos desventurados jóvenes y roto un buen surtido de corazones inocentes.

Sterling la miró con expresión de reproche.

—¿Cuándo vas a aprender a no hacer caso de los chismes despiadados? Sólo herí en el brazo a dos tipos, gané la casa ancestral de otro y lastimé un sólo corazón, el que resultó ser mucho menos inocente de lo que me habían llevado a creer.

Diana agitó la cabeza.

—Cualquier mujer que sea tan tonta para poner su corazón en tus manos no obtiene más que lo que se merece.

—Puedes burlarte si quieres, pero ahora que acabó la guerra, tengo toda la intención de empezar a buscarme novia en serio.

—Esa noticia les alegrará el corazón a todas las beldades ambiciosas y a todas las madres casamenteras de la ciudad. ¿Qué te ha producido ese repentino deseo de hogar, si puede saberse?

—Pronto necesitaré un heredero, y a diferencia del querido tío Granville, Dios tenga su negra alma en paz, no tengo la menor intención de comprar uno.

Un escalofriante gruñido resonó en la sala, casi como si al nombrar a su tío, Sterling hubiera invocado una presencia del otro mundo.

Sterling se agachó a mirar hacia el otro lado del escritorio y vio asomados a sus dos mastines debajo, moviendo sus colas. Diana echó hacia atrás la espalda, dejando a la vista a la delicada gata blanca echada en su falda.

Sterling frunció el ceño.

—¿No debería estar en el corral? Sabes que no soporto a esos bichos.

Mirándolo con una sonrisa felina, Diana acarició el peludo cuello de la gata.

—Sí, lo sé.

Sterling exhaló un suspiro.

—Quieto, Calibán, quieto, Cerbero. —Una vez que los perros estuvieron echados sobre la alfombra junto al hogar, continuó—: No sé por qué me molesté en ir a la guerra a luchar contra los franceses cuando podría haberme quedado aquí a luchar contigo.

La verdad era que los dos sabían por qué se había marchado a la guerra.

No le llevó mucho tiempo a Sterling descubrir por qué a su tío no le disgustaba ver una exhibición de brío en un muchacho. Se debía a que el viejo canalla encontraba un brutal placer en quitárselo a azotes. Hasta los diecisiete años aguantó estoicamente los intentos del viejo de modelarlo en el siguiente duque, y tal como su padre, creció ocho pulgadas en ese mismo número de meses.

Jamás olvidaría la fría noche de invierno cuando se giró y arrancó la varilla de las retorcidas manos de su tío. Amedrentado, el viejo esperó que empezaran a caer los golpes sobre él.

Todavía no sabía decir si fue desprecio por su tío o por sí mismo lo que lo indujo a romper en dos la varilla, arrojársela a los pies y salir de la habitación; desde ese momento el viejo no volvió a ponerle las manos encima. Al cabo de unos pocos meses, se marchó de Devonbrooke Hall, renunciando al grandioso viaje que le tenía planeado su tío en favor de diez años de viaje por los campos de batalla de Napoleón. Su brillante carrera militar estuvo salpicada por frecuentes visitas a Londres, durante las cuales jugaba tan fuerte como había luchado.

—Podrías considerar la posibilidad de venirte a vivir aquí —le dijo Diana—. Ya hace más de seis años que murió mi padre.

Sterling negó con la cabeza, con una sonrisa en la que asomaba el pesar.

—Algunos espíritus no descansan nunca.

—Como bien sé yo —repuso ella, sus ojos mirando en la distancia.

A ella su tío no la había golpeado nunca; por ser mujer, no la había considerado digna ni siquiera de esa pequeña atención.

Sterling alargó la mano para coger la de ella, pero Diana ya estaba sacando un papel crema doblado de debajo del papel secante.

—Ésta llegó hace más de cinco meses. Te la habría enviado a tu regimiento, pero... —Su elegante encogimiento de hombros lo dijo todo.

Demostrando que ella no se había equivocado, él abrió un cajón y se dispuso a arrojar la misiva sobre el enorme montón de cartas idénticas, todas dirigidas a Sterling Harlow, lord de Davenbrooke, y todas sin abrir. Pero algo le detuvo la mano. Aunque del papel todavía emanaba el aroma a azahar, la letra ya no era aquella suavemente redondeada que había llegado a esperar. Un extraño soplo frío, tan sutil como el aliento de una mujer, le erizó la piel de la nuca.

—Ábrela —ordenó, poniendo la carta en la mano de Diana.

Ella tragó saliva.

—¿Estás seguro?

Él asintió secamente.

A ella le tembló la mano al pasar el abrecartas con mango de marfil bajo el sello de lacre y abrir la carta.

—Estimado lord Devonbrooke —leyó—. Lamento informarle que su madre ha pasado de este mundo a uno mucho más benigno. —Titubeó un instante, y reanudó la lectura, con evidente renuencia—: Aunque usted decidió no hacer caso de sus repetidas súplicas de reconciliación a lo largo de estos años, murió con su nombre en sus labios. Supongo que la noticia no le causará excesiva aflicción. Siempre su humilde servidora, señorita Laura Fairleigh.

Diana bajó lentamente la carta hasta el escritorio y se quitó los anteojos.

—Ay, Sterling, cuánto lo siento.

A él se le movió un músculo en la mandíbula, una sola vez. Sin decir palabra, cogió la carta, la dejó caer dentro del cajón, y lo cerró. El aroma de azahar quedó flotando en el aire.

Curvó los labios en una sonrisa, ahondando el hoyuelo de su mejilla derecha, el que siempre producía miedo en sus contrincantes, ya fuera en la mesa de juego o en el campo de batalla.

—Esta señorita Fairleigh no me parece nada humilde. ¿Quién es esta muchacha descarada que se atreve a reprochar al todopoderoso duque de Devonbrooke?

Esperó mientras Diana consultaba una libreta encuadernada en piel. Su prima llevaba un meticuloso registro de todas las propiedades que en otro tiempo pertenecieran a su padre y ahora le pertenecían a él.

—Es hija de un párroco. Y huérfana. Tu madre la llevó a vivir con ella, junto con un hermano y una hermana menores, hace siete años, cuando sus padres murieron en un desgraciado incendio que destruyó la casa del párroco de la propiedad.

—Qué caritativa —comentó Sterling, moviendo la cabeza con expresión sarcástica—. Una hija de párroco. Debería haberlo adivinado. No hay nada comparable a la santurrona indignación de una pobre y tonta ilusa que se imagina que Dios lucha a su lado. —Cogió una hoja de papel de cartas de una bandeja de teca y la puso delante de Diana—. Escribe una carta inmediatamente. Informa a esta señorita Fairleigh que el duque de Devonbrooke llegará a Hertfordshire dentro de un mes a tomar total posesión de su propiedad.

Diana lo miró boquiabierta, cerrando la libreta.

—No puedes decirlo en serio.

—¿Y por qué no? Ya están muertos mis padres, y eso me deja dueño de Arden Manor, ¿o no?

—¿Y qué piensas hacer con los huérfanos? ¿Echarlos a la calle?

Él se frotó el mentón.

—Le diré a mi abogado que se ocupe de encontrarles colocación. Probablemente me agradecerán la generosidad. Después de todo, dejar a tres niños hacer lo que les dé la gana durante demasiado tiempo sólo puede hacerles daño.

—La señorita Fairleigh ya no es una niña —le recordó Diana—. Es una mujer adulta.

—Entonces le buscaré un marido —repuso él, encogiéndose de

hombros—; algún hombre alistado en el ejército o algún secretario de abogado al que no le importe casarse con una muchacha descarada para congraciarse conmigo.

Diana se llevó una mano al pecho, mirándolo fijamente.

—Ay, qué romántico eres; cuánto me alegra eso el corazón.

—Y tú eres una regañona incorregible —replicó él, pellizcándole la patricia nariz.

Se apartó del escritorio y su despreocupado movimiento alertó a los perros inmediatemente. Diana esperó a que llegara a la puerta, con los perros pisándole los talones, para decirle:

—No logro entenderlo, Sterling. Arden no es otra cosa que una modesta casa señorial de campo, muy poco más que una casita. ¿Por qué quieres reclamarla para ti cuando posees un montón de enormes propiedades que jamás te has molestado en visitar?

Él se detuvo, con una expresión de triste humor en los ojos.

—Mis padres vendieron mi alma para obtener la escritura de propiedad de esa casa. Tal vez sólo deseo decidir por mí mismo si valía ese precio.

Después de hacerle una impecable reverencia, salió y cerró la puerta. Ella se quedó acariciando a la gata que tenía en la falda, sus cejas muy juntas en un pensativo ceño.

—¡Demonio desalmado! ¡Sapo asqueroso! ¡Un hombre hocicando como un cerdo! ¡Qué cara tiene el canalla!

George y Lottie contemplaban boquiabiertos de asombro a Laura paseándose de un lado a otro del salón hecha una furia. Jamás habían visto a su ecuánime hermana en las garras de una ira tan impresionante. Hasta el pulcro moño de hermosos cabellos castaños le vibraba de indignación.

Laura se giró violentamente agitando la carta en la mano. El carísimo papel estaba todo arrugado por las muchas veces que lo había apretado en el puño desde que llegara en el correo de la mañana.

—Ni siquiera tuvo la vulgar decencia de escribir él la carta. ¡La hizo escribir a su prima! Veo qué tipo de despiadado ogro es. Probablemente se está frotando sus gordas manos con codiciosa alegría imaginándose cómo nos quita el techo de nuestras cabezas. No me extraña nada que lo llamen el Diablo de Devonbrooke.

—Pero lady Eleanor murió hace más de cinco meses —dijo George—. ¿Por qué ha esperado tanto para comunicarse con nosotros?

—Según dice esta carta, ha estado varios meses en el extranjero —contestó Laura—. Tal vez andaba de viaje por el Continente, sin duda hartándose de los desvergonzados placeres de un libertino mimado.

—Apuesto a que es un enano —osó decir Lottie.

—O un duende jorobado de dientes rotos y el apetito insaciable de comerse crías de diez años —dijo George, abalanzándose sobre Lottie con las manos en forma de zarpas.

Lottie lanzó un alarido que hizo salir corriendo por la raída alfombra a un montón de gatitos que habían estado durmiendo bajo sus enaguas. Lottie jamás iba a ninguna parte sin una horda de gatitos siguiéndola. Había veces en que Laura habría jurado que su hermanita los paría ella misma.

Laura tuvo que dar un torpe salto para evitar pisar a uno. En lugar de huir para ponerse a salvo, el gatito amarillo se echó en el suelo y empezó a lamerse una pata, desdeñoso, como si la cuasi colisión fuera enteramente culpa de Laura.

—No presumas tanto —le dijo ella—. Si nos echan, muy pronto estarás engullendo ratones en lugar de esos jugosos arenques ahumados que tanto te gustan.

George se puso serio y se sentó al lado de Lottie en el sofá.

—¿Nos puede echar, de verdad? Y si nos echa, ¿qué será de nosotros?

La risa de Laura sonó sin un asomo de diversión.

—Ah, no tenemos de qué preocuparnos. Escuchad esto: Lord Devonbrooke os ruega le perdonéis —leyó en tono despectivo—. Lamenta sinceramente haber descuidado tanto tiempo sus deberes. Como el nuevo señor de Arden Manor, asumirá con mucho gusto la responsabilidad de encontraros nuevas colocaciones. —Volvió a arrugar la carta en el puño—. ¡Colocaciones, sí! Probablemente piensa arrojarnos a trabajar en el asilo de pobres.

—Nunca me ha gustado mucho el trabajo. Creo que preferiría que me arrojara a la calle —dijo Lottie, pensativa—. Sería una mendiga bastante atractiva, ¿no creéis? ¿No me imagináis en una esquina cubierta de nieve sosteniendo una taza de lata entre mis dedos congelados? —Exhaló un largo suspiro—. Iría palideciendo y adelgazando con cada día que pasara hasta expirar de tisis en los brazos de un desconocido apuesto pero reservado.

Para ilustrar lo dicho, cayó de espaldas sobre el sofá poniéndose el dorso de su regordeta mano en la frente.

—De lo único que vas a expirar es de comer demasiadas galletas para el té de Cookie.

Lottie resucitó y le sacó la lengua.

George se levantó de un salto, quitándose un mechón rojizo de sus ojos castaños.

—¡Ya sé! ¡Retaré a duelo al canalla! No se atreverá a negarse. Después de todo voy a cumplir trece años en diciembre, soy casi un hombre.

—Estar sin techo sobre mi cabeza y tener un hermano muerto no me va a hacer sentir ni una pizca mejor —dijo Laura, inflexible, sentándolo de un empujón.

—Podríamos asesinarlo —sugirió Lottie alegremente.

Precoz lectora de novelas góticas, desde que terminó de leer *Los misterios de Udolfo*, de la señora Radcliffe, Lottie se moría de ganas de asesinar a alguien.

—Dada su insensibilidad ante las cartas de su madre todos estos años —bufó Laura—, se necesitaría una bala o una estaca de plata para atravesarle el corazón.

—No entiendo —dijo George—. ¿Cómo puede ponernos de culo en la calle…? —Al ver la severa mirada de Laura, se aclaró la garganta—. Eh… ¿de patitas en la calle cuando lady Eleanor nos prometió que Arden Manor sería siempre nuestro hogar?

Laura fue hasta la ventana y descorrió una de las cortinas de encaje para evitar la perspicaz mirada de su hermano.

—No os lo había dicho antes porque no quería preocuparos, pero la promesa de lady Eleanor contenía ciertas… eh… condiciones.

—¿Cómo qué? —preguntaron George y Lottie al unísono, después de intercambiar una temerosa mirada.

Laura se giró a mirarlos y lo soltó todo a borbotones:

—Para heredar Arden Manor, debo casarme antes de cumplir mis veintiún años.

Lottie ahogó una exclamación y George gimió, ocultando la cara entre las manos.

—Encuentro bastante insultante esa consternación vuestra —dijo Laura, sorbiendo por la nariz.

—Pero si ya has rechazado un montón de proposiciones, de todos los hombres solteros del pueblo —protestó George—. Tú sabías que lady Eleanor desaprobaba que fueras tan exigente. Tal vez por eso quiso forzarte la mano.

—Tooley Grantham es demasiado glotón —dijo Lottie, comenzando a contar con sus regordetes deditos los defectos que encontraba su hermana en sus pretendientes—, Wesley Trumble es demasiado peludo; Huey Kleef hace mucho ruido al sorber la comida, y Tom Dillmore siempre tiene líneas de suciedad en los pliegues del cuello y detrás de las orejas.

Laura se estremeció.

—Supongo que queréis que me pase el resto de mi vida con un gigantón que no tiene modales en la mesa o detesta bañarse.

—Eso podría ser mejor que pasar el resto de tu vida esperando a un hombre que no existe —dijo George lúgubremente.

—Pero sabes que siempre he soñado con casarme con un hombre que sea capaz de continuar el trabajo de papá en la parroquia. La mayoría de los hombres de este pueblo ni siquiera saben leer, y no tienen el menor interés en aprender.

Lottie se enrolló un largo mechón de pelo dorado en un dedo.

—Es una lástima que no sea yo la hermana mayor. Sería un tremendo sacrificio, claro, pero estaría muy bien dispuesta a casarme por dinero, no por amor. Entonces podría cuidar de ti y de George siempre. Y no tendría ningún problema en pescar un marido rico. Voy a ser la Beldad Incomparable; todo el mundo lo dice.

—Ya eres una Pelma Incomparable —masculló George, y miró a Laura, acusador—. Podrías habernos dicho antes que necesitabas un marido, ¿sabes?, cuando todavía había tiempo para encontrarte uno que cumpliera con tus exigencias.

Laura se sentó en una otomana algo inestable y apoyó el mentón en la mano.

—¿Cómo iba a saber que otra persona iba a desear esta casa destartalada, aparte de nosotros? Supongo que pensé que podríamos seguir viviendo aquí mientras quisiéramos, y a nadie le importaría.

Lágrimas sin derramar le hicieron arder los ojos. La luz que entraba a raudales por las ventanas del este sólo servía para destacar lo raído y desgastado que estaba todo en el que en otro tiempo fuera un elegante salón. Las rosas pitiminí bordadas en los cojines del sofá hacía tiempo que habían perdido su color original y eran de un desvaído rosa acuoso. Una negra mancha de moho afeaba el friso de yeso sobre la puerta; un rimero de mohosos libros encuadernados en piel sostenía la pata quebrada del piano de palisandro. Arden Manor podía ser una humilde casa de campo que era sólo un reflejo de su pasado esplendor, pero para ellos era un hogar, el único hogar que habían tenido desde que perdieran a sus padres hacía más de siete años.

Cayendo en la cuenta de que las tristes caras de sus hermanos eran un reflejo de la suya, se levantó y se obligó a sonreír.

—No hay por qué tener esas caras tan largas. Tenemos todo un mes hasta que llegue ese lord Demonio.

—Pero sólo faltan tres semanas para tu cumpleaños —dijo George.

Laura asintió.

—Sé que la situación parece desesperada, pero siempre hemos de recordar lo que nos enseñó nuestro padre: con oración y perseverancia, el buen Señor proveerá.

—¿Qué tenemos que pedirle que nos envíe? —preguntó Lottie entusiasmada, poniéndose de pie de un salto.

Laura pensó un buen rato la respuesta, la piadosa expresión de su cara reñida con el destello resuelto que brillaba en sus ojos.

—Un hombre.

Capítulo 2

*Me parece que ha transcurrido
una eternidad desde la última vez
que posé mis ojos en tu dulce rostro.*

*S*terling Harlow iba rumbo a casa.

Cuando esa mañana hizo llamar al mozo de cuadras de Thane y le ordenó que le ensillara la yegua, habría jurado que sólo iría a cabalgar por Hyde Park. De veras creía que no tenía ningún plan urgente para ese día aparte de dedicar una lánguida sonrisa y tocarse el sombrero ante cualquier dama que le captara la atención, en inocente coqueteo. Y que a eso seguiría, como siempre, un suculento almuerzo, una buena siesta y una noche de juego con Thane en las mesas del White's o del Watier's.

Nada de eso explicaba por qué llevaba a su caballo a medio galope y ya estaba dejando atrás las congestionadas calles de Londres en dirección a los caminos del campo.

Los setos y cercas de piedra pasaban veloces, enmarcados por el glorioso verde de los ondulantes prados. El cielo de verano estaba de un esplendoroso azul salpicado por nubecillas que parecían lanudos corderitos paciendo en un campo azul. El aire fresco le inundaba los pulmones expulsando el hollín de la ciudad, haciéndolo sentirse embriagado y más que un poco peligroso.

Ya llevaba casi una hora cabalgando a galope tendido cuando identificó la emoción que hervía dentro de él.

Estaba furioso, furioso como un demonio.

Horrorizado por ese descubrimiento tiró suavemente de las riendas y puso a la yegua al trote. Había tenido veintiún años para perfeccionar la fría indiferencia conveniente a un hombre de su posición. Y una mojigata señorita de campo había tardado sólo dos minutos en destruirla.

Hacía tres días que había puesto su carta en el cajón del escritorio de Diana para no volver a verla ni leerla nunca más. Pero su voz seguía resonando en su cabeza, remilgada y mordaz, para pincharle la conciencia que intencionadamente había vuelto insensible con años de indiferencia.

«Aunque usted decidió no hacer caso de sus repetidas súplicas de reconciliación a lo largo de estos años, murió con su nombre en sus labios. Supongo que la noticia no le causará excesiva aflicción.»

Soltó un bufido. ¿Qué dificultad podía tener la señorita Laura Fairleigh para autoproclamarse defensora de su madre? Después de todo su madre le había dado un hogar.

Y a él lo había expulsado del suyo.

Le resultaba muy fácil imaginarse a la santurrona cómodamente instalada en el acogedor salón de Arden Manor. Probablemente se sentó ante el secreter de palisandro a escribir la misiva, con la pluma metida entre sus labios fruncidos buscando la frase más hiriente para condenarlo. Se imaginaba incluso a sus engreídos hermanos, uno a cada lado, rogándole que leyera la carta en voz alta para poder reírse de él.

Tal vez después de sellar la carta con una pulcra barrita de lacre, se habían reunido junto al amado piano de su madre, a la suave luz de la lámpara a entonar himnos para agradecer a Dios el haberlos hecho tan superiores moralmente a un rencoroso miserable como él.

La imagen lo hizo comprender otra asombrosa realidad.

Estaba celoso; ridícula, patética y furiosamente celoso.

Esa emoción le era absolutamente desconocida. Si bien podía desear a una mujer hermosa o un excelente caballo que perteneciera a otro hombre, jamás había sufrido ninguna pena especial en esas raras ocasiones cuando se le negaba lo que admiraba.

Pero sentía celos de esos niños que vivían en la casa que en otro tiempo fuera su hogar. Hacía años que no se permitía pensar en Arden Manor, pero de pronto casi sentía los pinchazos de las espinas de las rosas que trepaban por los ladrillos encalados. Olía los fuertes aromas del jardín de hierbas de su madre y veía una gorda gata amarilla durmiendo en el porche de atrás al sol de mediodía.

Sintió una punzada en el pecho, desagradablemente cerca del corazón.

Hundió los talones en los flancos de la yegua, instándola al galope. Recorrieron varias leguas a esa agotadora velocidad, hasta que puso a su montura a un relajado medio galope. No le serviría de nada matar a un caballo leal por causa de una mujer.

Apretó los labios; y mucho menos por una mujer como Laura Fairleigh.

Se detuvo en una destartalada posada para descansar un rato y dar de beber a la yegua, y después reanudó su camino. El sol ya había pasado por su punto más alto en el cielo y empezaba su lento descenso hacia el horizonte cuando los alrededores comenzaron a parecerle conocidos. Detuvo su montura en un solitario cruce de caminos. Si no le fallaba la memoria, la aldea Arden estaba al otro lado de la siguiente colina, y la casa a menos de una legua más allá.

No quería soportar las miradas curiosas de los aldeanos si pasaba por en medio de la aislada aldea esa soñolienta tarde de jueves. Tampoco quería que alguno de ellos corriera a alertar a la señorita Fairleigh de su próxima llegada. Ella lo esperaba dentro de un mes, y si sus años de lucha contra Napoleón le habían enseñado algo era aprovechar al máximo el elemento sorpresa.

Guió a la yegua fuera del camino y tomó por un sendero moteado por la luz del sol. Para llegar a la casa sin ser visto, sencillamente tendría que tomar el atajo por el bosque de robles que orillaba la esquina occidental de la propiedad.

Cuando se acercaba al antiquísimo bosque, se dibujó una sonrisa en sus labios. De niño se había imaginado que el bosque estaba habitado por un gran número de duendes y trasgos que querían hacerle daño. Su madre no hacía mucho para quitarle esa idea de la cabeza, con la esperanza de que su miedo al bosque le evitara caer en algún riachuelo correntoso o en alguna garganta rocosa. Se le desvaneció la sonrisa. Su madre había acabado entregándolo a un monstruo mucho peor que cualquiera que él se hubiera imaginado.

El bosque estaba más oscuro de lo que recordaba.

Las enredadas y frondosas copas de los árboles formaban una densa bóveda que impedía la entrada a la luz del sol y daba la bienvenida a las sombras. Trató de adaptar los ojos a esa oscuridad primitiva. Por mucho que intentara centrar la atención en el sendero, no paraba de atisbar movimientos por el rabillo del ojo. Pero cuando giraba la cabeza, todo estaba espeluznantemente quieto, como el aire antes de una tormenta.

Sin previo aviso salió un pájaro volando de un retorcido espino. La yegua retrocedió, nerviosa, casi arrojándolo de la silla.

—Tranquila, muchacha —le susurró, inclinándose a acariciarle el cuello.

Había pasado los diez últimos años mirando las bocas de los cañones de un loco; era ridículo que un bosque deshabitado lo perturbara de esa manera. No debería haber vuelto jamás a ese maldito lugar, pensó amargamente. Debería haber ordenado a Diana que diera la casa a esa santurrona señorita Fairleigh, con sus bendiciones.

Tiró de las riendas para detener a la temblorosa yegua, tratando de dominar sus traicioneras emociones. Podía volver al hogar de su infancia, pero ya no era un niño. Era Sterling Harlow, el séptimo duque de Devonbrooke, y muy pronto el señor de Arden Manor.

Flexionó las piernas y dio un enérgico golpe de riendas; la yegua respondió a la orden echando a correr a una velocidad estimulante, guiada por él por entre el laberinto de árboles.

Se inclinó sobre el cuello del animal para evitar las ramas colgantes, resuelto a dejar atrás el bosque y todos sus miedos de una vez por todas. Al poco rato divisó un claro; la luz entraba por la bóveda formada por el encaje de hojas, iluminando el aire con la promesa de libertad.

Promesa rota por la accidentada garganta que de repente pareció surgir de la tierra y estuvo a punto de tragárselo.

Se negó a dejarse dominar por el terror. La yegua había saltado gargantas el doble de anchas y tres veces más profundas durante las cazas de zorro en la casa de campo de Thane. Tenía fe en ella.

Hasta que ella plantó las patas delanteras y soltó un agudo relincho para informarle que ese determinado salto lo daría él solo. Pasó volando por encima de la cabeza de la yegua y se le soltaron las riendas. Tuvo alrededor de un cuarto de segundo para agradecer que el suelo estuviera cubierto por hojas caídas, y en ese instante vio el gigantesco roble que se interponía en su camino. El último y sordo ruido que oyó fue el que hizo su cabeza al golpear el tronco.

A Laura siempre le había encantado el viejo bosque de robles. Le gustaba su estado silvestre, su oscuridad, su osada promesa de placeres paganos. Aunque desde pequeña conocía cada piedra, cada roca, cada grieta, simular que todavía podía perderse en su oscuro laberinto aportaba a su muy seria vida la deliciosa sensación de peligro que tanto necesitaba.

De niña había creído de verdad que algún día podría subir un montículo y encontrarse con un apergaminado elfo sentado sobre una seta venenosa, o con un hada revoloteando por entre los brillantes helechos. De jovencita, que oía el misterioso retumbo de cascos de caballo y al girarse veía a un osado caballero montado en un corcel blanquísimo galopando por entre los árboles.

El bosque era un lugar mágico donde incluso una hija huérfana de párroco tenía permiso para soñar.

Se arrodilló sobre la mullida alfombra de hojas bajo el ancho follaje de su árbol favorito. Ese día no había ido allí a soñar, sino a pedir un favor a un viejo amigo.

Cerró los ojos, bajó la cabeza y juntó las manos en el pecho, tal como le enseñaran su padre y su madre.

—Mmm, ¿Dios? Perdona, Señor, siento muchísimo molestarte, sobre todo después de haber tenido todos esos pensamientos poco caritativos acerca de lord Demonio... es decir, de lord Devonbrooke. Pero parece que los niños y yo estamos en un buen apuro.

Cuando George y Lottie se hicieran viejos y anduvieran arrastrando los pies con las rodillas reumáticas y dientes de madera, ella los seguiría llamando «los niños». No podía evitar el deseo de protegerlos, de evitar que comprendieran lo grave que era su situación, en especial para ella.

—Detesto molestarte cuando sé que no he sido tan fiel como debería —continuó—. Vamos, sólo la semana pasada olvidé leer mis salmos dos mañanas seguidas, me quedé dormida antes de terminar mis oraciones, me comí el último panecillo sabiendo que Lottie lo quería, y reprendí a Cookie por quemar la avena. Después, cuando me quemé la mejilla con las tenazas para rizar el pelo, dije —miró por entre las pestañas para asegurarse que no había nadie por ahí que oyera su horrorosa confesión— una palabrota muy fea.

El aire agitó las hojas, en un suspiro de decepción. Tal vez recitar sus faltas no era una buena manera de empezar.

—No quería molestarte, pero si debo frustrar las intenciones de lord Demonio, o sea de lord Devonbrooke, para mantener un techo sobre las cabezas de los niños, creo que debo casarme antes de mi cumpleaños. Y para eso sólo me falta una cosa: un caballero con el que pueda casarme. —Bajó más la cabeza y continuó muy rápido—: Entonces eso es lo que te pido, Señor. Un hombre bueno, un hombre decente, un hombre que me quiera durante todos los años que vivamos como marido y mujer. Quiero que tenga un corazón amable, un alma fiel y afición a bañarse con periodicidad. No es necesario que sea

terriblemente apuesto, pero sería agradable que no fuera abominable-
mente peludo, tuviera una nariz bastante derecha y todos sus dientes
—hizo una mueca—, o por lo menos la mayoría. Preferiría que no me
pegara, aun cuando yo lo mereciera, y querría que llegara a querer a
George y Lottie como los quiero yo. Ah, y una tolerancia a los gatos
podría facilitar considerablemente las cosas. —Decidiendo que no le
haría ningún daño hacer unas pocas promesas, añadió—: Y se me en-
vías a un hombre que sepa leer, me encargaré de que continúe el trabajo de mi padre donde él lo dejó. —Era lógico que si Dios tenía la
generosidad de bendecirla con un marido ella debía ser generosa com-
partiéndolo con Él. Temiendo haber pedido ya demasiado, soltó el
resto—: Gracias por todas tus bendiciones. Dale todo nuestro amor a
papá, mamá y la querida lady Eleanor. Amén.

Pasado un momento abrió los ojos, atenazada por una cosquille-
ante sensación de expectación. No habría sabido decir qué esperaba
del Todopoderoso en ese momento. ¿Un trueno? ¿Un majestuoso to-
que de trompetas? ¿Risas incrédulas?

Exploró los trocitos de esplendoroso azul visibles a través de las
ramas del gigantesco roble, pero el cielo se veía tan lejos como los elegantes salones de baile de Londres.

Se puso de pie y se quitó los trocitos de hojas secas de la falda. Ya
empezaba a lamentar su apresurada oración. Tal vez debería haber
concretado más. Al fin y al cabo, ¿no le había enviado ya Dios varios
posibles maridos? Muchachos buenos y decentes de la aldea, que se
enorgullecerían de hacerla su esposa y aceptar Arden Manor como su
hogar. Hombres de corazones leales y espaldas fuertes dispuestos a
trabajar desde el amanecer hasta la noche para mantener un techo sobre sus cabezas.

Incluso la bondadosa lady Eleanor, temiendo que el futuro fuera
triste y arduo para una mujer soltera con un hermano y una hermana
que mantener, la había reprendido por rechazar sus sinceras aunque
torpes proposiciones.

¿Y si Dios quería castigarla por su orgullo? ¿Qué mejor manera de
humillarla que hacerla pasar el resto de sus días afeitándole la espalda
a Wesley Trumble o lavándole detrás de las orejas a Tom Dillmore? Se
estremeció y se atragantó con una oleada de terror que le subió a la
garganta. Si Dios no le enviaba un caballero antes de su cumpleaños,
no tendría más alternativa que tragarse el orgullo y casarse con uno de
los hombres de la aldea.

Medio temiendo que la respuesta a sus oraciones pudiera estar acechando en la pradera de más allá, en la forma de Tooley Grantham, dio la espalda a la casa y se internó más en el bosque. Entre cuidar a lady Eleanor en sus últimos días y llevar la casa desde su muerte, esos últimos meses había tenido poco tiempo para vagar, y para soñar.

Las sombras moteadas por la luz del sol parecían invitarla a continuar. Aunque ya tenía edad para saber que era imposible que encontrara algo más peligroso que un erizo enfadado o un grupo de setas venenosas, seguía encontrando irresistible la ilusión de misterio del bosque. A medida que se iba adentrando más en la espesura se enmarañaba más la red de ramas colgantes, filtrando la luz del sol y llenando el aire de una deliciosa emoción.

Mientras caminaba sus pensamientos no paraban de volver a su dilema. ¿Cómo podría soportar casarse con un Huey o un Tom o un Tooley cuando siempre había soñado casarse con un Gabriel, un Etienne o un Nicholas? Si se casaba con un Nicholas lo llamaría Nick cuando tuvieran una riña de enamorados y Nicky en los momentos de gran pasión. Claro que jamás había tenido un momento de gran pasión, pero no perdía el optimismo. Y él la llamaría con un nombre cariñoso, por ejemplo, bueno, Cariño. Estaba tan absorta pensando en los encantos del caballero con que se iba a casar que casi cayó en la garganta rocosa que le cortaba el camino.

Se estaba girando para ir en busca de un tronco caído para poner de puente cuando lo vio.

Se quedó inmóvil, y parpadeó rápidamente. No era la primera vez que tenía que parpadear para dejar de ver sus fantasías. De niña muchas veces había tenido que parpadear como una loca para convertir nuevamente una severa cara en el nudoso tronco de un saúco, o un canoso duende en la achaparrada roca que no habían dejado de ser.

Pero esta vez los parpadeos no le sirvieron de nada. Cerró los ojos, contó hasta diez y volvió a abrirlos.

Él seguía allí, dormido sobre un lecho de musgo a la orilla de la garganta, bajo el ancho follaje del roble más viejo del bosque.

Avanzó hacia él, como hipnotizada. No lo habría visto si un rayo de sol extraviado no penetrara la oscuridad bañándolo en su luz dorada.

Se arrodilló junto a él, y su consternación aumentó al ver lo inmóvil y pálido que estaba. Le temblaron las manos al desabotonarle los dos primeros botones del chaleco para meter la mano dentro. El almidonado linón de su camisa se le amoldaba a la palma con cada subida y bajada de su pecho al respirar.

Sólo se dio cuenta de que había tenido retenido el aliento cuando se desplomó sobre él mareada de alivio. Los latidos del corazón eran fuertes. Estaba vivo.

Pero ¿cómo llegó a ese lugar? Nerviosa miró atentamente las malezas. No había ninguna marca de cascos de caballo, ninguna señal de que hubiera habido una pelea, ni pisadas. ¿Había sido víctima de alguna emboscada, de un asalto por un bandolero? Ese tipo de delitos eran casi inauditos en la pacífica aldea de Arden y los campos circundantes, pero claro, también lo eran los desconocidos apuestos vestidos con tanta elegancia. Rápidamente revisó los bolsillos de la chaqueta de montar. Su monedero estaba tan intacto como el misterio de su aparición.

Era como si hubiera caído del cielo.

Se sentó en los talones con los ojos agrandados.

No se podía negar que el hombre tenía una cara de ángel. No la cara regordeta y sonrosada de los querubines que a Lottie tanto le gustaba dibujar en su cuaderno, sino la de los altos serafines que custodiaban las puertas del cielo con sus espadas llameantes. Era la de él una belleza totalmente viril, de enérgica frente y fuerte mandíbula. Sus regios pómulos y los huecos debajo de ellos le daban a su cara un tenue aspecto eslavo, pero el asomo de un hoyuelo en la mejilla derecha eliminaba cualquier idea de que fuera dado a la tristeza.

Ladeó la cabeza para analizarlo con ojo crítico. Aunque en los dorsos de sus manos se apreciaba un tenue vello dorado, la mayor parte de su pelo rubio y ondulado parecía estar en la cabeza, no le salía de las orejas ni de la nariz. Se le acercó más, oliscando recelosa. De su piel emanaba el olor a un jabón masculino, fuerte, pero agradable. Cerró los ojos y aspiró otro poco. Incluso el olor de su sudor era extrañamente atractivo.

Abrió los ojos y se encontró con la cara al mismo nivel de su nariz. Un pequeño chichón, casi imperceptible, le afeaba la perfección aguileña, dándole un especial encanto a su cara.

Volvió a sentarse sobre los talones, agitando la cabeza al darse cuenta de su tontería. Estaba tan tonta como Lottie; por un momento se había permitido la ridícula idea de que él era la respuesta a sus oraciones. Pero no es posible encontrar a un hombre en el bosque y quedárselo para uno; eso sencillamente no se podía hacer. Suspiró tristemente, observando el impecable corte de sus pantalones de piel de ante y los seductores rizos que le rodeaban el cuello almidonado. Y mucho menos un hombre como él; a un hombre como él lo echaría de menos quienquiera tuviera la desgracia de perderlo.

Su mirada voló a su mano; no llevaba ningún anillo de bodas que indicara que había una esposa angustiada esperando que llegara a casa. Tampoco llevaba ningún anillo con sello que diera una idea de su identidad. Sin darse cuenta estiró la mano para tocarle los dedos largos y ahusados, y la retiró bruscamente.

Lo que necesitaba él era una cama mullida y un emplasto para la cabeza, no que ella estuviera allí contemplándolo con ojos de enamorada. No le haría ninguna gracia tener que explicar a las autoridades que él había muerto mientras ella perdía segundos preciosos admirando la bien cincelada curva de sus labios suaves y firmes.

Empezó a incorporarse y se detuvo. Ya había estado ahí todo ese tiempo; no haría ningún daño echarle una rápida mirada a sus dientes. Al menos eso fue lo que se dijo cuando volvió a inclinarse sobre él.

Iluminada por un rayo de sol su cara se veía tan atemporal como la de un príncipe que llevara mil años esperando que alguien viniera a despertarlo de su profundo sueño encantado. Motas de polvo dorado flotaban alrededor de los dos como un rocío de hadas.

Después juraría que debió caer bajo el hechizo del bosque, porque esa era la única explicación posible del sorprendente impulso que la llevó a ella, la piadosa hija de un párroco, que jamás había permitido a ninguno de sus pretendientes que le cogiera la mano, a inclinarse y tocarle los labios con los suyos.

Tenía los labios más suaves y firmes de lo que parecían, y en ellos pudo saborear fuerza y blandura. Se le escapó el aliento en una mareante bocanada, mezclándose con el de él; como jamás había besado a un hombre, tardó varios segundos de aturdimiento en darse cuenta de que él le correspondía el beso. Los labios de él se entreabrieron ligeramente debajo de los de ella, y cuando sintió el roce de la punta de su lengua en el labio inferior, sintió una emoción que la recorrió toda entera, anunciándole que por fin había encontrado el peligro que había andado buscando toda su vida.

El ronco gemido de él la impresionó hasta casi hacerle perder el sentido. Lentamente levantó la cabeza, más impresionada aún al caer en la cuenta de que él gemía no de dolor sino de placer.

—¿Quién? —susurró él, mirándola con sus ojos color ámbar nublados por la perplejidad.

Laura no podría haberse sentido más humillada si hubiera despertado de uno de esos sueños en que iba caminando por las calles de Arden vestida solamente con sus medias y su papalina para el domingo.

Bruscamente se apartó de él y las palabras le salieron en un torrente:

—Me llamo Laura Fairleigh, señor, y le aseguro que aunque esto pueda indicar lo contrario, no tengo la costumbre de besar a desconocidos. —Se apartó el pelo de las ardientes mejillas—. Podría creer, señor que soy una desvergonzada marimacho. No logro entender qué ha podido pasarme para comportarme de esta manera tan escandalosa, pero le aseguro que no volverá a ocurrir jamás.

No alcanzó a ponerse de pie porque él la retuvo cogiéndole el brazo.

—¿Quién? —repitió, con voz algo cascada, desesperada. Entrecerró los ojos como para enfocarlos en su cara—. ¿Quién...? ¿Quién... soy?

La expresión de sus ojos era, inconfundiblemente, de súplica. Le enterró los dedos en el brazo, pidiéndole una respuesta que ella no podía darle.

Aun cuando sabía que iba a cometer el pecado más condenable de su vida, Laura no pudo reprimir la tierna sonrisa que se extendió por su cara.

—Eres mío —dijo.

Capítulo 3

A veces tengo la impresión
de que no te conozco.

A lo largo de los años, Laura había fantaseado más de una vez que su prometido llegaba a Arden Manor a pedirle la mano. A veces llegaba montando un lustroso corcel negro con una estrella blanca en la frente; otras veces bajaba de un hermoso carruaje decorado con el antiquísimo blasón de una famosa familia noble. Pero jamás se lo había imaginado llegando atravesado boca abajo sobre un burro tirado por un malhumorado cockney londinense que no había parado de lastimarle los oídos a maldiciones desde el momento en que ella fue a apartarlo de su rebaño. Afortunadamente, a pesar de sus casi cuarenta años en el campo, de los cuales veinte los había pasado trabajando como el leal hombre para todo servicio de lady Eleanor, Dower seguía hablando con una pronunciación tan cerrada y enrevesada que ella no entendía bien casi ninguna de las palabrotas.

Cuando el burro entró en el patio, Cookie apareció corriendo por la puerta de la cocina a recibir a su marido, estrujando su delantal entre sus manos.

—¡Ay, santos del cielo! ¿Qué le ha ocurrido a ese pobre muchacho?

—¡Sí, pobre muchacho! —bramó Dower en su idioma enrevesado—. Seguro que es un fugitivo escapado de la horca de Londres. Nos matará a todos esta noche en nuestras camas, veremos si no.

—No es un fugitivo —explicó Laura por décima vez—. Es un caballero.

—Mmm, conocí a un caballero de estos una vez —continuó Dower, moviendo la cabeza con aire de conocedor—. Caballero Jarry lo llamaban. Encantaba a todos los elegantes con sus delicados modales y suave conversación, hasta que despertaban con la nariz rota y los bosillos vacíos.

Con expresión dudosa, Cookie le cogió un mechón de pelo dorado al desconocido y le giró la cabeza.

—Tiene cara de hombre honrado, supongo. Para ser un caballero.

El hombre gimió, sin duda en protesta por la indignidad que lo hacían soportar. Laura se apresuró a soltarle el pelo de la mano de Cookie y se lo alisó suavemente hasta el cuello de la camisa.

—Si no lo entramos para curarle ese chichón de la cabeza, dudo que viva el tiempo suficiente para romperle la nariz a nadie.

Sintió deseos de gemir ella al ver a George y Lottie salir corriendo del corral, seguidos por una fila de tambaleantes gatitos. Había deseado tener tiempo de prepararlos, antes que la bombardearan con una andanada de preguntas: ¿Quién es ese hombre? ¿Cómo se llama? ¿Se cayó de un caballo? ¿Se cayó de un árbol? ¿Lo atacaron unos ladrones? ¿Se desmayó?

—¿Está muerto? —preguntó Lottie, enterrándole delicadamente un dedo en una cadera.

—Tocándolo ahí no lo vas a saber —comentó George, enterrando los dedos en la chaqueta de montar de fina lana.

—Es un caballero —declaró Cookie, no sin cierto orgullo posesivo.

—Es un fugitivo de la ley —insistió Dower, meneando la cabeza—, eso es lo que es. Nos va a matar a todos en nuestras camas tan pronto cerremos los ojos.

—¿Un asesino, dices? —exclamó Lottie, con los ojos azules agrandados de entusiasmo—. ¡Qué fantástico!

Laura apretó los dientes, pensando qué pretendería enseñarle el buen Dios maldiciéndola con una familia de locos.

—No es un fugitivo ni un asesino. Es sencillamente un desafortunado viajero necesitado de caridad cristiana. —Quitó la mano de George de la orilla de la chaqueta del hombre y dijo en voz más alta—: Y yo os diré lo que vamos a hacer. Se la vamos a dar. Y por Dios que eso lo vamos a hacer antes que muera por falta de cuidado.

Todos la miraron boquiabiertos. Incluso Dower, que soltaba palabrotas con más fluidez de lo que hablaba el inglés del rey, pareció desconcertado. Recuperando su aplomo, Laura se dio una remilgada palmadita en el pelo.

—Ahora te agradecería mucho, Dower, que llevaras a nuestro huésped a la casa sin más dilación.

Sin dejar de rezongar en voz baja acerca de fugitivos escapados de la horca y de narices rotas mientras dormían, Dower obedeció, y se echó al hombro el cuerpo del desconocido. Aunque de piernas arqueadas, el viejo tenía muy musculosos los hombros, el pecho y los brazos, gracias a los muchos años de pastorear las ovejas de Hertfordshire, que eran aún más ariscas que él.

Cuanto más se acercaba a la puerta de la casa, más atrevida se le ponía la lengua a Dower.

—No diga después que no le avisé, señorita. Sepa que este demonio será la ruina de todos, que sí.

Lo único que pudo hacer Laura fue caminar tras el viejo y rogar a Dios que estuviera equivocado.

La cara del desconocido estaba bañada por la luz de la luna.

Sentada en una silla junto a la cama, Laura ya empezaba a desesperar de que volviera a despertar. Aunque daba la impresión de que no sufría de ningún dolor, casi no se había movido desde que Dower lo depositara sobre la colcha de cretona ya hacía más de siete horas. Revisó el emplasto tibio que Cookie le había aplicado sobre el feo chichón en la coronilla de la cabeza; después le tocó la frente, para detectar algún signo de fiebre. Empezaba a temer que lo que fuera que lo había golpeado le hubiera dañado más facultades, y no sólo la memoria.

Todos se horrorizaron cuando ella insistió en que lo pusieran en la habitación de lady Eleanor. Aunque Cookie se encargaba de limpiar la habitación y orear la ropa de cama, desde la muerte de lady Eleanor, ni ella ni los niños se habían atrevido jamás a entrar en ese santuario. Allí había demasiados recuerdos, amargos y dulces, de sus últimos días con ellos, flotando en el aire perfumado de azahar.

Pero la cama de medio dosel era la más cómoda de la casa y ella estaba resuelta a que la ocupara su huésped.

Le debía por lo menos eso.

Al principio Cookie se negó rotundamente a dejarla sola con él, alegando que «no es decente» que una muchacha soltera atienda a un hombre en su habitación. Solamente cuando ella aceptó que Dower durmiera en un sillón fuera de la puerta, con un viejo mosquete sobre los muslos, Cookie accedió a dejarla sola, aunque chasqueando la lengua todo el camino hacia la cocina. Los ronquidos del viejo ya hacían estremecer la puerta cerrada.

El desconocido estaba tumbado sobre la colcha, cubierto hasta la cintura con el edredón que ella había sacado de su propia cama. Aunque por orden de ella Dower le había quitado la chaqueta, le tocó a ella desatarle el nudo de la corbata y soltarle el cuello de la camisa. Con sus cabellos dorados como el sol revueltos sobre la almohada y las pestañas un pelín más oscuras posadas sobre sus sonrosadas mejillas, tenía más apariencia de niño que de hombre. Pero la sombra dorada que empezaba a cubrirle las mandíbulas le advertía que esa apariencia inocente era sólo una ilusión.

Angustiada le observó atentamente la cara por si veía alguna señal de vida. Si no hubiera sentido la piel tibia bajo su palma, habría jurado que estaba hecho de mármol, como una efigie sobre la tumba de un héroe muerto demasiado joven. Aun no había comunicado su plan a los niños ni a los criados. Si él no despertaba, ellos no tenían por qué saber el tonto sueño que se había atrevido a acariciar. Ahora que ya no podía culpar de su locura a un hechizo del bosque, habían empezado a desfilar por su cabeza una serie de consideraciones prácticas. ¿Cómo lo convencería de que era su prometido? ¿Y cómo podía saber con certeza que él no estaba ya prometido o casado con otra mujer?

Se inclinó sobre él; su respiración era profunda y regular, y tenía los labios ligeramente entreabiertos.

Su beso lo había despertado antes. ¿Se atrevería a…?

Él se veía vulnerable del modo como sólo un hombre fuerte puede serlo a merced de una mujer. Igual podría haber muerto en el bosque si ella no lo hubiera encontrado, pero se sentía tan culpable como si hubiera sido ella la que le hubiera asestado ese terrible golpe.

Cubriéndolo con el edredón hasta el pecho, se inclinó más y le besó tiernamente la frente.

Debía de estar soñando.

¿De qué otro modo explicar el aroma a azahar, el suave roce de los labios de una mujer en su frente? Algo se despertó dentro de él, una especie de nebuloso fantasma hecho de una bruma de recuerdos y sueños. Pero antes que lograra cogerlo, el fantasma se puso fuera de su alcance, diciendo algo que él creyó era su nombre, en una voz demasiado débil y lejana como para reconocerla.

Deseó intentar cogerlo, pero un tremendo peso le oprimía el corazón. Abrió los ojos y vio a una gorda gata amarilla atigrada echada sobre su pecho, mirándolo con sabios ojos dorados.

—Nellie —susurró, pensando qué extraño era que recordara el nombre de la gata pero no el suyo.

La tocó, suponiendo que ella iba a desvanecerse en la niebla como la otra sombra esquiva. Pero sintió su piel suave y limpia bajo la mano temblorosa. La acarició y sintió resonar su ronroneo en él, produciéndole una oleada de satisfacción. Volvió a cerrar los ojos.

Si estaba soñando, deseaba no despertar jamás.

A la mañana siguiente Cookie irrumpió en la habitación de lady Eleanor con una palangana llena de trapos bajo el brazo y un alegre silbido en los labios. Cuando posó los ojos en la cama, el silbido se le apagó, desentonando.

—Bueno, que me… —masculló, meneando la cabeza.

En algún momento durante la noche, Laura había relajado su vigilia el tiempo suficiente para desplomarse hacia delante en la silla y apoyado la cabeza en el pecho del desconocido. Estaba durmiendo el sueño de una persona absolutamente agotada, con la espalda curvada en un ángulo incómodo y un brazo colgando al lado de la cama. El muchacho seguía durmiendo, pero con una mano ahuecada sobre la cabeza de ella, sus dedos enredados posesivamente en lo que quedaba de su moño.

Cookie frunció el ceño. Si el sinvergüenza había osado comprometer el honor de su joven señora de cualquier manera, no vacilaría en aplastarle la cabeza con la palangana, enviándolo a dormir eternamente.

Pero al acercarse más remitió su temor. Con los ojos cerrados y las bocas abiertas, los dos tenían aspectos tan inocentes como un par de bebés aún sin dientes.

Sacudió suavemente el hombro de Laura. Ésta se enderezó y un mechón rebelde le cayó sobre un ojo.

—Ay, Dios, no debería haberme quedado dormida. Está muerto, ¿verdad?

—No seas tonta. ¡Claro que no está muerto! Vamos, tus cuidados le han puesto incluso un poquito de color en las mejillas al muchacho.

Laura miró a su paciente.

Cookie había dicho la verdad; el muchacho estaba respirando bien y sus mejillas ya no tenían esa horrible palidez.

Cookie asintió.

—Lo único que necesita ahora es un buen lavado.

—Yo lo haré —dijo Laura automáticamente, tendiendo las manos hacia la palangana.

—Creo que no, muchacha —dijo Cookie con expresión escandalizada, poniendo la palangana fuera de su alcance—. Ya estuvo mal que te dejara velar con él toda la noche. Si te dejara lavarlo, lady Eleanor se daría una vuelta y saldría de su tumba. —Movió un dedo hacia la cama—. Llevo casi cuarenta años casada con ese rijoso macho cabrío mío y te aseguro que este cervatillo no tiene nada que una vieja como yo no haya visto unas cien veces.

Como para demostrarlo, levantó el edredón, de modo que Laura no pudiera ver, y miró debajo. Puesto que él todavía vestía esos ceñidos pantalones de ante, Laura no logró imaginar qué hizo colorearse las arrugadas mejillas de Cookie. Ésta dejó caer el edredón y tragó saliva.

—Tal vez la vieja Cookie se apresuró en hablar, pero no te preocupes, muchacha. —Cogiéndola del brazo, la llevó hacia la puerta, derramando agua de la palangana con cada paso—. Te preparé un baño en la cocina. Ve a darte un buen baño mientras yo me ocupo de tu caballero.

Antes que el soñoliendo cerebro de Laura lograra formar una protesta, Cookie ya le había cerrado la puerta, suave pero firmemente, en las narices.

Debía de estar muerto.

¿De qué otro modo explicar la sensación de manos enérgicas e impersonales sobre su cuerpo? Bien podía no recordar su nombre, pero sí recordaba que las manos femeninas están destinadas a dar solamente placer: recorrer su piel con una seductora finura; envolver su miembro hinchado en unas tenazas de placer; enterrar sus impecables uñas pintadas en su espalda mientras el experto ritmo de sus caderas sobre su cuerpo la llevaba a un frenesí de éxtasis.

En el curso de su vida lo habían acariciado incontables mujeres y de innumerables maneras creativas, pero jamás ninguna con esa indiferente desconsideración. Esas manos que lo iban desvistiendo y lavando no eran ni duras ni suaves, simplemente estaban inmersas en la tarea que se habían propuesto.

Sólo lo hacían llegar a una conclusión. Lo estaban preparando para el entierro.

Deseó gritar, pero la lengua se le había convertido en piedra, junto con las extremidades. La humillación final llegó cuando esas manos indiferentes le bajaron los pantalones y su dueña soltó un silbido de admiración más propio de un boyero.

—Mi mamá siempre me decía que los ricos están bendecidos, pero yo siempre pensé que se refería al oro —le dijo la mujer riendo en su oído, y luego le dio una palmadita en la cabeza como si fuera un sumiso perro faldero—. Puede que hayas escapado de la horca, muchacho, pero ya la tenías bien colgada.

Varios e interminables minutos después, acabó el lavado y sobre él se extendió algo suave y tibio. Se estremeció interiormente, creyendo que era una mortaja. Su torturadora silbaba un desentonado canto fúnebre moviéndose junto a la cama, recogiendo sus cosas. Después se oyó el clic de una puerta al cerrarse y el silbido se desvaneció.

Se quedó solo, y pasó el tiempo, que a él le pareció una eternidad.

De pronto volvió a crujir la puerta y se abrió muy lentamente, produciéndole un escalofrío por el espinazo.

Era el demonio que venía a buscarlo.

Aunque la cita se había retrasado muchísimo, él siempre había supuesto que se encontraría cara a cara con el demonio en un campo de batalla lleno de humo, no cuando estaba inmóvil en una cama desconocida. Y el demonio ni siquiera tuvo la decencia de presentarse solo; el muy pícaro había invitado a una legión de demonios que saltaron encima de la cama y empezaron a correr por su cuerpo impotente.

Uno de ellos le cogió el dedo grande del pie y empezó a morderle la articulación, mientras otro subía y bajaba por sus piernas en alegre frenesí. Podría haber soportado esa tortura si un tercer demonio no le hubiera saltado entre las piernas, enterrándole las garras de uñas como agujas en su carne más vulnerable.

Abrió los ojos. Trató de levantar su dolorida cabeza, y entrecerró los ojos para ver algo a través de la niebla pizarrosa. Al parecer la cama no estaba invadida por demonios, sino por ratas. La sacudida que dio eso a sus maltrechos nervios no fue nada comparada con la impresión de descubrir que el demonio no era un caballero de cara roja con cuernos y cola puntiaguda sino una diablesa de ojos azules y pelo dorado que estaba colgada cabeza abajo del dosel, observándole atentamente la cara.

Sin pararse a pensar en el precio que tendría que pagar su pobre cabeza después, se sentó bruscamente en la cama, y gritó a todo pulmón.

· · ·

Laura estaba disfrutando de su baño caliente detrás de una cortina en el rincón de la cocina, cuando se desencadenó un ruido infernal.

En un instante pasó de estar medio adormilada con la cabeza apoyada en el borde de la bañera y los ojos cerrados, a ponerse de pie en la bañera, totalmente desnuda, con todos los músculos tensos por la impresión.

El rugido masculino que llenó el aire le era desconocido a sus oídos, pero los ensordecedores chillidos los habría reconocido en cualquier parte.

—¡Lottie! —suspiró, agrandando los ojos.

Tal vez Dower tenía razón cuando dijo que el desconocido los iba a matar a todos. Sin duda alguna, un corte en la nariz sería el único destino fatal que justificaría los asustados chillidos de Lottie. Otra voz se unió a la refriega. Asomó la cabeza por la cortina justo a tiempo para ver pasar a Dower a toda prisa, con una bielda en la mano y una sarta de maldiciones saliendo de su boca.

Le aumentó el terror. Si no subía inmediatamente, no sería su huésped el que cometería el asesinato.

No tenía tiempo para secarse ni para ponerse el ordenado rimero de ropa interior que había dejado en un banco al lado de la bañera. Salió del agua de un salto, hizo una mueca de dolor al golpearse la frente en una tetera de cobre que colgaba de la viga, cogió su vestido limpio y se lo metió por la cabeza. La muselina rosa se le pegó a la piel mojada. Tomándose el tiempo necesario para comprobar que el vestido le cubría todo lo que tenía que cubrir, se desenredó de la cortina y echó a correr, con los pies descalzos y chorreando, por el corredor en dirección a la escalera. Iba a medio tramo hacia la segunda planta cuando cesó la cacofonía de voces con la misma repentinidad con que había empezado. Se quedó inmóvil, cogida a la baranda.

Dios santo, pensó, ¡Lottie debe de estar muerta! ¿Cómo explicar, si no, el terrible silencio que había descendido sobre la casa? Con pasos cada vez más lentos, hasta casi parecerse a los de un gusano, se acercó a la puerta entreabierta de la habitación de lady Eleanor y asomó la cabeza por la abertura, medio esperando ver la alfombra cubierta por rizos dorados y extremidades sangrientas.

Lo que vio era muy diferente.

Lottie estaba de pie en medio de la cama, con los brazos llenos de gatitos nerviosos. Le temblaba el labio inferior y sus grandes ojos azules estaban llenos de lágrimas. Esas lágrimas no alarmaron a Laura; ya sabía que la niña era capaz de ponerse histérica cada vez que George se comía el último bollo a la hora del té.

Lo que realmente la alarmó fue el letal gruñido que salía de los labios de Dower, que estaba apuntando con la bielda al hombre aplastado contra la franja de pared entre las dos ventanas.

El corazón le subió a la garganta; por lo visto, el Bello Durmiente había despertado.

Aunque era él el acorralado y sin armas, se las arreglaba para parecer más peligroso aún que Dower. Tenía revueltos sus cabellos leonados y sus ojos brillaban de furia. Aparte del edredón que lo envolvía de cintura para abajo, bien sujeto en sus puños, estaba tan desnudo como ella hacía unos minutos. Lo miró sin comprender, distraída por su ancho pecho cubierto de vello dorado cuya mancha iba adelgazando hacia los tensos músculos del vientre.

Él se vio obligado a hundir ese vientre cuando Dower hizo otro feo movimiento hacia él con la bielda; cuando las letales puntas de la bielda pasaron a sólo una pulgada de su cuerpo, enseñó los dientes y emitió un ronco gruñido gutural. Pese a esa primitiva advertencia, su indefensión le oprimió el corazón a Laura.

—Baja esa bielda y apártate de él, Dower —ordenó.

—¿Y darle a este maldito demonio la oportunidad de cortarme el cogote? Creo que no, señorita.

Puesto que no había manera de razonar con Dower, Laura puso su esperanza en el desconocido. Se le acercó, rogando que él no interpretara como amenaza su mano extendida.

—No tienes nada que temer —le dijo dulcemente, curvando los labios en lo que esperaba fuera una sonrisa alentadora—. Nadie te va a hacer daño.

Sus palabras podrían haber sido más convincentes si Cookie no hubiera elegido ese momento para irrumpir en la habitación con un hacha ensangrentada en la mano.

Pegado a sus talones entró George, que se inclinó y apoyó las manos en las rodillas, para recuperar el aliento.

—Desde el patio se oían los chillidos; como si estuvieran matando un cerdito.

—En nombre de Jesús, María y José, ¿qué pasa aquí? —preguntó Cookie, paseando la vista por la habitación.

—Tal vez podrías preguntárselo a mi hermana —dijo Laura, dirigiendo una glacial mirada a Lottie.

—No quería hacer ningún daño —sollozó Lottie—. Sólo quería echarle una mirada. Entonces él empezó a rugir como un león, me asustó casi de muerte, me caí en la cama y empecé a chillar y…

—Esa diablilla puso ratas en mi cama.

Todos se giraron a mirar al desconocido, sorprendidos ante la voz sonora y culta que salió de su boca. Dower bajó lentamente la bielda, mientras él hombre miraba furioso a Lottie.

Lottie fue la primera en recuperar la serenidad. Acarició con la boca a una de las bestias que tenía debajo de su alzado mentón.

—No son ratas, señor. Son gatos.

—No hay mucha diferencia por lo que a mí respecta —bufó él.

Lottie ahogó una exclamación.

Cookie se apresuró a alejar a Dower del alcance del hombre.

—Vamos, vamos, pobrecillo. Seguro que nuestra pequeña Lottie no pretendía darle ningún susto. —Su cloqueo maternal habría sido más tranquilizador si no hubiera tenido el hacha aferrada en la mano. Siguiendo la recelosa mirada de él, se puso la mano con el hacha a la espalda—. No se preocupe de la vieja Cookie; lo que pasa es que estaba matando una gorda gallina para su almuerzo.

—A lo mejor preferiría un guiso de gatitos —dijo Lottie, poniendo su respingona nariz en el ángulo más altivo.

—En realidad esperaba un caldo de cría —replicó el desconocido.

Laura no supo si echarse a reír o a llorar.

—Por favor, mi señor, no debes hacer esos esfuerzos. Has sufrido una conmoción terrible. No te encuentras bien.

Tuvo la impresión de que todos los demás desaparecían de la habitación cuando él clavó en ella su fiera mirada.

—Entonces, ¿por qué no me dice quién diablos soy?

Capítulo 4

Pero otras veces me parece
que sigues siendo mi precioso hijito.

La emoción que vio Laura brillar en los ojos dorados del hombre era en parte furia y en parte súplica, subrayada por un terror casi palpable. Si no actuaba, y rápido, alguien ahí diría algo que haría imposible su plan.

—Ay, cariño, mi pobrecillo —dijo, avanzando con su más compasiva sonrisa y cogiéndole el brazo—. Es natural que hayas despertado de tan mal humor después de todo lo que has sufrido.

—¿Por qué me llama cariño? —preguntó él, mirándola con los ojos entornados.

—¿Sí, por qué lo has llamado cariño? —preguntó Cookie, desconfiada, sacando el hacha ensangrentada de detrás de la espalda.

Sin contestar a ninguno de los dos, ella se plantó firmemente entre su huésped y todos los demás.

—Lo que necesita ahora, más que nuestras atenciones y mimos es un poco de quietud y silencio.

—Yo no consideraría atenciones ni mimos el ser asaltado por una manada de gatos rabiosos y una arpía con un hacha —bufó él.

Dower se liberó de la mano de Cookie y se abalanzó sobre él.

—Yo te mimaré con esta bielda si vuelves a hablarle así a nuestra señorita.

Pasando por debajo de las puntas de la bielda, Laura le colocó una mano tranquilizadora en el pecho a Dower.

—No ha sido su intención ofender. Lo que pasa es que está agotado y confundido. Por eso tengo que pediros a todos que nos dejéis solos.

—Se ha vuelto totalmente loca si cree que la voy a dejar sola con este salvaje —gruñó Dower, añadiendo algunas maldiciones.

—Y un salvaje medio desnudo, además —añadió Cookie, mirando nerviosa el edredón que cubría la mitad inferior del cuerpo del hombre.

—No seas ridícula. Sabes tan bien como yo que jamás me haría daño.

Por encima del hombro miró al alto y furioso desconocido, rogando tener razón; le había parecido mucho más bajo y menos amenazador cuando estaba inconsciente.

—Si le pone un solo dedo encima, muchacha, sólo tiene que gritar y vendré corriendo —prometió Dower, moviendo la bielda en dirección al hombre.

—Si chilla igual que su hermana, seré yo el que salga corriendo —le aseguró el hombre, fríamente.

Sin dejar de gruñir, Dower y Cookie salieron a regañadientes de la habitación, dejando a Laura la tarea de sacar a Lottie y sus gatitos de la cama. Lottie empezó a arrastrar los pies, lloriqueando lastimeramente, hasta que Laura se le acercó más y le siseó:

—Camina, señorita, o te daré un buen motivo para llorar.

Mientras ella empujaba a Lottie hasta el corredor, George siguió apoyado en el marco de la puerta, con un destello pensativo en los ojos. Su hermano siempre la había conocido mejor que nadie, y era evidente que sospechaba que ella se proponía alguna travesura. Cuando lo miró, él se apresuró a salir por la puerta, pero su sonrisa sesgada le dejaba muy claro que su colaboración no le saldría gratis.

—Dulces sueños —gritó George al huésped justo antes que ella le cerrara la puerta en la cara.

Laura se tomó su tiempo haciendo girar la llave en la cerradura y después se volvió lentamente hacia su huésped. Ya estaba pensando si no habría cometido un terrible error de evaluación. Incluso ataviado sólo con un edredón y con el entrecejo fruncido, él parecía tan impotente como un león hambriento.

—¿Por qué me llamó cariño? —volvió a preguntarle él, como si la respuesta a eso fuera mucho más importante que la de cómo había acabado acostado desnudo en la cama de lady Eleanor.

—Es la costumbre, supongo —repuso ella, con una esmerada expresión de inocencia—. ¿Preferirías que te llamara de otra manera?

—Podría probar con mi nombre —dijo él.

Su tono acerado indicaba que ya estaba en los límites de su paciencia.

—¿Tu nombre? —dijo, atragantándose con una rasposa risita—. Bueno, nunca nos hemos andado con tantas ceremonias, pero si insistes... —Ella siempre se había enorgullecido de su sinceridad; sólo el imaginarse tratando de limpiarle las uñas sucias a Till Dillmore en la noche de bodas le permitió añadir dulcemente—: Nicholas.

—¿Nicholas? —repitió él, con el ceño aún más fruncido, por la perplejidad—. ¿Me llamo Nicholas?

—Pues sí. Señor Nicholas... Radcliffe —añadió firmemente, eligiendo el atractivo apellido de la escritora predilecta de Lottie.

—Nicholas Radcliffe, Nicholas Radcliffe —repitió él—. ¡Condenación! No logro encontrarle sentido a nada de esto. —Apoyándose en la pared, se presionó la frente con una mano—. Si consiguiera parar ese campanilleo infernal que siento en la cabeza...

Laura avanzó hacia él, llevada por verdadera compasión.

—¡No! —exclamó él, extendiendo el brazo, mirándola furioso por entre los mechones de pelo que le caían sobre la frente.

Era como si creyera que ella era más peligrosa que el cockney loco amenazándolo con la bielda.

Al ver su imagen reflejada en el espejo del tocador de lady Eleanor, ella comprendió la visión que le presentaba. Estaba descalza, tenía las mejillas muy sonrosadas y el pelo recogido de cualquier manera encima de la cabeza, con mechones colgando aquí y allá alrededor de la cara. El corpiño mojado de su vestido de muselina de talle alto se le ceñía a las suaves redondeces de sus pechos. Sin saber si empezar por arreglarse un poco el pelo o estirarse la falda para que le cubriera los blancos tobillos, se decidió por cruzar los brazos sobre el pecho.

—Parece que hemos determinado quién soy; pero eso no explica quién es usted —dijo él, y ladeó la cabeza para observarla, haciéndola más consciente aún de su estado de desarreglo—, ni por qué me trata con apelativos cariñosos.

Era evidente que él no recordaba su encuentro en el bosque. Ni su primer beso.

Puesto que los brazos cruzados no eran protección adecuada para la penetrante mirada de él, ella trató de distraerlo sacando uno de los chales de lady Eleanor del armario y envolviéndose con él los hombros.

—El aire está un poco frío, ¿no te parece?

—Por el contrario, encuentro que hace bastante calor aquí. Y por cierto, no sé si sigo necesitando este edredón.

Cuando relajó los dedos para soltarlo, ella agrandó los ojos.

—¡Sí que lo necesitas! Por lo menos hasta que Cookie haya lavado tus pantalones.

Hizo una breve aparición el hoyuelo de su mejilla derecha, informándola de que sólo estaba bromeando.

—¿Cookie? ¿Ésa es la bruja que blandía el hacha ensangrentada?

—Oh, no tienes por qué tenerle miedo a Cookie —le aseguró Laura—. No es capaz de matar una mosca. —Frunció el ceño—. Un pollo tal vez, o cualquier otro animal que se pueda cocinar, pero no una mosca.

—Supongo que no puede decir lo mismo del hombre que trató de insertarme en la bielda.

Laura agitó la mano como para desechar su preocupación.

—Tampoco tienes que preocuparte por él. Simplemente actuó como Dower.

—Muy duro y agrio, ciertamente.

—Duro no —rió ella—. Do-wer. Jeremiah Dower para ser más exactos. Es el marido de Cookie y una especie de hombre para todo trabajo en la propiedad. Cookie siempre ha dicho que tiene un carácter agrio porque su madre lo alimentó con zumo de limón. Sé que no quería hacerte ningún daño. Tal vez pensó que estabas con un ataque de rabia violento. Has estado perdiendo y recuperando el conocimiento desde que regresaste a nosotros.

—¿Regresé de dónde?

—O sea que no recuerdas nada, ¿eh? —Suspirando tristemente, empezó a tironear la hilera de rosetas de seda que le adornaban el corpiño para no mirarlo a los ojos—. El doctor nos advirtió que podría suceder eso.

—¿Y qué doctor fue ése?

—Vamos, el doctor... el doctor Drayton de Londres. Verás, en Arden no hay médico, aunque Tooley Grantham, el herrero, es capaz de abrir un furúnculo o arrancar una muela infectada cuando la ocasión lo exige. Así que fue este doctor Drayton el que nos dijo que no era raro que un hombre experimentara cierto grado de pérdida de memoria después de sufrir un golpe tan traumático en el bo... en la guerra.

—¿La guerra? Recuerdo la guerra.

—¿Sí? —preguntó ella, olvidando ocultar su sorpresa.

Él se había vuelto a apoyar en la pared, con los ojos nublados, como por el humo de un lejano campo de batalla.

—Recuerdo el olor a pólvora, los gritos... el retumbo de los cañonazos.

—Estabas... estabas en la infantería. Fuiste todo un héroe, nos han dicho. Por eso subiste esa colina en Waterloo y trataste de apoderarte de uno de los cañones franceses aunque ya estaba encendida la mecha.

—¿Está segura de que fui un héroe? —dijo él, enderezándose—. Eso parece más el acto de un tonto loco.

—Ah, fue un acto muy valiente. Si el impacto hubiera dado un solo palmo a la izquierda, te habría destrozado, y no te habrías escapado de lo peor. Claro que podrías haber resultado totalmente ileso si no hubieras..., eh... si no hubieras aterrizado de cabeza —concluyó rápidamente, apenada al descubrir que tenía un talento para mentir que en realidad superaba al de Lottie.

Él se frotó la frente con esos largos y elegantes dedos.

—Supongo que eso explicaría este condenado dolor de cabeza.

Ella asintió alegremente.

—Desde luego. Estábamos empezando a dudar de que recuperaras del todo el conocimiento.

Él bajó la mano.

—Pero ahora lo he recuperado.

—Sí —concedió ella, amilanada por el contraste entre su voz sedosa y el destello predador de sus ojos.

—Con usted.

—Conmigo —dijo ella, retrocediendo hasta chocar con una mesa de tres patas de utilidad ocasional.

¿Cómo diablos se las arreglaba para hacerla sentirse acosada sin dar ni un solo paso hacia ella?

—¡Y quién diablos eres! —bramó él de pronto, haciéndola encogerse.

La mesa que tenía detrás se tambaleó peligrosamente. Se giró para afirmarla, aprovechando para hacer tiempo. Le había costado un mínimo esfuerzo mentir acerca del nombre de él. ¿Por qué entonces le resultaba casi imposible decirle la verdad acerca del de ella? Se entretuvo tocando las cosas que había sobre la mesa, pasando la mano por un acerico de satén y un dedal de peltre. Cuando por distracción apoyó la mano sobre la desgastada cubierta de cuero de la Biblia de lady Eleanor estuvo a punto de quitarla bruscamente, avergonzada. Pero una oleada de desafío la detuvo. Le había pedido a Dios que le enviara un hombre y se lo había enviado. ¿Cómo podía ser pecado entonces quedárselo?

Tragándose sus últimas dudas, se giró y lo miró a los ojos con una tranquilidad que la sorprendió incluso a ella.

—¿No me recuerdas, cariño? Soy Laura Fairleigh, tu prometida.

Igual él podría haber tenido tallados en granito sus fuertes mandíbulas y sus regios pómulos; ni siquiera pestañeó.

—¿Estamos comprometidos?

Ella asintió.

—¿Para casarnos?

Ella volvió a asentir, esta vez con una cariñosa sonrisa.

Él cerró los ojos y empezó a deslizarse pared abajo.

Laura emitió una suave exclamación de consternación. No se le había ocurrido pensar que su mentira sería para él un golpe fatal. Todo el color dorado desapareció de su piel, dejando ver lo mucho que le había costado el esfuerzo de mantenerse de pie todo ese tiempo. Esta vez él no protestó cuando ella corrió en su ayuda, aunque logró reunir la fuerza suficiente para abrir los ojos y mirarla fijamente a través de sus pestañas.

Ella alcanzó a cogerlo antes que cayera al suelo, lo que no fue tarea fácil, teniendo en cuenta que pesaba casi un quintal más que ella. Sólo rodeándole la cintura con un brazo y aguantándole el hombro con el suyo consiguió mantenerlo de pie. Y así trabados en ese incómodo abrazo avanzaron tambaleantes hasta la cama, en una especie de desgarbado vals. Trató de empujarlo sobre la cama, pero la resbaladiza colcha no le dejó otra opción que medio caer en la cama con él.

Y allí quedó, con el brazo todavía metido debajo de él. No habría sabido decir si su respiración entrecortada se debía al esfuerzo o al calor de toda esa piel masculina desnuda presionada sobre su costado.

—Es una suerte que ya estemos comprometidos —dijo él, sarcástico, haciéndole cosquillas en la oreja con su aliento—. Si ese criado tuyo nos llega a sorprender en esta apurada situación, creo que tendría que casarme contigo a puntas de bielda.

Laura consiguió liberar el brazo y sentarse en el borde de la cama. Con las mejillas ardientes se metió un rizo rebelde en el desarreglado moño.

—No seas tonto. Dower sabe tan bien como yo que no eres el tipo de hombre que comprometería la virtud de su novia.

Él la miró ceñudo.

—¿No soy ese tipo de hombre? ¿Estás absolutamente segura de eso?

—Por supuesto que lo estoy. Siempre te has comportado con el más perfecto decoro.

Gimiendo, él se puso un brazo sobre la frente.

—No me extraña que haya tratado de arrojarme delante de ese cañón. No tenía ningún motivo para vivir.

Estando ocultos esos penetrantes ojos, ella se sintió libre para mirar detenidamente la atractiva curva de sus labios, libre para recordar el seductor beso que se dieron en el bosque.

—Tenías el mejor motivo de todos —le dijo dulcemente—. Poder volver a mí.

Él bajó el brazo. Una inquietud aún más perturbadora que la desconfianza brilló en el fondo de sus ojos.

—¿Cuánto tiempo hemos estado separados?

—Casi un año, diría yo —repuso ella bajando la cabeza, acosada por la timidez y la vergüenza—. Aunque a mí más me parece toda una vida.

—Pero me esperaste.

Ella lo miró a los ojos.

—Te habría esperado eternamente.

Una sombría expresión de desconcierto pasó por la cara de él. Ella tuvo la impresión de que ese pequeño grano de verdad había sido más cruel que todas sus mentiras. Cuando él levantó la mano para ahuecarla en su mejilla, comprendió que había sido un error no ponerse fuera de su alcance cuando tuvo la oportunidad. Dudaba de ser capaz de moverse si las ropas de cama estallaban en llamas.

Él tenía los dedos a sólo una pulgada de su mejilla cuando soltó un grito, sobresaltado.

Un gatito amarillo, todo orejas y desgarbadas patas se había subido a su muslo derecho, enterrando las uñas en el edredón con cada exuberante salto. Aliviada por la distracción, ella cogió al gatito, lo puso sobre su palma y le acarició la gorda barriga peluda.

—Éste es tan pequeño que mi hermana no lo vio.

—Sácalo de aquí, por favor —dijo él con los dientes apretados—. No soporto a estos bichos.

Frotando la mejilla en el suave pelaje del gatito, ella le sonrió.

—Me parece que vuelve a fallarte la memoria. Adoras los gatos.

Él agrandó los ojos.

—¿Sí?

Ella asintió y, pese a su horrorizada mirada, le colocó el gatito sobre el pecho. Hombre y gato se miraron con igual desconfianza durante un tenso momento, hasta que el gato bostezó, se desperezó y se enrolló en un ovillo, ronroneando, haciéndose un cómodo nido sobre su esternón.

Él movió la cabeza.

—Supongo que ahora me dirás que adoro a esa insufrible cría que me echó los gatos encima.

—A pesar de un ocasional choque de voluntades —repuso ella, eligiendo las palabras con sumo cuidado—, tú y Lottie siempre os habéis tenido bastante afecto.

Cerrando los ojos, él giró la cara hacia el otro lado, como si esa última revelación fuera más de lo que podía esperar soportar un hombre. Ella le subió suavemente el edredón sobre el pecho, deteniéndose justo antes del gatito dormido.

—Ya has tenido bastantes emociones por un día. Necesitas reservar tus fuerzas.

Ya se giraba para marcharse cuando él le cogió la muñeca. Con el pulgar le frotó la sensible piel de la curva interior, en un movimiento peligrosamente cercano a una caricia.

—¿Laura?

—¿Sí? —preguntó ella haciendo una temblorosa inspiración.

—¿A ti también te adoro?

Su única defensa contra la oleada de anhelo que le produjeron esas palabras era no darles importancia.

—Por supuesto que me adoras —dijo, arrugando la nariz en una traviesa sonrisa—. ¿Cómo podrías resistirte?

Se soltó la muñeca y escapó, esperando que no fuera demasiado pronto para empezar a felicitarse por su ingenio.

—Miente descaradamente.

Puesto que no había nadie presente, el hombre en cama se vio obligado a hacer su comentario a la bola de pelaje dorado anidada en su pecho. El gatito despertó de su siesta y lo miró con soñoliento interés.

Levantó la mano y acarició el aterciopelado triángulo entre las orejas del gato. A pesar de su renuencia inicial, ese movimiento de la mano le resultó extrañamente conocido, como si lo hubiera hecho cien veces en el pasado.

—Sé que miente, pero ¿cómo puedo demostrarlo si no logro recordar la verdad?

El gatito comenzó a cerrar los ojos y bostezó dejando ver el rosado agujero de su hocico.

—No te interesa lo más mínimo lo que estoy diciendo, ¿no es cierto? Simulas que me escuchas sólo para darme en el gusto. —Sin hacer caso del ofendido maullido, lo levantó y le miró el vientre—. Hembra —declaró, agitando la cabeza, disgustado—. Debería haberlo sabido.

Con una palmada en el lomo envió rodando a la gatita hasta el pie de la cama; después se sentó y bajó los pies al suelo. Una nueva oleada de vértigo lo recorrió todo entero, haciendo girar la habitación. Bajó la cabeza y apoyó la dolorida frente en las manos. Le dolería menos si esa maldita bala de cañón le hubiera arrancado la cabeza.

Cuando empezó a remitir el sordo dolor, paseó la vista cautelosamente por la habitación. En general, tenía un aire de desvanecida elegancia; aspecto pobre, pero no poco acogedor. Las paredes no estaban tapizadas en seda sino empapeladas; el dibujo del papel eran rosas cuyo color desvaído daba la impresión de haber sido rosadas en otro tiempo. Una raída alfombra cubría la mayor parte del suelo de madera. El mobiliario consistía en una silla, una cómoda alta de caoba, un tocador, un mueble lavabo coronado por una palangana y una jofaina de porcelana, y una mesa para cualquier uso que probablemente fue desechada al reamueblar un salón. Ni siquiera una capa de cera de abeja aplicada con esmero podría disimular el hecho de que la mayor parte de su color había desaparecido de la madera con el tiempo y las repetidas limpiezas.

Al hacer una inspiración profunda, aspirando el aroma a azahar que perfumaba el aire, le sobrevino otra oleada de mareo. Cerró los ojos para esperar que se le pasara. En una cosa no podía acusar a Laura de mentir: conocía esa habitación. Conocía las columnas aflautadas en blanco y oro que sostenían el medio dosel y conocía la piedra desconchada del hogar. Conocía las sombras que se formaban bajo los aguilones y los rayos oblicuos del sol matutino que entraban por los vidrios de las altas ventanas. Había una exactitud en todo eso que ni él podía negar. Conocía todo de esa habitación.

Todo, a excepción de él.

Se levantó lentamente, teniendo buen cuidado de sujetarse el edredón alrededor de la cintura. El tocador con su banqueta tapizada en brocado y su espejo ovalado parecía estar a cien leguas de distancia, y no quería que algún otro sorpresivo visitante lo cogiera con la guardia baja. Cada paso arrastrado le producía un retumbante dolor en todo el cráneo. Cuando llegó al tocador y se sentó por fin en la banqueta tenía la piel pegajosa de sudor y le temblaban las manos.

Se cogió con fuerza del borde a esperar que se le pasara el temblor. Aun no preparado para mirar el espejo, se dedicó a observar la superficie. El tocador tenía un encantador aspecto de desorden que lo hacía parecer como si una dama acabara de arreglarse y estuviera a punto de volver a la habitación en cualquier momento. De un envoltorio de papel abierto sobresalían horquillas, sus cabezas de perla reposando sobre una delgada capa de polvos de arroz. Un cepillo con dorso de plata todavía contenía pelos castaño rojizo mezclados con canas. Destapó un frasco de perfume; el embriagador aroma a azahar le produjo una indecible sensación de pérdida.

De una cajita lacada sobresalía un medallón de oro con incrustaciones de madreperla. Se lo puso en las manos y lo abrió; en su gracioso interior oval su dueña había puesto tiernamente un mechón de finísimos cabellos de bebé. ¿Alguien alguna vez lo habría querido tanto como para conservar un recuerdo así de su inocencia?, pensó. Cerró el medallón y lo dejó dentro de la caja.

No podía evitar eternamente mirar al hombre reflejado en el espejo. Haciendo una temblorosa inspiración, acercó la cara y miró, desesperado por ver algún atisbo de reconocimiento.

Desde el espejo lo miraba un desconocido.

Deseó apartarse, pero no pudo. Estaba demasiado fascinado por el sátiro de pelo revuelto y ojos recelosos que lo miraba desde el espejo; tenía una cara que cualquiera calificaría de irresistiblemente hermosa si no le importaba el atisbo de arrogancia que se veía en su frente ni las sardónicas arruguitas que enmarcaban su boca. Era la cara de un hombre acostumbrado a obtener lo que deseaba, el tipo de cara que ejerce el poder en el mundo, no en virtud de la bondad o integridad de su dueño sino por la pura fuerza física de sus planos y ángulos. Tenía que reconocer que era una cara extraordinariamente atractiva.

Aunque no estaba seguro de que fuera una cara que deseara poseer.

Al margen de lo que asegurara Laura, no parecía ser la cara de un hombre que se comportara con perfecto decoro con su prometida.

—¿Cómo está usted? —dijo al hombre del espejo—. Me llamo Nicholas. Nicholas... Radcliffe. —Frunció el ceño. Ese nombre le era totalmente desconocido y salía de su lengua como si fuera otro idioma—. Soy Nicholas Radcliffe —repitió, enérgicamente—, y ésta es mi novia, la señorita Laura Fairleigh.

Ese nombre sí le salía un poco más natural. Le pasaba por la lengua con la familiaridad de una canción que le gustara.

Se pasó una mano por la barba que empezaba a cubrirle la mandíbula. ¿Qué estarían pensando esos dos criados estúpidos para dejar a una muchacha inocente a merced de un hombre de su aspecto?

Si es que era una muchacha inocente, claro.

Con esa nariz ligeramente respingona que se le arrugaba al sonreír y esas tenues pecas sobre sus mejillas besadas por el sol, ciertamente parecía inocente. Los abundantes cabellos apilados sobre la cabeza insinuaban suaves rizos mientras sus cejas más oscuras se arqueaban sobre sus ojos tan exquisitas y dulces como una tinaja de chocolate derretido.

No era una beldad, pero sí la mujer más encantadora que había visto en su vida.

—Maldición —masculló, mirando furioso su imagen—, por lo que recuerdas, es la única mujer que has visto.

A no ser que contara a la arpía del hacha con la sombra de bigote en el labio superior, cosa que de ninguna manera sentía la inclinación a hacer.

La expresión de los ojos del desconocido que lo miraba desde el espejo era inconfundiblemente cínica. A ninguna mujer le aconsejaría mentirle a un hombre así, si no quería exponerse a riesgos.

Entonces, ¿por qué Laura Fairleigh estaba dispuesta a correr el riesgo? Ni siquiera sabía por qué estaba tan seguro de que mentía. Al parecer se lo advertía un instinto más fuerte que la memoria. Tal vez no era tanto mentira como el no revelarle toda la verdad. ¿Sería su compromiso uno arreglado, sin verdadero afecto? ¿O habrían tenido una fea pelea antes de que él se fuera a la guerra?

El siguiente pensamiento le produjo un extraño escalofrío. Tal vez ella le había sido infiel durante su ausencia. Tal vez cansada de esperar su regreso había buscado solaz en los brazos de otro hombre.

El sentimiento de culpa explicaría su tartamudeo, su renuencia a mirarlo a los ojos, el pulso acelerado que notó en los dedos cuando le acarició la sedosa piel de la muñeca.

Pero todo eso también lo explicaría la timidez. Si la separación había sido tan larga como ella decía, sería natural que la intimidara su cercanía física. Tal vez, como cualquier doncella, estaba sencillamente esperando que él volviera a atraerla a sus brazos cortejándola con palabras bonitas y castos besos.

Recordando cómo se le pegaba a la piel la muselina rosa de su vestido, se vio obligado a reconocer que tal vez disfrutaría dedicándose a esa tarea. Su novia podía ser tan delgada y de piernas largas como un potrillo, pero sus curvas tenían una seductora gracia femenina. De eso se dio cuenta en el momento en que cayeron juntos en la cama y él sintió en el costado la presión de sus pechos altos y firmes. Se ajustó el edredón, descubriendo que el hecho de que le vibrara otra parte del cuerpo que no fuera su cabeza no le producía el alivio que había esperado.

—Bueno pues, Nicholas, hombre —dijo a su pesarosa imagen—. Mientras no te vuelva la memoria, no tienes más remedio que dar tiempo al tiempo y tratar de conocerte a ti mismo y a tu futura esposa.

Su novia podía querer entramparlo en una red de mentiras, pero de esa brillante red colgaba una gema de verdad innegable: no sería difícil adorar a Laura Fairleigh.

Capítulo 5

Añorarte me ha vuelto
casi loca de pena.

—¿*H*as perdido la chaveta, muchacha? —gimió Cookie sentándo-se en una bala de heno—. Simplemente no puedes ir y casarte con un desconocido.

George golpeó los puños en el destartalado banco en que estaba sentado a horcajadas.

—¡No puede! —exclamó—. Porque yo soy el hombre de esta fa-milia y no lo voy a permitir, maldita sea.

—No digas palabrotas, George —dijo Laura automáticamente.

Dower se acercó a darle un suave tirón de orejas a George.

—Ya has oído a tu hermana, muchacho. No digas palabrotas; no es cristiano. Además, si alguien aquí va a impedirle que se case con ese cabrón sinvergüenza, ése seré yo.

Laura exhaló un suspiro. Teniendo en cuenta la tendencia de Geor-ge a sobreprotegerla, la incapacidad de Lottie de hablar en voz baja y el colorido vocabulario de Dower, había decidido celebrar la reunión familiar en el corral granero, lo más lejos posible de los oídos del tema de discusión. Después que les explicó someramente su plan, con una perfecta mezcla, en su opinión, de brillante ingenio e irrefutable lógi-ca, todos estallaron en gritos de incredulidad y horror en diversos grados, demostrándole que su intuición no se había equivocado. In-cluso la vieja vaca lechera que asomaba la cabeza fuera de la puerta del corral en que estaba apoyado Dower, la miró con sus acuosos ojos entrecerrados y emitió un mu de reproche.

Desde el nido que se había hecho con sus gatitos en el altillo para el heno, Lottie comenzó a sorber por la nariz, señal precursora de ruidosos sollozos.

—¿Qué nos ocurrirá si descubre que le hemos mentido? ¿Y si llama a las autoridades y nos hace colgados?

—Colgar —corrigió Laura amablemente.

Dower soltó un bufido.

—¿Y cómo va a traer a las autoridades cuando seguro que él es un fugitivo de la justicia? Un caballero listo como él no se va a arriesgar a que lo cuelguen.

—No nos creerá —predijo George, sombríamente.

—Pues sí que nos creerá —insistió Laura—. Sólo tenéis que entrar en el espíritu del asunto. No se diferenciará en nada de las funciones de teatro que lady Eleanor nos ayudaba a montar para los niños de la aldea en Navidad. Vamos, todos han dicho siempre que la representación de Lottie del Niño Jesús bebé era tan conmovedora que hacía brotar las lágrimas hasta a los paganos más firmes.

—A mí me hizo brotar lágrimas —dijo Dower—, sobre todo cuando tuve que cargar hasta el pesebre a un bebé que pesaba casi un quintal. Desde entonces no me ha abandonado el lumbago —añadió, friccionándose la parte baja de la espalda.

—Por lo menos tú no tuviste que convencer a los críos que eras una virgen —terció Cookie—. Cuando hice ese discursito acerca de que nunca había conocido hombre, Abel Grantham se rió tanto que se cayó del burro dentro del pesebre y casi mató al pobre Niño Jesús.

Laura recordaba muy bien el incidente, pues fue ella la que tuvo que correr a sacar a Abel de encima de Lottie, uno farfullando y la otra llorando. Ninguna cantidad de incienso podría haber disimulado el apestoso aliento a whisky de ese Rey Mago.

No queriendo recordarles otros desastres ocurridos durante esas actuaciones de aficionados, como cuando la pipa encendida de Dower le incendió el turbante a George o cuando las ovejas se escaparon de sus pastores y entraron balando por los pasillos de la iglesia del pueblo, Laura se puso una alegre sonrisa en la cara.

—Exactamente así es como tenéis que considerar nuestro plan. Nada más que como una simple representación inofensiva.

Cookie agitó la cabeza tristemente:

—Lo que nos propones no es una representación, muchacha. Es una mentira. Y nada bueno puede resultar de mentirle a un hombre. —Miró inquieta hacia la puerta—. Sobre todo a un hombre como ése.

Se desvaneció la alegre sonrisa de Laura.

—Puede que eso sea cierto, Cookie. Pero estoy firmemente convencida de que menos bueno aún puede resultar decir la verdad.

Todos se quedaron mirándola desconcertados por el acerado filo de su voz.

Laura comenzó a pasearse por entre los corrales; al suave ruido de sus pasos sólo se unía el del aleteo de las golondrinas posadas en los aleros.

—Tal como yo lo veo, se nos han agotado las opciones. Puesto que no tengo la menor intención de casarme con uno de los hombres de la aldea para ser desgraciada el resto de mi vida, sólo nos queda la opción de dejar nuestro futuro en las manos de Sterling Harlow. No creo que lo llamen el Diablo de Devonbrooke por nada. Lo último que desearía sería meteros miedo, pero ¿alguno de vosotros se ha parado a pensar qué tipo de «colocaciones» podría buscarnos un hombre como ése? —Apoyando una mano en el poste lleno de astillas, alzó la vista hacia el altillo; los brillantes ojos de su hermana la miraban desde las sombras—. Lottie, no creo que sea insólito enviar a niñas de tu edad al asilo de los pobres, a trabajar del alba a la medianoche hasta que se les rompa el alma igual que la espalda.

—No me importaría —repuso Lottie enérgicamente—. Con tal de que no tengas que casarte con ese troglodita de mal genio.

—Pero ¿qué será de tus manos tan finas y suaves? ¿Y de tu pelo?

Lottie se tocó sus rizos con una mano trémula. Todos sabían que lo único que recordaba de su padre era que él la llamaba su Ricitos de Oro.

—Podría peinármelo en trenzas, supongo.

Laura negó con la cabeza, odiándose casi tanto como odiaba a Sterling Harlow.

—Creo que eso no será posible. Cuando los piojos se apoderen de tu cabeza, no tendrás más remedio que cortártelos bien cortos.

George se incorporó de un salto.

—A mí no se atreverá a mandarme a ese lugar. Ya tengo edad para huir y entrar en la armada.

Laura se giró hacia él con expresión apenada.

—Por mucho que te guste creerte un hombre, George, aún no lo eres.

George volvió a sentarse en el banco, sin mirarla.

Laura fue a arrodillarse ante Cookie y le miró la afligida cara.

—¿Y qué será de ti y de Dower? ¿Cuánto tiempo crees que este duque os tendrá a su servicio? Si lady Eleanor no os hubiera considerado miembros de su familia, hace años que os habría despedido.

—A este viejo carnero todavía le queda mucha energía en sus cuernos —proclamó Dower.

Laura le cogió una de sus nudosas manos.

—En los meses de verano tal vez. Pero ¿qué pasará en esas frías noches de invierno cuando se te hinchan y agrietan tanto los dedos que te sangran y casi no puedes doblarlos? Tú sabes a qué me refiero, ¿verdad, Cookie? Lo he oído pasearse toda la noche porque no puede dormir de dolor.

Cookie desvió la vista para evitar su mirada, y Dower la hizo ponerse de pie.

—No me importa que todos acabemos en el asilo de los pobres, con los lomos rotos y los dedos sangrando. Seguimos pensando que usté vale demasiado para dejar que se venda a un desconocido por nosotros.

Laura retiró la mano de la de él, con creciente desesperación.

—Eso es justamente lo que os estoy pidiendo, que penséis en mí. ¿Os habéis parado a pensar qué será de mí si este duque reclama Arden Manor para él?

Dower se rascó su canosa cabeza.

—Es una muchacha educada, ¿no? Podría ser una de esas institutrices que enseñan a los críos de los nobles.

Laura suspiró.

—Sé que lo que voy a decir os va a horrorizar a todos, en especial a Lottie, que siempre se ha creído la Beldad Incomparable de la familia, pero hay un motivo para que todos los hombres de la aldea deseen casarse conmigo.

Todos la miraron como sin comprender.

—Soy atractiva —continuó Laura, en un tono que daba a entender que ése era el más grave de sus defectos—. Demasiado atractiva para ser institutriz. Aun en el caso de que una señora me acepte en su casa, lo que dudo, sería sólo cuestión de tiempo que uno de los hombres de la casa, su hermano, su hijo, o incluso su marido, me arrinconara en la escalera de servicio. Entonces perdería no sólo mi puesto sino también mi reputación. Y en este mundo, una vez que una mujer pierde su reputación se convierte en presa para todo tipo de sinvergüenzas y libertinos. —Miró sombríamente a cada uno—. Y eso no es lo peor. Existe otra posibilidad que debemos tener en cuenta. ¿Y si el propio duque me toma afición y decide convertirme en su amante?

Dower se tragó una blasfemia y Cookie hizo la señal de la cruz para evitar el mal de ojo, como si ella hubiera dicho que se convertiría en concubina del propio demonio.

—¿Quién puede evitar que un hombre de su riqueza, poder y conexiones sociales obligue a una muchacha de campo sin un penique a aceptar sus atenciones? Vamos, incluso en la aldea hay quienes asegurarían que yo debería agradecer su protección. —A pesar del rubor que le coloreaba las mejillas, alzó el mentón, desafiadora—. Puede que con este plan me venda a un desconocido, pero por lo menos será a un desconocido elegido por mí.

Sus orgullosas palabras quedaron flotando en el aire, avergonzándolos a todos.

Dower se pasó la mano por la garganta.

—Si es ese joven carnero el que quiere tener, entonces supongo que lo único que puedo hacer es ayudarla a meterlo en el redil.

Laura le echó los brazos al cuello y le besó la picajosa mejilla.

—¡Dios te bendiga, Dower! No podría hacerlo sin ti. Mañana a primera hora saldrás para Londres, para consultar ahí con tus viejos amigos. Quiero que trates de descubrir si estos últimos días se ha comentado la desaparición de un caballero.

—O si ha escapado algún convicto —masculló Dower en voz baja.

—Yo espero que resulte ser un hijo segundón de un hijo segundón sin herencia y aún menos perspectivas de futuro —dijo Laura y reanudó el paseo por entre los corrales, con el paso más ligero que antes—. Si hemos de casarnos antes de mi cumpleaños, las amonestaciones se han de leer en la iglesia en tres domingos sucesivos, empezando pasado mañana. Eso significa que tengo menos de tres semanas para verificar que no tiene ya una esposa por ahí.

Dado el poco tiempo que lo conocía y la naturaleza de su relación, la sorprendió lo mucho que le dolió esa idea.

—Me alegra que te queden escrúpulos para no rebajarte a cometer bigamia —dijo George con voz arrastrada—. Pero ¿qué harás si Dower encuentra a la familia de este hombre, o a su esposa?

—Entonces supongo que mi única opción será devolverlo a su legítima propietaria —suspiró Laura.

—Como a una oveja extraviada —dijo Dower.

—O un cerdo perdido —añadió Lottie, despectiva.

—¿Y si te casas con este individuo y luego llega a Arden alguien de Londres y lo reconoce? —preguntó George—. Entonces, ¿qué?

—¿Y cuándo fue la última vez que nuestra humilde aldea recibió una visita de Londres?

Esta pregunta de Laura silenció incluso a George. La verdad, ninguno de ellos recordaba eso. Pero su hermano parecía resuelto a demostrar que podía ser tan implacable como ella.

—¿Y qué pasa si firma el registro de matrimonio con un nombre falso? ¿Estaréis casados verdaderamente a los ojos de la Corona?

Laura se detuvo en su paseo; no había considerado ese punto. Tragándose toda una vida de instrucción espiritual, encaró a su hermano con la cabeza en alto.

—Estaremos casados a los ojos de Dios, y por lo que a mí respecta, los ojos de Él son los únicos que importan.

Sin decir palabra, Cookie se levantó de la bala de heno y echó a andar hacia la puerta.

Laura había logrado mantener la serenidad ante las protestas de Dower y el escepticismo de George, pero si la bondadosa Cookie volvía a manifestar su oposición, temía que simplemente se echaría a llorar.

—¿Adónde vas?

—Si tengo que coserte un vestido de novia antes de tu cumpleaños, no puedo estar todo el día holgazaneando en el corral con las vacas y gallinas. Creo que lady Eleanor dejó un poco de crepé blanco guardado en el ático, para este día. —Se secó las mejillas mojadas con el borde del delantal—. Ojalá nuestra querida señora estuviera aquí para verte ante el altar con ese apuesto cervatillo. Ése era uno de sus sueños más acariciados, ¿sabes?

Laura se tragó sus propias lágrimas. Para lady Eleanor había solamente un sueño más acariciado que ése: el sueño de que algún día su hijo llegara a largas zancadas por el camino a arrojarse en sus brazos.

Se cogió del brazo de Cookie.

—¿Crees que le importaría si sacáramos un poco del encaje de Bruselas de las cortinas del salón para adornar las mangas?

Cuando Laura y Cookie salieron del corral hablando de ramilletes y tartas de boda, Dower las siguió meneando la cabeza, disgustado.

—Deberían haberse quedado en el corral, de donde son. No hay nada como una boda para hacer poner ojos de ternera a una muchacha perfectamente sensata.

El corral quedó en silencio un largo rato después que se marcharon los otros. Finalmente George se levantó de un salto y dio una fuerte patada a un balde lleno de alimento. Los granos salieron volando por el aire en un dorado arco. El balde aterrizó con un ruido metálico que sonó como el latigazo de un rayo en el silencioso corral.

—¡Dice que lo va a hacer por ella, pero eso no es cierto! —exclamó—. Lo va a hacer por nosotros. Lo va a hacer porque yo soy demasiado niño para mantener a mi familia. —Se apoyó en el poste, con las manos apretadas en impotentes puños—. Dios de los cielos, si fuera por lo menos la mitad de un hombre.

En el altillo, Lottie seguía sentada con las piernas cruzadas sobre el heno, sin dar señales del histrionismo que él había esperado. Tenía pálida y quieta la carita redonda, y habló con voz extrañamente tranquila:

—Simplemente no podemos permitir que lo haga. No podemos permitir que sacrifique su virtud por nosotros. Se merece algo mejor que soportar un destino peor que la muerte a manos de un desalmado.

—No te fijaste en cómo lo miraba —dijo George sombríamente—. Era casi como si pudiera gustarle el tipo de muerte que le producirían esas manos.

—Para ti es fácil decir eso. No eres una mujer.

—Tú tampoco.

Lottie apoyó la barbilla en una mano.

—Si Laura se casa antes de cumplir los veintiún años hereda la casa.

—Ése parece ser el motivo de toda esta locura —concedió George, receloso de la expresión calculadora de su hermana.

—Pero no hay nada en el testamento de lady Eleanor que diga que tiene que continuar casada.

—Sabes tan bien como yo que Laura no sobreviría jamás a la deshonra de un divorcio.

—¿Quién ha dicho nada de divorcio? —dijo Lottie, acariciando la bolita de piel gris que tenía en la falda—. En las novelas de la señorita Radcliffe, el villano que pretende comprometer la virtud de la heroína siempre se encuentra con una muerte intempestiva antes que lo logre.

George se plantó las manos en las caderas y la miró fijamente.

—Vamos, Carlotta Anne Fairleigh, no estarás pensando en asesinar a ese pobre diablo, ¿verdad? Al margen de lo que leas en esos estúpidos libros, no puedes ir por ahí matando personas porque no les gustan los gatos. O porque no les caes bien tú.

—¿Y por qué no? —replicó Lottie—. Considera las ventajas. Como viuda, Laura cosecharía todos los beneficios del matrimonio sin sufrir ninguna de sus obligaciones. Y si ocurriera que su novio sufre un accidente intempestivo después de la boda, pero antes de la noche de bodas, entonces no tendría que soportar la vergüenza de que él le ponga sus asquerosas manos encima.

George no pudo dejar de abatirse ante eso último. Fue hasta la puerta esperando que la brisa le disipara la niebla de rabia del cerebro. Los escombros quemados de la casa parroquial donde antes vivieran con sus padres estaba en una distante esquina de la propiedad, pero los días ventosos y calurosos como aquel él habría jurado que sentía en las narices el olor acre del humo y en la lengua el sabor amargo de las cenizas.

—Si estuvieran aquí papá y mamá, sabrían qué es lo mejor para Laura —dijo, con la cara vuelta hacia el sol matutino—. Sabrían qué es lo mejor para todos.

—Pero no están. Estamos nosotros.

Él suspiró.

—Los tres hemos estado tan bien durante tanto tiempo. Supongo que pensé que podríamos continuar así eternamente.

—Y podemos —dijo Lottie en voz baja—. Si aceptas ayudarme.

George cerró los ojos, pero no pudo borrar la imagen de su hermana en los brazos de un desconocido. Durante un momento eterno le pareció que incluso el viento retenía el aliento, esperando su respuesta.

Cuando por fin volvió a la penumbra del corral, sus labios estaban curvados en una triste sonrisa.

—El negro siempre le ha sentado muy bien a Laura.

Los dientes de Lottie brillaron, cuando le sonrió desde el altillo.

—Exactamente lo que quiero decir.

Capítulo 6

Siempre fuiste un ángel tan perfecto...

Nicholas Radcliffe estaba de malhumor.

Eso lo descubrió la tarde siguiente alrededor de la hora del té, cuando se abrió la puerta más o menos por centésima vez ese interminable día para dar paso a alguien que no era su novia.

Al parecer la esquiva señorita Fairleigh había decidido que era mejor dejarlo abandonado a las atenciones de quienquiera pasara por su puerta a cualquier hora. Incluso Dower había ido a hacerle una breve visita esa mañana, oliendo a ovejas y ceñudo como una máscara de la muerte. Lo informó de que se iba a Londres a visitar el mercado de ganado. Con un arrugado sombrero de ala ancha en las manos, masculló una seca disculpa por haber estado a punto de empalarlo en su bielda, y todo esto sin dejar de mirarlo evaluador con unos ojillos negros como bolitas, haciéndolo sentirse como si lo estuviera midiendo para mandarle a hacer el ataúd.

Después se presentó el hermano de Laura, trayendo una bandeja con arenque ahumado y huevos y la cara arrugada en un ceño mohíno. Cuando él le preguntó por el paradero de su hermana, George masculló una evasiva y salió a toda prisa de la habitación.

Cuando volvió a abrirse la puerta un rato después, se apresuró a sentarse en la cama sin hacer caso del mareo. Tenía mil preguntas para hacer, la mayoría de las cuales sólo podía contestar Laura. Grande fue su decepción al ver la cofia blanca torcida sobre unos rizos grises que pertenecían a Cookie. Tuvo que luchar a brazo partido para arrebatarle la palangana, el jabón, los trapos y la navaja de afeitar de sus agrietadas manos e insistir en que se lavaría y afeitaría él, pues no tenía ningún deseo de repetir la limpieza del día anterior.

Cuando ella ya se marchaba, no pudo resistirse a hacerle un guiño inocente y decirle:

—No tienes por qué darte tanta prisa, Cookie. Dudo que yo tenga algo aquí debajo que no hayas visto cien veces antes. —Arqueando una burlona ceja, miró debajo de la manta—. O por lo menos una.

Cookie se puso granate y ahogó una risita infantil con el delantal.

—No diga bobadas, señor. Sí que es un caballero pícaro.

—No es eso lo que me dice tu señora —musitó él después que ella se fue.

Se le desvaneció la sonrisa, dando paso a un ceño pensativo. La gatita amarilla acurrucada en la curva de su rodilla lo miró perplejo. Pese a sus repetidos intentos de ahuyentar al molesto bicho, ésta se negaba a alejarse de su lado más de unos pocos minutos por vez.

A medida que se alargaban las horas y le aumentaba el malhumor, empezó a sentirse más un prisionero que un paciente. Si tuviera sus pantalones, por lo menos podría levantarse y pasearse por la habitación. El sordo dolor de cabeza había remitido un tanto, era molesto pero no insoportable.

Poco antes de la hora del té, cuando empezaba a caer en un sueño inquieto, comenzó a abrirse la puerta nuevamente. Al no ver materializarse a Laura, su primera reacción fue arrojar algo rompible. Lo único que veía en su posición acostada era una mata de rizos rubios sujetos por una cinta rosa torcida. Esta visitante iba entrando de cuatro patas.

Una mano pequeña de dedos regordetes y uñas romas subió por el lado de la cama y empezó a explorar por entre la colcha acercándose peligrosamente a su cadera; al no encontrar lo que buscaba, empezaron a elevarse los rizos como el agua dorada de una fuente. Cuando Lottie Fairleigh asomó la cabeza por el lado de la cama, Nicholas entrecerró los ojos para observarla a través de las pestañas.

—Ahí estás, bestia pícara —siseó ella, estirando la mano para coger a la gatita dormida.

—Ésa no es una manera muy simpática de tratar al hombre con el que se va a casar tu hermana —dijo Nicholas con voz arrastrada, incorporándose apoyado en un codo.

Lottie cayó de espaldas en la raída alfombra, formando una O de sorpresa con sus rosados labios.

—Te advierto que si empiezas a chillar otra vez, yo también chillaré, y estaremos de vuelta en el comienzo.

Ella cerró la boca.

—Bueno, eso está mejor —dijo él—. Eres casi tolerable cuando no estás chillando como un hada agorera.

—Ojalá yo pudiera decir lo mismo de usted —replicó ella, haciéndolo sonreír a su pesar. Incorporándose, se quitó el polvo de su arrugado delantal de fino piqué blanco y adoptó una actitud de ofendida dignidad—. Perdone que haya perturbado su sueño, señor, pero vine a buscar a mi gatita.

—Y pensar que yo creí que venías a ahogarme con una almohada.

Ella levantó la cabeza bruscamente, agitando sus rizos; en sus ojos azules había una expresión de tal culpabilidad que él casi se avergonzó de haberle hecho esa broma. Pero ella se recuperó enseguida y le sonrió dulcemente:

—Tal vez ese sea un método algo tosco, aunque eficaz, de despachar a un huésped no deseado, pero yo prefiero el veneno. Hay muchísimas variedades para escoger. Vamos, sólo en el robledal he catalogado diecisiete variedades de setas venenosas mortales.

Nicholas se sentó en la cama y miró con recelo la bandeja con los restos de su almuerzo.

—Ahora, si nos disculpa... —dijo ella, estirando la mano para coger a la gatita.

El animalito rasguñó la mano con sus afiladas uñitas, sacándole sangre.

—¡Ay! ¿Qué le ha hecho? —exclamó ella, chupándose el dedo herido.

La gatita mientras tanto frotaba la cabeza en el pecho desnudo de Nicholas, ronroneando extasiada.

Nicholas pasó la mano por el sedoso pelaje de la gata y se encogió de hombros.

—Pese a lo que pareces tan deseosa de creer, no me faltan encantos.

—Tampoco le faltan a Napoleón, por lo que he leído. —Moviendo la mano en gesto despectivo, como si hubiera sido idea de ella desterrar a la gata de su compañía, añadió—: Puede quedarse esta traidora si quiere. Tengo muchos otros gatos.

Torciendo altivamente el morro, echó a andar hacia la puerta, sin duda con la idea de salir con más donaire que como entró.

—¿Carlotta?

Cuando ella se giró sin vacilar, él comprendió que había adivinado correctamente su nombre. Observó atentamente su carita circunspecta, con la esperanza de despertar aunque fuera un mínimo recuerdo, pero ella siguió siendo tan desconocida para él como su propia imagen en el espejo.

—Aunque los dos somos personas muy obstinadas, tu hermana me asegura que nos tenemos bastante afecto.

La niña sostuvo su mirada sin pestañear.

—Entonces nos lo tenemos —dijo, y, haciéndole una majestuosa venia, salió del cuarto.

Exasperado, Nicholas volvió a reclinarse en la almohada.

Cuando la luna naciente iluminaba la habitación con su luz cobriza, Nicholas ya empezaba a desear la quejumbrosa compañía de Lottie. No creía ser capaz de soportar un solo minuto más metido en la cama como un débil inválido. Incluso la gatita lo había abandonado, saltando por la ventana abierta a cazar grillos en el techo iluminado por las estrellas.

Se puso boca abajo y empezó a golpear la almohada como para someterla. Tal vez guardar cama no sería tan aburrido si tuviera a alguien para compartirla. No tenía que estirar mucho la imaginación para imaginarse los exquisitos cabellos de Laura Fairleigh desparramados sobre su almohada y verse él besándole cada una de las pecas que le salpicaban las mejillas, hundiéndola en el mullido colchón de plumas con su peso.

Se deleitó en el perverso pensamiento, aun cuando no calzaba nada bien con la severa moralidad que su novia le aseguraba que poseía.

Finalmente la vieja casa se sumergió en los crujientes ritmos del sueño, aumentándole el desasosiego. Se sentó, echó atrás las sábanas y bajó las piernas. Sorprendido, comprobó que la habitación se mantenía quieta, no se ladeaba ni giraba como había temido.

Entonces fue cuando vio su pasaje a la libertad, muy bien dobladito sobre cojín de brocado de la silla.

Un par de pantalones.

Alguien debió dejarlos allí cuando él estaba dormitando.

Sacudiéndose los últimos vestigios de vértigo, atravesó la habitación con pasos seguros y se puso los pantalones, complaciéndose en lo bien que le quedaban. Lo alegró infinitamente descubrir una camisa doblada con igual pulcritud sobre el respaldo de la silla. Pasó los dedos por el almidonado linón, pensando que era una tela bastante elegante para haberla comprado un simple soldado de infantería con su salario. Mientras se ajustaba la camisa en los hombros observó que varios rasgones habían sido remendados con tal esmero que casi no se notaban. Tal vez la camisa había sido un desecho de algún oficial benévolo.

Cuando estuvo totalmente vestido, se irguió con las manos en las caderas, sintiéndose más él mismo. Quien demonios fuera.

Se pasó la mano por la melena revuelta, y no pudo evitar un gesto de dolor al tocarse el chichón del tamaño de un huevo de oca en la coronilla. Ese interminable día había descubierto otra cosa más acerca de sí mismo: no le gustaba nada estar prisionero de los caprichos de una mujer. Laura no tenía ningún derecho a informarlo de que era su prometida y luego dejar que se las arreglara solo para entender esa pasmosa revelación.

Resuelto, con las fuerzas que le habían vuelto, salió al oscuro corredor, sin saber si salía en busca de su novia o de sí mismo.

Laura se paseaba inquieta por el salón como un fantasma sitiado. No se había molestado en encender una lámpara ni una vela; prefería la penumbra moteada de luz de luna. Se sentía al borde de un ataque de nervios; en cualquier momento se pondría a retorcerse las blancas manos como la nerviosísima heroína de una de las novelas góticas predilectas de Lottie.

Una cosa era imaginarse conviviendo con un desconocido a la brillante luz del día, y otra muy distinta imaginarse compartiendo su cama en la oscuridad de la noche. Desde pequeña había soñado con casarse con un hombre así, pero esos sueños siempre terminaban con una tierna declaración de amor y un casto beso, no con un hombre de seis pies y dos pulgadas, sin domesticar, en su cama.

Se le escapó un suave gemido de miedo; su novio podía haber perdido la memoria, pero ella había perdido el juicio al urdir un plan tan descabellado.

Todo ese día lo había pasado evitando verle, dedicada a repasar y ensayar la historia que se había inventado de los dos. No se atrevió a escribir ni una sola palabra de eso en su diario, no fuera que él lo descubriera después.

«Pero ten la seguridad de que tus pecados te traicionarán».

Ésa era una de las homilías favoritas de su padre, y casi oía su voz reprendiéndola. Claro que su padre jamás habría imaginado que su inocente niñita fuera capaz de cometer un pecado más grave que no aprenderse su epístola diaria o robarse un terrón de azúcar cuando su madre le daba la espalda. Probablemente a sus padres jamás se les pasó por la mente la idea de que pudiera ser capaz de robarse un hombre entero.

Se le hundieron los hombros. Ya era demasiado tarde para confesarle lo hecho y pedirle perdón; demasiado tarde para golpearle la cabeza con un candelabro y llevarlo de vuelta al bosque donde lo encontró. Para bien o para mal, él ya era suyo.

—Nos presentó un primo —musitó, virando a la derecha para no caerse sobre la otomana—. Un primo de cuarto grado; ¿o era de tercer grado?

Se frotó las doloridas sienes con las yemas de los dedos, pensando que habría sido mejor quedarse en la cama oyendo roncar a Lottie.

Se encontró ante el viejo secreter de palisandro iluminado por la luna. Entre otros papeles, sobre el secreter estaba abandonado, aunque no olvidado, un papel de carta arrugado: la carta escrita por la leal secuaz de Sterling Harlow. En esos momentos ella detestaba más que nunca al arrogante duque; después de todo era él quien la había puesto en ese camino hacia la destrucción segura.

Buscando a tientas en un rincón oscuro, sacó una caja de cerillas; rascó la cerilla y acercó la llama a una esquina de la carta; la recorrió una sensación de triunfo cuando ésta comenzó a arrugarse y ennegrecerse.

—Toma, miserable demonio —masculló, poniéndola en alto—. Así ardas en el infierno, donde te corresponde estar.

—«Pero no hay en el cielo ira semejante al amor convertido en odio —citó una voz detrás de ella—, ni en el infierno furia semejante a la de una mujer desdeñada».

Capítulo 7

Aunque dejé que te arrancaran de mi lado,
siempre te he tenido en mi corazón.

Ante esa voz grave y sedosa salida de la oscuridad, Laura se giró bruscamente, atenazada por el miedo irracional de haber invocado al propio demonio con su blasfemia. Pero no era el príncipe de las tinieblas sino su prometido el que estaba apoyado en el marco de la puerta; la llama reflejada en sus ojos dorados le advirtió que bien podía estar jugando con algo mucho más peligroso que el fuego.

Envuelto en un edredón le había parecido una especie de magnífico salvaje recién llegado de la selva de Madagascar; vestido con pantalones y camisa no se veía más civilizado. Libre de chaqueta y corbata, su masculina vitalidad parecía derramarse de él en agitado oleaje. Sus cabellos dorados con visos rojizos, algo más largos de lo que estaba de moda, le rozaban sus anchos hombros, y llevaba la camisa abierta en el cuello. Laura lo miró hacia abajo y al instante deseó no haberlo hecho; los ceñidos pantalones de ante definían a la perfección sus bien cinceladas y musculosas piernas y muslos; ésas no eran piernas flacuchas que necesitaran relleno de serrín para aumentar el volumen.

Lo mismo podía decirse del resto.

La llama le quemó las yemas de los dedos. Con un chillido de dolor soltó lo que quedaba del papel ardiendo y empezó a darle pisotones para apagarlo.

—Ésta era la última factura del carnicero —explicó, resollante, levantándose el borde del camisón para evitar las chispas dispersas—. Se pone bastante intratable si no recibe su dinero antes del día uno del mes.

Su novio observaba su nada agraciado baile con sumo interés.

—¿Así que encomiendas a todos los acreedores al infierno, o sólo a los que insisten en que se les pague?

Para evadir la respuesta, Laura se metió en la boca las yemas de los dedos quemadas.

—A ver, déjame que le eche una mirada a esa mano.

Mientras avanzaba hacia ella, las sombras le velaron el rostro, haciéndolo parecer más grande y amenazador de lo que se veía en la habitación de lady Eleanor.

A Laura le dio un vuelco el corazón. ¿Y si Dower tenía razón? ¿Y si había metido en casa a un asesino o un ladrón? ¿Y si no lo hubiera atacado una banda de bandidos sino que fuera un bandido él? Sin duda cualquier bandolero digno de ese nombre podía adoptar la apariencia externa de un caballero. Tal vez incluso había descubierto su estratagema y había bajado a estrangularla.

Sin darse cuenta, comenzó a retroceder. Él paró en seco.

—Si eres mi novia, ¿por qué te conduces como si me tuvieras miedo? —Se le acercó otro poco, con una expresión tan afligida que era casi como si hubiera sido ella la que lo hirió—. ¿Te he hecho algún daño o te he dado motivos para suponer que lo haría?

—Hasta ahora no. —El hombro le chocó con la repisa del hogar, haciendo oscilar un jarrón de porcelana. Él extendió el brazo para sujetarlo, dejándola aprisionada, sin espacio para escapar—. Es decir, no.

El dolor en las yemas de los dedos quedó olvidado cuando él le ahuecó la mano en la mejilla y le acarició ligeramente la suave piel con la callosa yema del pulgar. En lugar de apartar la cara de su caricia, se sorprendió deseando acercarla más.

La ronca voz de él era hipnotizadora.

—Si soy el tipo de patán abusón capaz de levantarle la mano a una mujer, habría valido más que me hubieras dejado a merced de los franceses. Eso no habría sido un destino más cruel del que merecía.

Laura pasó por debajo de su brazo y fue a buscar refugio en el asiento que ocupaba la parte salediza de la ventana iluminada por la luna. Se sentó entre los cojines y entrelazó las manos en la falda.

—No te tengo miedo —mintió—. Sólo pensé que era mejor evitar cualquier apariencia de indecoro.

—Es un poco tarde para preocuparse de eso, ¿no?, si tenemos en cuenta que aún no hemos tenido ninguna conversación estando totalmente vestido. —Por sus ojos pasó un destello de humor negro—. Al menos no en mi memoria.

Ella se miró el modesto camisón de dormir; con su corpiño abullonado y su escote de blonda bien cerrado al cuello, era menos revelador que el vestido mojado pegado al cuerpo con que él la había visto antes. Curiosamente, eran los cabellos sueltos que le caían por los hombros los que la hacían sentirse más expuesta; sólo un marido debería ver su pelo así tan desarreglado.

—A pesar de tu estado —dijo—, hay que respetar ciertos detallitos.

La sonrisa de él se desvaneció.

—¿Por eso no has ido a verme a la cama en todo el día? ¿Para respetar esos detallitos?

—Habías sufrido una conmoción terrible. Supuse que necesitarías descansar.

—¿Cuánto descanso puede aguantar una persona? Según tú, ya he estado perdiendo y recuperando el conocimiento desde… —extendió el brazo a lo largo de la repisa y tamborileó sobre la pulida superficie—. ¿Cuánto tiempo hace exactamente?

Aunque estaba allí con aspecto de sentirse muy cómodo con sus cabellos revueltos y pies descalzos, le miraba atentamente la cara. ¿Tratando de ver la verdad?, pensó ella, ¿o por si veía un indicio de engaño? Se obligó a mirarlo a los ojos.

—Dos oficiales superiores tuyos te dejaron en nuestra puerta hace casi una semana. Dada la naturaleza de tu lesión, no sabían si alguna vez recuperarías el conocimiento totalmente.

—Ahora que lo he recuperado, supongo que esperan que vuelva a mi puesto.

—Ah, no —se apresuró a decir ella—. Puesto que Napoleón abdicó y Luis ha vuelto a ocupar el trono francés, me aseguraron que ya no tendrían ninguna necesidad de ti.

—Bueno, por lo menos no me van a colgar por desertor. —Frunció el ceño—. ¿Y mi familia? ¿Ha sido informada de mi regreso?

Laura puso toda su atención en arreglarse el faldón del camisón en ordenados pliegues.

—Nunca me has hablado de tu familia. Cuando nos conocimos supuse que llevabas un tiempo distanciado de ellos. Dabas la impresión de estar más que satisfecho de hacer tu propio camino en el mundo.

Una sombra que no tenía nada que ver con la luz de la luna pasó por la cara de él, aunque muy brevemente.

—Qué extraño —musitó.

—¿Qué pasa? —preguntó ella, temiendo haber dicho, sin saberlo, algo que le hubiera refrescado la memoria.

Una sonrisa triste le levantó la comisura de la boca.

—De todo lo que me has dicho, eso es lo primero a lo que le encuentro perfecto sentido.

—No tener padres es algo que tenemos en común, ¿sabes? Mis padres murieron en un incendio cuando yo tenía trece años. Y justamente por eso mi querido primo Ebenezer pensó que nos llevaríamos muy bien. Él fue quien nos presentó cuando viniste con él durante un permiso para Navidad hace dos años. El querido, querido Ebenezer Flockhart, mi primo de cuarto grado —añadió, haciendo una mueca al darse cuenta de lo raro que sonaba.

—Recuérdame agradecérselo la próxima vez que lo vea.

—Me temo que eso no será posible. Vamos, él... eh...

—¿Lo mataron en la guerra?

Laura había estado tentada de darle a su querido Ebenezer de ficción una noble muerte al servicio de su país y su rey, pero prevalecieron las maltrechas hebras de su conciencia.

—Se embarcó para Estados Unidos. Siempre había soñado con eso, y ahora que acabó la guerra, por fin se sintió libre para hacer realidad su sueño.

—Tal vez podríamos ir a visitarlo algún día. Puesto que fue el quien nos presentó, no me cabe duda de que nada le gustaría más que ver las radiantes caras de nuestros hijos.

—¿Hijos? —repitió Laura, sin poder evitar del todo que la voz le saliera como un chillido—. ¿Cuántos hijos serán?

Él se encogió de hombros.

—No sabría decirlo. Supongo que podría bastar con una media docena. —Inclinó la cabeza para mirarla con una expresión tímida que estaba totalmente reñida con el brillo travieso de sus ojos—. Para empezar.

A Laura ya empezaba a girarle la cabeza. En sólo dos días, había pasado de robarle un casto beso a un desconocido a parirle media docena de bebés.

Para empezar.

Él se echó a reír, sobresaltándola.

—No tienes por qué ponerte tan pálida, querida mía. Sólo era una broma. ¿O has olvidado informarme de que no tengo sentido del humor?

—Sabía que estabas bromeando —le aseguró ella, con una risita nerviosa que más pareció un hipo—. Siempre me decías que sólo deseabas tener dos hijos, un niño y una niña.

—Qué metódico.

Se sentó junto a ella en el asiento de la ventana, flexionando sus largas piernas. Laura se deslizó por el asiento lo más lejos de él que permitía el acogedor medio círculo de cojines. Él le cogió las frías manos entre las suyas cálidas, antes que se que cayera al suelo.

—Me desconcierta un poco tu actitud, querida. Dices que hemos estado separados muchísimo tiempo y sin embargo pareces menos que entusiasmada en... un reencuentro.

—Tendrás que perdonar mi timidez, mi señor. Hemos estado comprometidos casi dos años, pero debido a tu carrera militar, tus visitas han sido muy poco frecuentes. La mayor parte de nuestro noviazgo lo hemos llevado por correspondencia.

Él se le acercó más, el destello burlón de sus ojos reemplazado por un verderadero interés.

—¿Tienes mis cartas? Ellas podrían despertarme la memoria o por lo menos darme alguna idea del tipo de hombre que soy.

Laura no había previsto esa petición.

—Resulta que no las tengo. Fueron destruidas.

Él le soltó las manos, visiblemente desconcertado.

—Bueno, por lo menos nadie puede acusarte de vulgar sentimentalismo.

—No, no, me has entendido mal —dijo ella, poniéndole la mano en el brazo sin darse cuenta—. Las leía una y otra vez, acariciaba cada una de las palabras que me escribías. Dormía con las cartas debajo de la almohada, y justamente a eso se debió que un día de lavado Cookie las hizo hervir en lejía junto con las sábanas. No sabes cuánto lo siento.

—Y yo —dijo él, la frustración palpable en su voz. Reclinándose en los cojines, se pasó la mano por el pelo—. ¿Cómo es que recuerdo cada polvoriento rincón de esta casa pero ni un solo momento pasado aquí?

—No lo sé —repuso ella, más perpleja que él.

—Me enfurece esto de no lograr recordar nada de ti. O de nosotros. —Acercó nuevamente la cara a ella, mirándola intensamente—. ¿Nos hemos besado?

Ella abría pensado que él estaba bromeando otra vez, si no hubiera sido por el reto que vio en su mirada. Desvió la cara, pensando qué tremenda ironía era que fuera capaz de mentirle sin arrugarse pero se ruborizara al decirle la verdad:

—Una vez.

Él le cogió el mentón y suavemente le giró la cara hacia la de él.

—Eso es extrañísimo. Habría jurado que no soy el tipo de hombre que se contentaría con sólo un beso de unos labios tan dulces como los tuyos. —Le pasó tiernamente el pulgar por esos labios, produciéndole un inicuo estremecimiento de expectación—. No tienes por qué asustarte, Laura. ¿No me dijiste tú misma que yo nunca comprometería la virtud de mi novia? Te aseguro que no es inaudito que incluso el más respetuoso de los novios le robe uno o dos besos a su novia antes de la boda.

Una nube pasajera ocultó la luna. Todo artificio desapareció entre ellos dejándolos como dos desconocidos en la oscuridad. Laura sintió el fresco olor a jabón que emanaba de sus mandíbulas recién afeitadas y el cálido susurro de su aliento contra su boca en la fracción de tiempo anterior a que él le tocara los labios con los suyos.

Ella había besado, pero nunca había sido besada; la diferencia era sutil, pero profunda. Al principio él pareció contentarse con deslizar la boca sobre la de ella, rozándosela en una hormigueante caricia, como para saborear sus satinados labios llenos. Antes que ella se diera cuenta, sus labios adquirieron vida propia bajo la seductora presión, entreabriéndose lo suficiente para invitarlo a entrar; él no se hizo de rogar.

Ahogó una exclamación cuando la cálida y áspera dulzura de su lengua le invadió la boca. Él le ahueco la mano en la nuca y cambió la posición de su boca para profundizar el beso.

Se había equivocado, pensó ella. Él la estaba embromando; no con réplicas ingeniosas ni bromas amables sino con una tácita promesa de placeres prohibidos. Por vergonzosa que fuera esa intimidad, no pudo evitar que su lengua respondiera, que saliera de su boca para lamer la de él con una tímida osadía que la asombró. Él se la mordisqueaba, saboreaba y acariciaba, alargando cada nueva sensación como si tuviera toda la noche para dedicarla a darle placer a su boca.

Cuando ella lo besó en el bosque, lo despertó de un corto sueño. Ahí en la oscuridad del salón él la estaba despertando de toda una vida de adormilamiento, precipitándole la sangre desde el corazón a los recovecos más secretos de su cuerpo, e instalándola allí en vibrantes e insistentes latidos.

Cuando ya creía que se iba a desmayar de la impresión de toda esa maravilla, él apartó la boca de sus labios. No tardó en descubrir que la boca de él no era menos persuasiva en el contorno de su mandíbula, en la curva de su cuello y en la sensible piel debajo de la oreja.

—Llámame cariño —le susurró él, cogiéndole el lóbulo entre los dientes.

—¿Mmm? —dijo ella, estremeciéndose al sentir moverse su lengua sobre los pliegues de la oreja.

—Llámame cariño. No me has llamado cariño en todo el día. Lo he echado de menos.

Ella echó atrás la cabeza mientras él la acariciaba con la boca volviendo hacia sus ávidos labios. Enredó los dedos en sus cabellos, tratando de afirmarse a algo en un mundo que se ladeaba bajo sus pies.

—Ah... cariño —suspiró.

Su rendición le ganó otro beso, éste aún más dulce y profundo que el anterior.

Pero él no se dio por satisfecho.

—Llámame por mi nombre.

Por un instante ella se quedó con la mente en blanco, como paralizada; estaba tan atontada que no sabía si recordaría su propio nombre, y mucho menos el que le había puesto a él.

—Mmm... eh... Nicholas.

—Otra vez —susurró él sobre sus labios.

—Nicholas, Nicholas, Nicholas. —El nombre le salió como un jadeante cántico entre beso y beso. Si eso no se podía calificar de momento de gran pasión, ¿qué entonces?—. Ooh, Nicky...

Ese apasionado ronroneo casi fue la perdición de Nicholas. Si ella no era ya una mentirosa, él estaba a punto de convertirla en una, a punto de demostrarle que era justamente el tipo de hombre que sí comprometería la virtud de su novia; el tipo de hombre que la subiría sobre sus rodillas, acallaría sus protestas de doncella con besos profundos y embriagadores y susurraría promesas que no tenía ninguna intención de cumplir.

Sólo que esta vez estaría obligado a cumplir esas promesas durante toda su vida.

Esa comprensión lo hizo hacer lo imposible. Dejó de besarla.

Ella había acabado en sus brazos, la mano de él abierta sobre sus costillas, el pulgar a sólo pulgadas de la seductora redondez de su pecho. Sentía los fuertes latidos de su corazón contra esas costillas, en un eco de los del suyo.

Cuando ella se dio cuenta de que ya no la estaba besando, levantó lentamente las pestañas. Tenía los ojos soñadores, los labios rosados todavía hinchados y brillantes con sus besos. Sabía a pasión e inocencia, una mezcla embriagadora que juraría no había probado jamás antes.

—¿Ocurrió esto la primera vez que nos besamos?

El tono acusador de su voz pareció sacarla del aturdimiento. Se puso rígida.

—He de decir que no, señor. Fuiste un verdadero modelo de autodominio.

—Entonces, tal vez he perdido los escrúpulos junto con la memoria. —Le quitó suavemente el pelo que le caía en la mejilla, sorprendido al notar que le temblaban las manos—. ¿No sería mejor que te fueras a la cama antes que pierdas algo aún más valioso?

Esas palabras podrían ser una súplica, pero, juiciosamente, ella decidió tomarlas como una advertencia. Se desprendió de sus brazos con toda la dignidad que pudo.

—Muy bien, señor. Buenas noches.

Conservó esa dignidad hasta encontrarse fuera de su vista; entonces subió corriendo la escalera como si llevara al demonio pegado a sus talones.

Nicholas se pasó la mano por el mentón; tal vez era el demonio.

Había querido cortejar a su prometida con castos besos y palabras bonitas, no comérsela a besos a una distancia de su familia en que se sentiría el menor gemido. Ese pensamiento le evocó una potente imagen de Laura echada sobre los cojines del asiento de la ventana con el faldón del camisón subido hasta la cintura mientras él acallaba sus sollozos de placer con besos.

—Maldición —murmuró, poniéndose de pie.

No podía negar que su reacción al inocente roce de sus labios había sido violenta, primitiva, posesiva. Según ella, habían estado separados casi un año. ¿Había pasado ese tiempo o más sin besar a una mujer? Le pasó por la mente un peculiar pensamiento: ahí estaba él obsesionado por la fidelidad de ella cuando no tenía forma de saber si él le había sido fiel durante el tiempo en que estuvieron separados. Tal vez, como muchos soldados antes que él, había buscado los placeres más bajos en los brazos de alguna vigorosa seguidora del ejército mientras soñaba con la mujer con que se iba a casar.

Agitó la cabeza, todavía maravillado por la pasión que se había encendido entre ellos. Esos besos le habían demostrado que Laura decía la verdad en otra cosa más: le pertenecía a él. De eso ya no podía haber ninguna duda.

Estaba a punto de salir para irse a la fría y solitaria comodidad de su cama cuando recordó los restos del papel que Laura estaba quemando cuando él la sorprendió. Se arrodilló y pasó la mano por las cenizas.

Sus dedos chocaron con un bultito de lacre derretido, todavía caliente, y tan blando y maleable a su tacto como lo fuera Laura. Se incorporó lentamente, aplastando el lacre entre el índice y el pulgar. Podía no recordar nada de su vida anterior a la mañana de ayer, pero sí recordaba que los carniceros de aldea rara vez, si es que alguna vez, sellan sus facturas con lacre caro.

Capítulo 8

*Rezo por ti todas las noches,
sin olvidarlo jamás.*

Cuando Nicholas despertó a la mañana siguiente, le había vuelto el campanilleo dentro del cráneo con renovada fuerza. Gimiendo se puso la almohada sobre la cabeza, apagando el sonido hasta una especie de zumbido soportable.

Entonces fue cuando se le ocurrió pensar que el campanilleo no provenía de dentro de su cabeza sino de fuera de la ventana. Cogiendo el pantalón de los pies de la cama, se los puso y fue tambaleante hasta la ventana.

Abrió y se asomó por encima del techo saledizo, inspirando el aire fresco hacia sus pulmones. La noche había dejado una capita de rocío sobre la hierba, que brillaba con la caricia del sol matutino. Y seguían repicando las campanas, su eco resonando sobre las colinas y ondulantes prados en una melodía de carillón, triste y hermosa a la vez. Era el tipo de melodía que podía obligar a un hombre a tragarse un curioso nudo en la garganta, el tipo de melodía que podía llamar a un hombre a su casa.

Si tenía casa.

Con movimientos suaves aunque firmes, cerró la ventana, pero ni el pasar el pestillo ni correr las cortinas logró apagar del todo esos apremiantes sonidos.

En ese momento oyó abrirse la puerta y se giró a mirar, agradeciendo el haberse puesto los pantalones.

—¿Nadie en esta casa infernal tiene la buena costumbre de golpear la puerta?

Aunque tenía los brazos repletos de ropa, Laura se las arregló para hacerle una burlona reverencia y una alegre sonrisa.

—Y muy buenos días también, mi señor.

Su novia estaba muy atractiva con un vestido de muselina blanca salpicada de florecitas azules; una cinta azul a juego le recogía la tela debajo de sus pechos altos y redondeados. El ruedo festoneado dejaba ver esbeltos tobillos envueltos en medias blancas y un par de zapatos forrados en seda. Incluso llevaba una papalina de paja adornada por una roseta de cintas y sujeta bajo el mentón con un simpático lazo. Sólo le faltaba un corderito llevado de una cinta para posar para un retrato de una doncella pastora ante uno de los maestros.

Nicholas frunció el ceño; después de la noche anterior, no tenía la menor intención de que ella lo convirtiera en corderito; y mucho menos uno sacrificial.

Ella dejó el montón de ropa sobre la banqueta del tocador.

—Te he traído ropa para la iglesia. Cookie encontró esto en el ático. Puede que estén un poco pasadas de moda, pero no creo que nadie se fije aquí en Arden.

Él se cruzó de brazos y la miró con más desconfianza aún.

—¿Y para qué necesito ropa para la iglesia? No nos vamos a casar esta mañana, ¿verdad?

—No —rió ella.

—Entonces ¿por qué vamos a ir a la iglesia?

—Porque es domingo.

Él continuó mirándola, con expresión impenetrable.

—Y siempre vamos a la iglesia los domingos por la mañana —añadió ella.

—¿Ah, sí?

—Bueno, yo voy en todo caso, y por lo que colegí de tus cartas, tratas de no perderte nunca un servicio. —Le brillaron de admiración los ojos—. Eres extraordinariamente piadoso.

Nicholas se rascó el cuello, áspero por la barba de una noche.

—Bueno, que me cuelguen. ¿Quién habría pensado que el Todopoderoso y yo estábamos tan amigos? —La miró retador—. Te irá bien saber que no tengo la menor intención de pedirle perdón por besarte anoche. No estoy arrepentido en lo más mínimo.

Aunque a ella le subió el color a las mejillas, lo miró osadamente.

—Tal vez no es perdón lo que hemos de pedir, sino freno.

—Y tal vez tú eres demasiado prudente. Un beso puede ser una inocente expresión de afecto, ¿verdad?

Ella podía no estar versada en las artes del amor, pero no a tal extremo como para pensar que hubiera algo inocente en los besos que se habían dado.

—Puede, supongo —concedió de mala gana.

—¿Y no fuiste tú la que me aseguró que yo fui un verdadero modelo de autodominio la primera vez que nos besamos?

Laura ya había temido que volvieran esas palabras para atormentarla. Ya estaba lamentando la decisión de no mentirle más de lo que fuera necesario.

—Hay algo en ese beso que olvidé decirte.

Él esperó en expectante silencio. Ella hizo una respiración profunda.

—Estabas inconsciente esa vez.

Él arqueó las cejas, sorprendido.

—Fue justo después que te trajeron, y supongo que quise convencerme de que no estabas lesionado sino sólo durmiendo. Te veías tan trágico y vulnerable, como un príncipe de cuento de hadas que había sufrido una cruel maldición. Sé que sólo fue una fantasía infantil, pero de verdad creí que si te besaba, podría despertarte de ese sueño.

—Vamos, señorita Fairleigh, ¡me escandalizas! Me cuesta creer que un modelo del decoro como tú se haya aprovechado del estado inconsciente de un hombre para forzar tus atenciones en él.

Sin pensarlo, ella se le acercó y le colocó una mano en el brazo.

—Por favor, no pienses mal de mí. Jamás había hecho algo tan incorrecto antes. No sé qué me pasó. Vamos, me…

Interrumpió sus protestas al ver que él se estaba riendo a carcajadas; el hoyuelo en la mejilla lo hacía parecer más de la edad de George que de la de él.

Se apartó de él, muy rígida.

—No tienes ninguna necesidad de burlarte de mí. Sólo fue un error de juicio, un desliz en mi moralidad. Te aseguro que no volverá a ocurrir.

Las carcajadas terminaron en una cálida risa.

—Una lástima.

Ella sorbió por la nariz, ofendida.

—Dada la poca seriedad con que consideras a tu prometida, veo que tendrá que ser mi responsabilidad procurar que nuestros labios no vuelvan a encontrarse hasta que estemos ante el altar de la iglesia de Saint Michael para hacer nuestras promesas. Mientras tanto, sencillamente tengo que vigilar que no estemos nunca solos.

—Ahora estamos solos —observó él, con una sonrisa jugueteando en sus labios.

Ella paseó la mirada por la habitación en penumbras, muy consciente de la acogedora cama de medio dosel con las ropas arrugadas que todavía tenían la huella de su enorme y cálido cuerpo.

—Sí, lo estamos, pero no te atreverías a besarme estando Lottie en el corredor y Cookie abajo.

Él arqueó una ceja dorada.

—¿Ah, no?

Cuando pasó las manos bajo sus codos y la atrajo hacia él, ella comprendió, misericordia Señor, que medio había deseado que lo hiciera.

Pero cuando él la miró a la cara, se borró el brillo de sus ojos dejándolos extrañamente sombríos.

—¿Era amable contigo, Laura? ¿Era considerado con tus sentimientos? ¿Te hacía feliz?

Ella hizo una temblorosa inspiración, al comprender que encontraba su intensidad más atractiva aún que su encanto.

—Eras muy considerado. Me escribías todas las semanas, sin excepción, y dos veces la semana de mi cumpleaños. Puesto que no estabas aquí para traerme flores, dibujabas encantadores ramilletes en los márgenes de tus cartas. Y cuando venías a visitarme, siempre traías algún regalito para Lottie y George.

Al notar la facilidad con que le salían las mentiras de la boca, comprendió que estaba describiendo al hombre de sus sueños; un sueño que estaba hecho realidad ante sus ojos.

En tus cartas —continuó—, siempre hablabas de lo felices que seríamos cuando nos casáramos. Cómo tomaríamos chocolate en la cama cada mañana y daríamos largos paseos al crepúsculo. Por la noche nos reuniríamos en el salón con el resto de la familia a jugar a las cartas y a cantar alrededor del piano. Tú nos leerías junto al hogar hasta que nos diera sueño. —Bajó los ojos, invadida por una repentina timidez—. Entonces nos retiraríamos a nuestro dormitorio.

Los ojos de Nicholas se habían nublado como si esa imagen idílica le resultara dolorosa.

—¿Y nunca te di motivos para lamentar nuestro compromiso?

—No, jamás.

Atrayéndola más, se inclinó y le rozó los labios con los suyos. La dulzura de su beso la cogió desprevenida. Pero antes que ella alcanzara a rendirse a él, él ya se había apartado, con expresión impenetrable.

—Entonces sólo puedo rogar que nunca te los dé.

Cuando Nicholas se deslizó por el banco de la familia detrás de Laura y sus hermanos, pensó que todos los habitantes de Arden tenían que ser ciegos de nacimiento para no notar lo anticuada que era la ropa que llevaba. Aun cuando no recordaba nada de su vida anterior, estaba razonablemente seguro de que jamás se había sentido tan ridículo. Las calzas hasta la rodilla ya eran suficiente humillación, pero Laura le aumentó el sufrimiento dándole para ponerse unas medias de seda a rayas, zapatos con hebillas, un chaleco bordado y una casaca roja con brillantes botones de latón. Se habría sentido perfectamente cómodo en un salón de una generación atrás. Si hubiera tenido una peluca empovada para completar su atuendo podría haber solicitado el puesto de lacayo del rey.

Se pellizcó la nariz, consolado porque la vieja iglesia de piedra olía ligeramente más mohosa que él.

George se quedó en el extremo del banco, poniendo entre él y su familia la mayor distancia que permitía el largo del banco. Lottie se sentó al otro lado de Laura, la querúbica inocencia de su cara estropeada por el hecho de que el inquieto ridículo que tenía en la falda no paraba de tratar de saltar al suelo.

Nicholas miró disimuladamente el sereno perfil de Laura. Parecía tan indiferente a su incomodidad como a la cálida presión de su muslo contra el de ella. Sus manos enfundadas en guantes blancos estaban recatadamente dobladas alrededor de su libro de oraciones, su cara atentamente adelantada hacia el elevado púlpito de caoba desde el cual el párroco se dignaba ofrecerles su bendición. Cuando las primeras notas de «Come, Thou Fount of Every Blessing» inundaron la nave, ella le dio un codazo para indicarle que se pusiera de pie. Su voz no era la de la diáfana soprano que él se había imaginado, sino la de una grave contralto que le produjo un estremecimiento de deseo por todo él. Miró hacia el cielo, pesaroso, medio esperando que Dios lo partiera con un rayo por tener esos lascivos pensamientos en Su casa.

Mientras estaban de pie, de pronto notó un extraño hormigueo en la nuca; se golpeó el cuello de la camisa, suponiendo que una desventurada polilla se había metido ahí, pero el hormigueo continuó. Miró hacia atrás y vio a un hombre con una sola larga y tupida ceja en la frente que lo estaba apuñalando con la mirada. Al volverse, alcanzó a ver otra mirada furiosa, ésta dirigida a él desde el otro lado del pasillo, por un individuo marcado de viruelas cuya cara daba la impresión de necesitar un buen fregado. El hombre lo miró glacialmente durante menos de un minuto hasta que bajó la vista, azorado.

Perplejo, él volvió la atención al altar. Dado su ridículo atuendo, pensó, tal vez estaba demasiado susceptible e interpretaba la simple curiosidad por hostilidad.

Una vez que la congregación volvió a sentarse, el párroco de pelo blanco comenzó un monótono sermón que, temió él, muy pronto lo iba a hacer volver a dormir.

Empezaba a adormilarse cuando la sonora voz del párroco lo sobresaltó, sacándolo del sopor:

—… el privilegio de leer la proclama de las nupcias entre el señor Nicholas Radcliffe y la señorita Laura Jane Fairleigh. Si alguno de vosotros sabe de algún impedimento para que estas dos personas se unan en santo matrimonio, ha de declararlo. Ésta es la primera vez que se pregunta.

Nicholas no fue el único al que estas palabras pillaron desprevenido. En lugar del expectante silencio que solía seguir a la lectura de la proclama, un murmullo se propagó por toda la iglesia. Nicholas miró hacia la izquierda y luego a la derecha. Ya eran varios los hombres que lo estaban mirando fijamente, sin hacer el menor esfuerzo por ocultar su resentimiento. No pudo dejar de pensar si tal vez uno de ellos tenía la educación suficiente para haber escrito esa nota que estaba quemando su novia, y la elocuencia para agitar sus pasiones hasta ese punto febril.

Laura continuó mirando al frente, con las mejillas de un rojo subido; se le había puesto rígido el cuerpo, desprovisto de esa seductora blandura que tenía en sus brazos la noche anterior.

Cuando el párroco comenzó el ofertorio, él le cogió la mano enguantada y le susurró:

—Podrías haberme avisado que venía esto.

Ella arrugó la nariz en una nerviosa apariencia de sonrisa y le contestó, también en un susurro:

—Es sólo la primera lectura de las proclamas. Tienes dos domingos más todavía para declarar tu oposición a nuestra unión.

Él le pasó el pulgar por los nudillos en una posesiva caricia.

—¿Y por qué habría de querer hacer eso cuando es evidente que soy la envidia de todos los hombres de la aldea? Por las miradas que estoy recibiendo, colijo que la mía no fue la única proposición que recibiste.

—Pero fue la única que acepté —repuso ella.

—Entonces, ¿nuestro compromiso era un secreto o todos los demás pretendientes han perdido la memoria también?

—Chhh —susurró ella, retirando la mano—. Ha llegado el momento de pedir perdón a Dios por nuestros pecados.

Mientras se ponían de pie junto con el resto de la congregación, se le acercó más, y le susurró con voz ronca:

—¿Y qué pecado podría tener para confesar una inocente como tú?

Ahí estaba otra vez; ese destello de miedo en unos ojos que no deberían tener que conocer jamás ni un asomo de aflicción.

—Tal vez has olvidado las Escrituras también, señor. No hay nadie entre nosotros sin pecado. Ni una sola persona.

Laura se arrodilló y la curva del ala de su papalina le ocultó la cara.

Él estuvo un buen rato mirándole la blanca nuca y luego se arrodilló torpemente a su lado. Habría jurado que no era un hombre acostumbrado a arrodillarse ante nadie, ni siquiera ante Dios. Aunque cerró obedientemente los ojos, sólo podía fingir que estaba rezando. Las palabras que salían con tanta facilidad de los labios rosados de Laura no se le daban a él, como tampoco la convicción de que estuviera escuchando alguien a quien le importara.

—Hacen una bonita pareja, ¿verdad? —refunfuñó George, apartándose de la cara una mariposa moteada.

—Yo no encuentro que hagan pareja —masculló Lottie, sacando la nariz del desgastado *El monje asesino* que había camuflado dentro de su libro de oraciones—. Es demasiado alto y antipático para ella.

Los dos hermanos estaban sentados en la escalinata de piedra de la iglesia Saint Michael, observando tristemente a la muchedumbre reunida en el soleado patio alrededor de Laura y Nicholas para felicitarlos. Aunque muchos de los hombres que habían cortejado a Laura se mantenían alejados, el resto de los aldeanos se habían apresurado a acercárseles entusiasmados por la noticia de las próximas nupcias y por la novedad de tener entre ellos a un desconocido bien educado. El encanto del que había alardeado Nicholas ante Lottie saltaba a la vista mientras aceptaba las cordiales palmadas en la espalda de los casados y las sonrisas aduladoras de sus mujeres. Incluso la agria viuda Witherspoon sonrió como una niña boba cuando él se llevó su huesuda mano a los labios.

—¿Le pediste perdón a Dios por el asesinato que planeabas cometer? —le preguntó George.

Lottie cerró el libro de un golpe.

—Prefiero no considerarlo un asesinato sino un contratiempo muy oportuno.

—Contratiempo es olvidar donde se dejaron los anteojos o de abotonarse las botas, no caer muerto una hora después de la boda. ¿De verdad has pensado cómo podrías cometer esa vileza? —le preguntó George, mirando cómo Laura sonreía a Nicholas con la cara radiante—. Yo preferiría el placer de meterle esa engreída cara en la tarta de novia y ahogarlo ahí.

Lottie negó con la cabeza, acariciando la peluda carita con bigotes que asomó por su ridículo.

—Eso es demasiado evidente, me temo. En *El castillo de Otranto* del señor Walpole, encuentran a Conrad muerto, aplastado por un gigantesco casco emplumado. Pero yo personalmente prefiero el veneno.

—Eso es una suerte, porque dudo de que hayan muchos cascos gigantescos emplumados volando por la parroquia.

—Claro que no he descartado totalmente un disparo o un ahogo accidental. Pienso realizar varios experimentos estas dos próximas semanas para encontrar el método más práctico de librarnos de un novio indeseado.

—¿Y si ninguno de esos experimentos da los resultados que esperabas?

Lottie miró hacia arriba y George siguió su mirada.

Sobre el parapeto del campanario había un ángel de piedra con las desgastadas alas extendidas. Según la leyenda, la misión del ángel era proteger la aldea de los malos espíritus. Las regordetas mejillas y el mentón en punta tenían una sorprendente semejanza a los de Lottie.

Lottie exhaló un soñador suspiro:

—Entonces sencillamente tendremos que mirar hacia el cielo en busca de inspiración divina.

Laura se preguntaba si sería sacrilegio estar en el patio de una iglesia soñando con los besos de un hombre. Aunque se las arreglaba para sonreír, asentir y estrechar las manos de los aldeanos que la felicitaban por su buena suerte, en lo único que lograba pensar era en un salón iluminado por la luna y los embriagadores besos de un desconocido.

Ese desconocido estaba junto a ella en ese momento, haciéndole hormiguear el brazo con el roce de su codo. Aunque había fingido estar atenta durante el sermón del cura, no había logrado captar sus palabras al tener a Nicholas tan cerca. Mientras el párroco predicaba sobre las virtudes del autodominio, ella revivía esos deliciosos momentos en que estuvo a punto de perder el suyo.

Betsy Bogworth, la hija del curtidor, cuyos pronunciados dientes y la tendencia a arrugar la nariz la hacían parecer un conejo gigante, le cogió la manga.

—¡Qué vergüenza, haber tenido guardado este secreto! ¿Por qué no nos dijiste que estabas comprometida, niña mala?

—En realidad fue idea del señor Radcliffe mantener en secreto nuestro noviazgo hasta que él estuviera libre de sus deberes militares —explicó ella.

—¿Ah, sí? —dijo Nicholas, su expresión inocente reñida con el destello pícaro que le brillaba en los ojos.

—Pues claro que sí, cariño —dijo Laura sonriendo.

—¡Un compromiso secreto! —exclamó Alice, la flacucha y pálida hermana de Betsy, cogiéndose las manos bajo el mentón—. ¡Qué romántico! ¡Cómo habrás ansiado su regreso!

—Ay sí —miró a Nicholas, deteniendo la vista en sus labios—. Lo he besado más de lo que podrías imaginar.

Alice arqueó sus rubias cejas. El grupo cayó en un repentino silencio y Nicholas se aclaró la garganta y empezó a rascar el suelo con la punta del zapato.

Laura notó cómo le subían los colores a la cara.

—Quise decir lo he extrañado más de lo que podrías imaginar.

Betsy se giró hacia Nicholas con la nariz arrugada.

—Todos los solteros de Arden han tratado de conquistar el corazón de Laura en uno u otro momento, pero ninguno lo consiguió. ¿Cómo es que usted triunfó si nunca le hemos visto visitar la casa ni cortejarla?

Nicholas sonrió amablemente.

—Creo que dejaré que mi novia responda a esa pregunta.

Aunque no se atrevió a mirarlo, ella sintió su mirada expectante sobre ella.

—El primer año de noviazgo, sus visitas a la casa fueron tan cortas e infrecuentes que no nos permitían salir a pasear por el pueblo. Y el año pasado la mayor parte del noviazgo la hemos llevado por correspondencia. Fueron sus cartas las que me conquistaron el corazón. Sabe ser muy persuasivo con la boca —apretó los dientes—, es decir, con sus palabras.

El rescate le llegó del lugar más inverosímil. Halford Tombob se aproximaba abriéndose paso con su bastón por entre la muchedumbre. El viejo pícaro se negaba a ponerse anteojos pero siempre llevaba un enorme monóculo colgado del ojal del chaleco.

Todos se quedaron en silencio cuando él levantó su monóculo en su amarillenta mano, se lo puso ante un ojo y le miró la cara a Nicholas como un saltamontes de un solo ojo. Pasado un momento, lo bajó y declaró con absoluta convicción.

—Yo conozco esa cara.

Capítulo 9

A veces dudo de que me recuerdes.

A Laura se le paró el corazón, y luego siguió latiendo a un ritmo irregular. El anciano tenía que estar equivocado; por lo que ella sabía, Halford Tombob no había salido de Arden desde que Jorge II se sentó en el trono.

—No es mi intención faltarle al respeto, señor Tombob —dijo, metiendo su mano enguantada en la curva del codo de Nicholas—, pero eso es imposible. Ésta es la primera visita de mi novio al pueblo.

La apergaminada frente del anciano se arrugó en un ceño.

—¿Está segura? Vamos, eso es de lo más extraño. Habría jurado que... —Meneó la lanuda cabeza blanca—. Es un error, supongo. Ni mi vista ni mi cabeza son ya lo que eran. —Sin dejar de mover la cabeza, empezó a girarse para marcharse.

—Espere, señor.

Pese al tono respetuoso, las palabras de Nicholas sonaron con una autoridad imposible de desobedecer. El anciano se giró y se encontró ante Nicholas que lo miraba fijamente a la cara.

—¿Podría decirme por qué pensó que me conocía?

Tombob apoyó firmemente el bastón en la hierba.

—Me recordó a un niño que conocí en otro tiempo. No recuerdo cómo se llamaba, pero era un alma generosa y buena. No había ni una pizca de impertinencia en él.

Se dibujó una sonrisa en los labios de Nicholas.

—Entonces la dama debe de tener razón. Yo no puedo haber sido ese niño.

Tombob y los demás del grupo se echaron a reír ante la broma. Laura le tironeó el brazo, segura de que sus nervios ya habían sufrido bastante para un día.

—Vamos, señor Radcliffe. No podemos retrasarnos más. Cookie nos estará esperando con el almuerzo.

Cuando un rato después la destartalada berlina entró en el camino adoquinado de la propiedad, no era Cookie sino Dower el que los estaba esperando, recién llegado de su expedición a Londres. Puesto que el anciano sólo poseía dos expresiones, triste y más triste, era imposible saber si traía buenas o malas noticias.

Antes que Nicholas pudiera ofrecerle la mano para ayudarla a bajar, Laura se precipitó fuera del coche, casi rompiéndose la orilla del vestido en su prisa.

—Bienvenido, Dower. ¿Sabes algo de ese carnero que pensábamos comprar para el rebaño?

—Podría —repuso él, enigmático.

—Hemos estado perfectamente bien sin un nuevo carnero —dijo George, mirando a Nicholas malhumorado—. No veo qué necesidad tenemos de uno ahora.

—A no ser que lo podamos asar en un buen asador —aportó Lottie dulcemente.

—Vamos, Dower —dijo Laura sonriendo con los dientes apretados—. Puesto que es de ganado que vamos a hablar, creo que será mejor que lo hagamos en el corral.

Antes que los niños dijeran algo más que pudiera despertar sospechas en Nicholas, echó a andar a toda prisa hacia el corral; Dower la siguió a la mayor velocidad que le permitían sus piernas arqueadas. No bien había cerrado y puesto pestillo a la puerta del corral, ella se giró a mirarlo:

—¿Te enteraste de algo en Londres, Dower? ¿Se comenta algo de algún caballero desaparecido?

—No me meta prisa, muchacha. Deme tiempo para recobrar el aliento.

A pesar de su impaciencia, Laura sabía que no había manera de meterle prisas a Dower cuando él no quería. Una vez Cookie le insistió en que le llevara un pastel de carne recién horneado a una de las vecinas, y el pastel llegó pasada una semana, con tres trozos de menos y la corteza ya mohosa.

Ardiendo de impaciencia esperó en silencio, mientras él apoyaba un pie en un balde volcado, sacaba una pipa del bolsillo, lo encendía y tranquilamente daba una chupada. Justo cuando creía que iba a empezar a mesarse los cabellos o mesárselos a él, él estiró los labios, soltó una bocanada de humo y dijo:

—Hay un caballero desaparecido.

Con las piernas temblorosas, Laura se sentó en una bala de heno.

—Bueno, ya está, entonces. Vamos a ir todos a la cárcel.

Dower dio otra larga calada a la pipa.

—Desapareció hace menos de una semana. Salió hacia una de esas casas de juego elegantes y no llegó ahí. Desde entonces su mujer ha estado chillando que ha habido juego sucio.

—Ah.

Laura se apretó el estómago con los brazos, sintiéndose como si una vaca le hubiera dado una patada. Daba la impresión de que Nicholas no necesitaba una esposa después de todo. Ya tenía una.

Una sonrisa maliciosa curvó los delgados labios de Dower.

—Claro que hay algunos que dicen que podría haberse embarcado a Francia con su amante.

Laura levantó bruscamente la cabeza.

—¿Tiene esposa y amante?

Dower agitó la cabeza admirado, echando humo por las narices.

—Hay que reconocer que tiene agallas el hombre. Dios sabe los problemas que he tenido yo para tener feliz a una mujer; no me imagino cómo será a dos.

Recordando las tiernas palabras que le había susurrado Nicholas al oído y la deliciosa calidez de su boca contra su piel, ella no pudo evitar un tono amargo en su voz:

—No me cabe duda de que sabe muy bien qué hacer para tener feliz a una mujer. Esas habilidades se les dan naturalmente a algunos hombres.

Se levantó de la bala de heno y empezó a pasearse por entre los corrales. No sería justo condenar la naturaleza de Nicholas teniendo ella tantos defectos. Debería sentirse enferma de culpabilidad no de pena.

—Su pobre mujer. Cuánto estará sufriendo pensando que un destino terrible ha caído sobre él.

Dower asintió.

—Yo diría que esos críos chillones son más un sufrimiento para ella que un consuelo.

Laura paró en seco y se giró lentamente a mirarlo.

—¿Críos?

—Sí, cinco son, cada uno más sucio y chillón que el otro.

Laura tuvo que buscar a tientas la bala de heno a la espalda para volver a sentarse.

Dower sacó un papel arrugado del bolsillo y se lo pasó.

—Han hecho circular esto por la ciudad, esperando descubrir qué pudo ocurrirle.

Laura cogió el papel, preparándose para ver un dibujo hecho por un artista que de ninguna manera podría hacer justicia al retratado; porque ni siquiera un maestro como Reynolds o Gainsborouhg podría captar la pícara curva de la sonrisa de su novio, ni el encanto con que se arrugaban sus ojos al brillo del sol.

Alisó el papel sobre la rodilla y se encontró ante un par de ojillos parecidos a los de un cerdo, bizcos y muy hundidos en carnosas bolsas. Lo miró más de cerca. Unas tupidas patillas hacían poco para disimular las anchas quijadas del hombre; su frente estaba coronada por una mata de rizos negros tan abundantes que eran casi femeninos.

Dejó de mirar el dibujo. Ningún pintor, ni siquiera uno ciego, podía ser tan inepto. Se levantó de un salto y agitó el papel ante Dower.

—Éste no es él. ¡Éste no es mi Nicholas!

Dower se rascó la cabeza, con expresión francamente perpleja.

—¿Acaso he dicho que lo es? Usté sólo me preguntó si había un caballero desaparecido.

Laura no supo si darle una patada o besarlo. Optando por un término medio, le echó los brazos al cuello.

—Vaya, viejo condenado, maravilloso. ¿Qué haría yo sin ti?

—Quieta, muchacha. Si quisiera morir estrangulado iría a provocar a mi mujer. —Desprendiéndose de sus brazos, enterró la cazoleta de la pipa en el papel—. Esto no demuestra que ese joven caballero no nos vaya a asesinar a todos en nuestras camas en la oscuridad de la noche.

Un extraño calorcillo recorrió todo el cuerpo de Laura. Podía no saber el verdadero nombre de Nicholas, pero sí sabía que si él venía a su cama en la oscuridad de la noche, no vendría pensando en asesinato.

Pero las palabras de Dower sí lograron disminuir su alivio. Había sido tal su alegría al enterarse de que su novio no era un marido mariposón, padre de cinco críos chillones, que momentánteamente olvidó que todavía no tenían la menor pista acerca de su identidad.

—Tienes toda la razón, Dower. Sencillamente tendrás que volver a Londres dentro de unos días a hacer más averiguaciones. Si me voy a casar el miércoles anterior a mi cumpleaños, no tenemos mucho tiempo. —Abrió la puerta del corral, inundando de luz la penumbra, y miró tristemente hacia la ventana de la habitación de lady Eleanor en la segunda planta—. No logro imaginar por qué nadie lo ha echado en falta. Si fuera mío y lo perdiera lo buscaría noche y día hasta tenerlo seguro en casa nuevamente.

—Tu primo ha desaparecido.

Durante once años, Diana Harlow había esperado volver a oír esa voz. Había soñado con el momento en que su dueño entrara por la puerta de la sala en que diera la casualidad que estuviera ella; se había imaginado mil variantes de su reacción, desde una amable acogida a un indiferente encogimiento de hombros a un fulminante desdén. Pero jamás había soñado que cuando se presentara por fin ese momento, se sentiría impotente para hacer otra cosa que continuar mirando el libro de cuentas que tenía delante sobre el escritorio, aun cuando sus pulcras columnas y líneas de números sólo fueran un borroso conjunto indescifrable.

—Tu primo ha desaparecido —repitió su visitante no anunciado, atravesando el estudio y deteniéndose ante el escritorio—. ¿Tienes alguna idea de su paradero?

Diana levantó lentamente la cabeza y se encontró mirando los vivos ojos verdes de Thane DeMille, marqués de Gillingham, el más leal amigo de Sterling. Aunque el tiempo y los excesos en la buena vida que lógicamente se esperan de cualquier joven adinerado habían dejado sus huellas en sus juveniles facciones, sus cabellos seguían teniendo el mismo exquisito color rojizo que ella recordaba. Sus hombros y extremidades habían dejado de ser desgarbados y llenaban muy bien sus frac gris, chaleco a rayas plata y burdeos y pantalones color tostado. En sus elegantes manos balanceaba su sombrero de copa y su bastón.

Volvió la atención al libro de cuentas, muy consciente del lacio mechón que se le había escapado del moño y de las manchas de tinta en sus dedos.

—Mi primo nunca me ha dado motivo para preocuparme por su

paradero. ¿Has averiguado en sus lugares favoritos? ¿La casa Almack?, ¿El White's? ¿Newmarket? —Mojó la pluma en el tintero y empezó a anotar otra hilera de números—. Si no se encuentra en ninguno de esos sitios, podrías probar suerte en el salón de las señoritas Wilson.

Las señoritas Wilson eran notorias prostitutas, cuya afición por los hombres ricos de la alta sociedad sólo la superaba su habilidad para procurarles placer.

Si a Thane lo escandalizó que ella supiera el nombre de ese establecimiento, o que tuviera la osadía de mencionarlo, lo ocultó tras una burlona sonrisa.

—Da la casualidad que justamente anoche hablé con la señorita Harriete Wilson. No ha visto a Sterling desde que volvió de Francia.

Diana hizo un mal movimiento con la pluma, convirtiendo un cero en un nueve. Cerró tranquilamente el libro y miró a Thane por encima de sus anteojos.

—Sinceramente dudo de que haya motivo para alarmarse. Como tú, mi primo es un hombre de variados intereses y poca tolerancia para el aburrimiento. Lo más probable es que esté por ahí satisfaciendo uno de sus muchos apetitos.

Thane apretó los labios.

—Podría inclinarme a estar de acuerdo contigo si no fuera por esto.

Fue hasta la puerta, se metió dos dedos en la boca y emitió un silbido muy impropio de un caballero.

Los mastines de Sterling entraron taloneando en el estudio, sus enormes cabezas bajas y sus ojos entornados. No parecían los mismos magníficos animales que sólo hacía unos días entraran trotando en el estudio detrás de su amo. Deambularon sin rumbo por la sala, como si no supieran qué hacer sin la voz de Sterling para guiarlos. Ni siquiera el gatito blanco que dormía junto al hogar les despertó el interés.

—Quieto, Calibán, quieto Cerbero —ordenó Thane.

Los perros se limitaron a echarle una rápida mirada triste y se encaminaron hacia la ventana; allí hicieron a un lado las cortinas de brocado, se sentaron en las patas traseras y, apoyando las narices en el cristal, se pusieron a mirar la calle envuelta en niebla.

—No lo entiendo —dijo Diana, ceñuda.

Thane se dejó caer en el sillón de orejas de cuero del otro lado del escritorio.

Ella había olvidado eso de él; jamás se sentaba; se tumbaba.

—Han estado así de tristes desde que Sterling desapareció. No quieren comer, no quieren dormir. Se pasan la mitad de la noche gimiendo y lloriqueando. —Enfurruñado se quitó de un capirotazo un pelo moteado de la solapa—. Y se les cae el pelo de una manera abominable.

Diana no pudo reprimir del todo una sonrisa.

—Tal vez lo que necesitas es un ayuda de cámara competente, no un duque.

Thane se inclinó, clavándola con su penetrante mirada.

—¿Sabes de alguna vez que Sterling haya ido a cualquier parte para estar un tiempo sin estos dos animales a su lado? Incluso los franceses los llamaban sus *chiens du diable*, sus perros del diablo, y juraban que los habían enviado para que acompañaran su alma al infierno si caía en el campo de batalla.

Pensando en sus palabras, Diana sintió la primera punzada de temor. Se puso a pasar los papeles de un rimero para ocupar sus inquietas manos.

—¿Cuánto hace que falta?

—Casi una semana. La mañana del jueves, alrededor de las diez, informó a uno de mis mozos de cuadra que iría a cabalgar a Hyde Park. Ésa fue la última vez que alguien lo vio.

—¿No creerás tal vez que haya sido víctima de una especie de intervención siniestra?

—Por desagradable que sea, creo que debemos considerar la posibilidad.

Diana trató de dominar su creciente terror. Pese a sus constantes discusiones por tonterías, adoraba a su pícaro primo tanto como él la adoraba a ella. Él podía hacerse pasar por el demonio para el resto del mundo, pero para ella siempre fue el ángel custodio que aguantaba lo más recio del desagrado de su padre para que ella no tuviera que sufrirlo.

—No hay por qué temer lo peor, ¿verdad? —dijo—. Podría haber sido víctima de un secuestro.

—Posibilidad que he considerado. Pero no ha habido ninguna amenaza, ni petición de rescate. Además, si alguien fuera tan estúpido para raptar a tu primo, probablemente acabaría pagándonos para que lo rescataramos. Vamos, esa lengua mordaz que sólo él tiene desanimaría incluso al más vil de los canallas.

Diana estaba demasiado preocupada para celebrarle el humor negro.

—Pero ¿quién querría hacerle daño a Sterling? ¿Tiene enemigos?

Thane arqueó una ceja, haciéndola comprender lo ridícula que era su pregunta.

—A ver, déjame pensar. —Tamborileó sobre el brazo del sillón—. Están los dos desventurados jóvenes a los que hirió en el brazo en duelos, no hace mucho, antes que ellos pudieran disparar. Luego está lord Reginald Danforth, ex dueño de una simpática propiedad en Derbyshire, que ahora pertenece a tu primo gracias a que le ganó una mano en el whist. Ah, y casi se me olvidaba de su apasionada aventurilla con la hermosa lady Elizabeth Hewitt. En honor de Sterling he de decir que sólo después que acabó la aventura se enteró de que la dama estaba casada. Pero mucho me temo que su marido no valore estos distingos. Seguro que lo habría retado a duelo si no se hubiera enterado de los dos duelos anteriores y no temiera sufrir una humillación semejante.

Suspirando tristemente, Diana se quitó los anteojos para frotarse el puente de la nariz.

—¿Hay alguien en Londres que no le desee mal?

—Tú y yo.

Esas palabras, dichas en tono suave, le dolieron. Durante once años los dos sólo habían estado relacionados en las mentes de los chismosos más perseverantes que jamás habían olvidado la noche en que se rompió su compromiso, y su corazón. Mirarlo sin anteojos la hacía sentirse como si sus ojos estuvieran tan desprotegidos como sus recuerdos. Con un brusco movimiento volvió a ponérselos y empezó a escribir en un papel de cartas limpio.

—Entonces tú y yo somos los que debemos encontrarlo. Contrataré a un detective mientras tú interrogas a los conocidos de Sterling. Creo que será mejor llevar con discreción nuestras averiguaciones mientras no tengamos alguna pista. No nos conviene causar pánico. —Lo miró—. ¿Te parece bien ese plan?

—Simplemente me siento halagado de que te tomes la molestia de consultar mi opinión. Eso no ha sido una costumbre tuya en el pasado.

Aunque el mordaz reto le hizo subir calor a las mejillas, se negó a dejarse arrastrar a un duelo de palabras en el que no tenía esperanzas de ganar.

—Si vamos a trabajar juntos por el bien de Sterling, creo que será mejor que olvidemos el pasado y nos concentremos en el futuro, en su futuro para ser exactos.

—Como quieras, milady —dijo Thane, levantándose y cogiendo

su sombrero—. Vendré mañana por la tarde para que podamos hablar de nuestros progresos.

Cuando echó a caminar hacia la puerta, uno de los mastines emitió un lastimero gemido.

Diana hizo una mueca al ver al animal echar su baba sobre una de las valiosas alfombras turcas de su padre.

—¿No olvidas algo, milord?

—¿Mmm? Ah, sí.

Con expresión de absoluta inocencia, Thane volvió al sillón y se metió el bastón bajo el brazo.

—Me refería a los perros —dijo ella en tono glacial.

Su sonrisa burlona era exactamente igual a como la recordaba.

—Ah, pero es que ahora son tus perros, milady. Si necesitas los servicios de un buen ayuda de cámara, será un placer para mí recomendarte uno.

Acto seguido, haciéndole un enérgica venia, la dejó tal como la había encontrado.

Sola.

Capítulo 10

Aunque no lo merezco,
Dios me ha bendecido con otra familia.

*L*aura Fairleigh era una mujer de palabra.

Nicholas no se había imaginado que llegaría a detestar esa determinada virtud, pero cuando ya pasaban los días y ella seguía cumpliendo su promesa de no estar nunca a solas con él, empezó a desear que sufriera otro error de juicio moral. Aunque los dolores de cabeza le iban desapareciendo casi con la misma rapidez con que le bajaba el chichón en la cabeza, consideró la posibilidad de fingir que volvía a perder el conocimiento, por si ella intentaba despertarlo con un beso.

Era evidente que ella se había buscado ayudantes en su misión. Si tenía la suerte de entrar en el salón y encontrarla sola, escasamente habían tenido tiempo para hablar de unas pocas tonterías impersonales cuando entraba Cookie acarreando un largo de crepe blanco en busca de la aprobación de su joven señora, o para hacerles probar la alcorza de almendras de ensayo para la tarta de novia. Si por casualidad se encontraban en el rellano de la escalera fuera de sus dormitorios, al instante se materializaba Lottie como un trasgo juguetón agitando una hoja de papel en la que acababa de escribir un cuento o un poema. Y siempre se las arreglaba para encontrar a Laura bebiendo té sola ante la mesa de la cocina en el preciso momento en que irrumpía George dando un golpe a la puerta con una brazada de leña y silbando con tanta alegría que a él le daban ganas de estrangularlo.

Si eso continuaba así, muy pronto se vería reducido a la necesidad de pasar muy cerca de su novia por la escalera e intentar robarle un mechón de pelo.

Ella no había hecho nada que le despertara sospechas desde ese día en que corrió a reunirse con Dower en el corral. Puesto que estaba razonablemente seguro de que ella no le ponía los cuernos con el canoso anciano, casi había logrado convencerse de que sencillamente tenía una naturaleza desconfiada y celosa, la que haría bien en domeñar.

Y eso consiguió hacer hasta el jueves por la tarde cuando la vio echar a andar por el camino con un misterioso bulto metido bajo la capa.

La observó caminar a través de los visillos del salón, dudando entre hacer caso a su instinto o al honor.

Dower había salido al alba con su rebaño y Cookie estaba ajetreada en la cocina canturreando en voz baja. Lottie y George estaban en el estudio jugando a coger pajitas de un montón sin mover las otras y peleándose ruidosamente.

Cuando oyó a George acusar a Lottie de haberle soplado a escondidas el montón dejándoselo tan revuelto que él no podía coger ninguna pajita, Nicholas salió furtivamente por la puerta principal y echó a andar detrás de Laura, manteniendo la distancia suficiente para no perder de vista su esbelta figura tocada con papalina. Estaba nublado y corría un viento del norte más bien frío que hacía parecer que estaban en otoño, no en verano.

Laura caminaba a paso enérgico, lo cual no lo sorprendió. En los últimos días se había dado cuenta de que su novia no era una delicada flor de feminidad que se contentara con entretener el tiempo bordando o pintando acuarelas. Igual la podía encontrar subida en lo alto de una escalera limpiando el moho de las molduras del techo como practicando una nueva pieza en el piano. Mientras Cookie imperaba en la cocina con un rodillo lleno de harina como cetro, Laura se ocupaba de los jardines de flores y de hierbas con un entusiasmo que solía dejarle sonrosadas las mejillas y una encantadora mancha de barro en la punta de la nariz.

Ella ya se acercaba a las afueras del pueblo cuando hizo un brusco viraje hacia la iglesia. Nicholas se quedó atrás, observando todos sus movimientos desde detrás del tronco de un viejo y majestuoso roble. Aunque se sentía el peor de los canallas por espiarla, no logró convencerse de volver atrás; no podía, si tenía la posibilidad de descubrir qué secreto le ponía esa sombra de miedo en sus chispeantes ojos castaños.

Sólo podía esperar que no se hiciera realidad su peor temor: ¿algún hombre lo había suplantado en sus afectos? Y si era así, ¿tendría la osadía de encontrarse con él en la iglesia de la aldea?

Pero ella no subió la escalinata de piedra de la iglesia, sino que pasó por la puerta con tejado de caballete por la que se entraba en el camposanto. Nicholas la siguió, pero se detuvo fuera de la puerta. A pesar de que ella le asegurara que tenía una naturaleza piadosa, seguía pensando que no era bienvenido en suelo sagrado.

Cuando ella desapareció detrás de un montículo cubierto de hierbas, entró en el camposanto. Una ráfaga de viento frío hizo volar las hojas muertas alrededor de las tumbas, con ruidoso frenesí. Algunas lápidas eran tan viejas que sobresalían del suelo en ángulos raros, sus inscripciones medio enterradas o totalmente borradas por la erosión del viento, la lluvia y el tiempo.

Encontró a Laura en el otro extremo del cementerio, arrodillada entre dos lápidas muy desgastadas. Se detuvo y observó en silencio mientras ella sacaba su misterioso bulto de debajo de la capa.

Era un enorme ramo de flores (espuelas de caballero, crisantemos, caléndulas, lirios, azucenas), todas recién cortadas del jardín que ella cuidaba con sus propias manos.

Cuando colocó un colorido ramillete al pie de cada lápida, arreglando los tallos con amoroso cuidado, Nicholas se afirmó en una tumba medio derruida, sintiéndose el más despreciable de los canallas. Laura había ido ahí a rendir tributo a sus padres, y él la había seguido como si fuera una vulgar delincuente. Si tuviera aunque fuera una hilacha de decencia en su alma, se volvería sigilosamente a la casa para que ella lamentara sus pérdidas sola.

Pero su deseo de estar cerca de ella fue más fuerte que su vergüenza, de modo que se quedó. La vio alejarse de las tumbas de sus padres y caminar con el resto de las flores hacia un par de lápidas cercanas; pasó junto a la primera casi sin mirarla y fue a arrodillarse reverente ante la otra. La lápida era nueva, no había sobre ella ni un asomo de liquen que estropeara su superficie toscamente labrada. Aunque la hierba del verano no había tenido tiempo para cubrir la tierra, un pequeño ángel de alabastro guardaba la tumba, sus manitas regordetas juntas en actitud de oración.

Curiosamente no fue la tumba nueva sino el ángel el que le hizo vibrar el alma. Sin darse cuenta de lo que hacía, avanzó hacia la tumba, atraído por su triste guardián.

Laura se había quitado los guantes y empezado a arrancar las malas hierbas de los bordes de la tumba. Estaba tan absorta en su tarea que no lo oyó aproximarse.

Él sólo se detuvo cuando estaba lo bastante cerca para leer la inscripción tallada en la piedra, una inscripción escueta y elegante por su sencillez: «Eleanor Harlow, amada madre».

—¿Quién era?

Soltando el puñado de malas hierbas, Laura se giró y se sorprendió al ver a Nicholas allí, inclinado sobre ella, con su hermosa cara cerca y quieta.

Se llevó una mano a su desbocado corazón, detestando la mala conciencia que la hacía tan asustadiza.

—¡Me has dado un susto terrible! Pensé que era un aparecido.

—¿Esperabas a alguno? —le preguntó él, haciendo un gesto hacia la tumba.

Laura tardó un segundo en comprender lo que quería decir, y al caer en la cuenta, negó con la cabeza.

—No se me ocurre nadie menos inclinado a aparecérsele a uno que lady Eleanor.

Nicholas le cogió la mano y la puso de pie. Al tener las rodillas rígidas por haber estado arrodillada, ella se tambaleó y se apoyó en él un instante, lo cual no le dejó la menor duda de que él no era un fantasma, sino un hombre de carne y hueso, con sangre caliente discurriendo bajo la cálida piel masculina.

—¿Quién era? —repitió él, mirándola a los ojos.

Retirando la mano de la de él y desviando la vista, ella se agachó a recoger las flores.

—La mayoría la llamarían nuestra guardiana. Yo prefiero considerarla nuestro ángel custodio. Ella fue la que le ofreció a mi padre el puesto de párroco aquí en Arden. —Puso una azucena blanca sobre la lápida y sonrió con tristeza—. Cuando murieron nuestros padres, ella nos acogió y nos dio un hogar.

Nicholas se acuclilló y pasó un dedo por las fechas talladas en el granito.

—Catorce de octubre de mil setecientos sesenta y ocho, dos de febrero de mil ochocientos quince —leyó. La miró ceñudo—. Las cosas que hay en mi habitación pertenecían a ella, ¿verdad? El costurero, la Biblia, el cepillo...

Pareció que iba a decir algo más, pero guardó silencio, con los labios fuertemente apretados.

Ella le tocó el hombro.

—Espero que no seas supersticioso. Te puse en su habitación porque quería darte la mayor comodidad para tu recuperación. No debes temer oír gemidos o ruidos de cadenas durante la noche. Lady Eleanor no habría podido soportar la idea de perturbar tu sueño, y mucho menos tu paz mental.

—No creo en los espíritus —dijo él.

Miró la desgastada lápida que habría sido igual a la de lady Eleanor si la tumba a que pertenecía no hubiera estado descuidada y cubierta de malezas. No había señales de flores que se hubieran dejado en ella, ni recientemente ni en el pasado.

—Es del marido de lady Eleanor —dijo Laura secamente, contestando su tácita pregunta—. Ella siempre decía que deberían haberlo enterrado en suelo no consagrado.

—¿Se suicidó?

—Más o menos. Se mató bebiendo. Pero no antes de haberle destrozado el corazón a ella.

Nicholas arrugó aún más el ceño.

—¿Yo la conocí?

Laura se tomó su tiempo en disponer las flores, insertando delicadas ramitas de minutisa entre las fuertes caléndulas y crisantemos. Como Cookie le recordaba siempre, uno de los sueños más acariciados de lady Eleanor era verla casada con un caballero bueno y apuesto. Disimuladamente miró la varonil pureza del perfil de Nicholas. Pese a su resolución de no mentir más de lo necesario, no veía ningún daño en explicar en detalle lo que podría haber sido.

—Claro que la conociste —dijo firmemente—. Te quería muchísimo y gozaba con tus visitas. Solía decir que eras como un hijo para ella.

Consternada vio que la cara de Nicholas no se alegraba.

—En la lápida dice «amada madre» —dijo él—. ¿Qué ha sido de sus hijos? ¿Por qué no están aquí poniendo flores en su tumba?

A Laura se le agrió la sonrisa. Temerosa de revelar más de lo que quería, se arrodilló junto a él y con movimientos enérgicos empezó a desplegar las flores al pie de la lápida.

—Sólo tuvo un hijo, he de decir, un sapo repugnante al que no le importa nada fuera de sí mismo.

La penetrante mirada de él pasó a su cara.

—Vamos, señorita Fairleigh, qué pasión pones en decir que te cae antipático.

Ella apretó los dedos, arrancando una flor de su tallo.

—No, no, no es que me caiga antipático. Lo odio.

Nicholas rescató un puñado de azucenas de sus manos antes que les sacara las flores a todos los tallos.

—Dime, pues, ¿qué ha hecho ese desventurado individuo para ganarse la enemistad de un alma tan bondadosa? ¿Mató un gatito? ¿Tenía la costumbre de faltar al servicio religioso del domingo? ¿Amenazó con dar a Lottie los azotes que tan ricamente se merece?

—Ah, no, no nos hemos conocido. Lo cual está muy bien, porque si nos conociéramos igual podría darle de latigazos con mi lengua y ponerlo como un trapo.

—Dios lo ampare —musitó él, deteniendo la vista en su boca.

Ella estaba demasiado furiosa para notarlo.

—No son sólo sus costumbres corruptas las que detesto sino, más que nada, su colosal indiferencia hacia la mujer que le dio la vida. Durante años lady Eleanor le escribía fielmente todas las semanas y ni una sola vez él se tomó la molestia de enviarle aunque fuera una nota. Ella tenía que enterarse de sus proezas leyéndolas en las páginas de escándalos, igual que nosotros. —Arrancó violentamente un puñado de malas hierbas y las tiró a un lado—. Por lo que a mí respecta, es un canalla despiadado, vil, mezquino, vengativo.

—¿Significa eso que no lo vas a invitar a nuestra boda?

—¡Pues no! ¡Vamos, antes invitaría al mismísimo Belcebú! —Al ver el hoyuelo en su mejilla, se le evaporó la tensión que le agarrotaba los hombros—. No debes bromear con eso, mi señor —dijo con una media sonrisa—. Es muy poco amable.

Él fingió un estremecimiento.

—Ciertamente yo no querría incurrir en tu ira. Estoy empezando a pensar que ese individuo merece más mi lástima que mi desprecio. No contar con tu favor ya es bastante castigo para cualquier hombre.

Cuando estiró la mano para ponerle una sedosa guedeja de pelo detrás de la oreja, ella ya no supo decir si él estaba bromeando. Ni siquiera recordaba cómo habían acabado los dos arrodillados en el suelo, tan cerca que si él quería besarla sólo tenía que poner la cara bajo el ala de su papalina y posar esos labios exquisitamente expertos sobre los suyos.

Soltando las últimas flores, se incorporó.

—Si me disculpas, señor Radcliffe, tengo que ir a hablar con el reverendo Tilsbury sobre un asunto de inmensa importancia. —Cogió sus guantes y echó a andar hacia la puerta—. Por favor, dile a Cookie que llegaré a tiempo para el té.

—Si no crees en fantasmas, ¿de qué tienes tanto miedo? —gritó él, incorporándose también.

«De ti».

Medio temiendo haber dicho esas malditas palabras en voz alta, Laura apresuró el paso y salió del camposanto, dejando a Nicholas de pie entre las ruinosas tumbas, acompañado solamente por el ángel de alabastro que velaba sobre la tumba de Eleanor Harlow.

Cuando el domingo por la mañana las campanas empezaron a repicar su melodiosa invitación, Nicholas no perdió el tiempo metiendo la cabeza debajo de la almohada. Simplemente se bajó de la cama y sin hacer caso del malhumorado quejido de la gatita amarilla que había hecho su nido de la almohada, se echó en la cara un vigorizador chorro de agua fría.

Cuando un rato después entraba en el banco familiar de la iglesia Saint Michael detrás de George y Laura, seguido por Lottie, no sentía otra cosa que una moderada resignación. Tenía puestas sus esperanzas en dormir durante el sermón y la segunda lectura de las proclamas, puesto que esta vez no habría ninguna sorpresa que lo sacara de su adormilamiento. Mientras el párroco subía la escalera del púlpito, se hizo una posición más cómoda en el banco.

—Hoy —entonó el hombre de pelo blanco ajustándose los anteojos— vamos a analizar las sabias palabras del rey Salomón en Proverbios diecinueve: «Es mejor ser pobre que mentiroso».

El pie de George se disparó, golpeando sonoramente a Laura en la espinilla.

Laura emitió un gritito, el que se apresuró a acallar con la mano enguantada, pero no antes que se volvieran varios feligreses a mirarlos con expresiones desaprobadoras. Nicholas miró a George moviendo la cabeza, pensando qué espíritu travieso se habría apoderado del muchacho.

Antes que pudiera preguntarle a Laura si se encontraba bien, el ridículo de Lottie saltó a sus rodillas y empezó a enterrar los dientes en el borde de su libro de oraciones.

—Perdón —susurró ella, recuperando su bolso de seda con una sonrisa angelical.

Nicholas estiró las piernas y apoyó la mejilla en la palma abierta, notando cómo se le iban poniendo más pesados los párpados con cada monótona palabra del cura. Mientras el sol que entraba por las ventanas de parteluz iba calentando la mohosa nave, el hombrecillo seguía y seguía diciendo tonterías acerca de los mentirosos que caen en las garras del demonio.

Estaba entrando y saliendo de un neblinoso sueño en el que besaba cada peca de la cremosa piel de Laura cuando oyó decir al cura:

—Tan pronto como se ordene vuestro nuevo párroco, os dejaré.

Bueno, pensó Nicholas, sin mucha caridad y sin molestarse en abrir los ojos, una lástima que no se marche inmediatamente.

—Como todos sabéis, desde que el reverendo Fairleigh fue llamado al cielo hace siete años he estado repartiendo mi tiempo entre tres parroquias. Si bien durante este tiempo le he tomado mucho cariño a Arden, y a todos vosotros, he de confesar que será bastante alivio para mí ceder mis deberes y responsabilidades de aquí a unos meses. Os invito a uniros a mí en dar la bienvenida al que pronto será el cura de esta parroquia, ¡el señor Nicholas Radcliffe!

Nicholas despertó sobresaltado, pensando si no seguiría soñando. Pero lo único constante entre su deliciosa fantasía y esa pesadilla era la presencia de la mujer que estaba sentada a su lado.

Ella estaba mirando fijamente al frente, su perfil tan frágil como una pieza de fina porcelana. Si no fuera por el arrítmico subir y bajar de su pecho, habría jurado que ni siquiera respiraba.

La miró fijamente hasta que ella no tuvo más remedio que girar la cabeza y ver su mirada furiosa. Entonces, poniendo su mano enguantada en la de él, le dijo, con trémula sonrisa:

—Bienvenido a nuestra parroquia, señor Radcliffe.

Capítulo 11

Adoro a los pequeños,
pero es la niña mayor
la que me ha robado el corazón.

—Están teniendo su primera pelea —susurró Cookie, limpiándose los ojos con el delantal—. Vamos, esto es como para romper el corazón de una vieja.

—Si la hace llorar, tal vez ella rompa el compromiso —dijo Lottie, esperanzada.

—Si la hace llorar yo le romperé el cuello —gruñó George.

—Si están peleando, ¿cómo es que no oigo gritos ni palabrotas? —terció Dower—. No es verdadera pelea si no se arrojan cacharros.

Era una suerte que sus diferentes alturas y la despreocupación de Lottie al desgastar las rodillas de sus medias domingueras les hacía posible a los cuatro tener las orejas pegadas a la puerta del salón al mismo tiempo.

—Probad en el ojo de la cerradura —sugirió Dower.

Metiéndose por entre las piernas de George, Lottie puso el ojo en la abertura.

—Lo único que veo es la llave. Creo que la ha tomado prisionera.

Dower comenzó a arremangarse.

—Ya está, entonces. Echa abajo la puerta, George, mientras yo voy a buscar mi bielda.

—No seas bobo, viejo —lo reprendió Cookie, golpeándole el brazo—. Hay que dejar que los enamorados hagan las paces después de sus peleas. Tal vez no recuerdes la horrible pelea que tuvimos a causa de esa puta de Fleet Street cuando me estabas cortejando, pero apuesto a que no has olvidado jamás los arrumacos que nos hicimos después.

—Claro que no los he olvidado. ¿Por qué crees que voy a ir a buscar mi bielda?

—Chhh —siseó Lottie, aplastando la oreja en la puerta—. Creo que oigo algo.

Lottie se equivocaba, porque dentro del salón Laura estaba sentada en la otomana en absoluto silencio, pensando que jamás había visto a un hombre tan furioso que no pudiera hablar. Su padre había sido un alma apacible que consideraba vulgares e indecentes los estallidos de malhumor. Una vez lo vio cuando se le cayó una enorme Biblia en el pie, que le quebró dos dedos, y lo único que hizo él fue elevar los ojos al cielo y pedirle perdón a Dios por ser tan torpe. Jamás lo vio levantar la voz a su madre, ni a sus hijos, y mucho menos la mano.

Con recelosa fascinación observaba a Nicholas ir y venir por el salón, tal como observaría a un león hambriendo pasearse por su jaula en el Zoo Real. Claro que en el zoo ella habría estado segura fuera de las rejas de hierro y no dentro de la jaula con el león. La gatita amarilla sentada en el hogar observaba los movimientos de Nicholas con igual concentración, como si quisiera determinar a cual de ellos se engulliría primero.

Él había reemplazado sus ropas para la iglesia por la pagana comodidad de su camisa de linón y sus pantalones de ante. Cada unos cuantos pasos se giraba a mirarla fijamente, abría la boca como para decir algo, la volvía a cerrar, y reanudaba su paseo. Después de repetir varias veces ese ritual, se limitaba a agitar la cabeza y pasarse la mano por el pelo, hasta que adquirió un aspecto tan salvaje y peligroso como el del hombre que Dower creía que era.

Finalmente él se detuvo, de espaldas a ella, apoyó el puño en la repisa del hogar y dijo en tono muy suave:

—¿Supongo que no soy dado a maldecir?

Ella negó con la cabeza.

—Sólo en circunstancias extremas.

Él se giró a mirarla.

—¿Y qué considerarías una circunstancia extrema? ¿Sería despertar en una cama desconocida sin saber quién eres? ¿Sería descubrir de repente que uno está a punto de casarse con una mujer que le jura que nunca ha tenido la sensatez de besarla? ¿O sería enterarse, junto con toda la buena gente de Arden que uno va a ser el nuevo párroco de la aldea? —En voz más alta, añadió—: ¿No crees que podrías haberme dado a mí ese retazo de información antes de darlo al pregonero público?

—Te dije que tenía que hablar con el reverendo Tilsbury sobre un asunto de gran importancia. ¿Y qué puede ser más importante que nuestro futuro juntos? —Entrelazó recatadamente las manos en la falda—. Pensé que te gustaría saber que te había buscado un puesto. Arden es una parroquia pequeña, pero combinando los ingresos que recibirás de los feligreses con el dinero que da la propiedad con su rebaño, podríamos arreglárnoslas muy bien. No seremos ricos pero tampoco seremos indigentes.

Nicholas suspiró.

—Valoro tu espíritu práctico, pero ¿y qué si yo no deseo ser clérigo? ¿Se te pasó eso por la mente?

—¿Y por qué no habrías de desearlo? En realidad no supone gran cosa, solamente bodas, entierros y un ocasional bautismo. Mi padre estudió en casa durante meses, pero cuando fue a recibir sus órdenes, lo decepcionó lo fácil que fue el examen. El obispo se limitó a preguntarle si era el mismo Edmund Fairleigh que era el hijo del viejo Aurelius Fairleigh de Flamstead, después le dio una palmada en el hombro y lo llevó a ver una obra de teatro picante.

—Al menos tendré algo para esperar con ilusión —masculló Nicholas, pasándose nuevamente la mano por el pelo.

—Yo te puedo ayudar en los estudios —le dijo ella muy seria—. Sé bien el hebreo y el griego.

—Qué estimulante. Tal vez tú deberías ser el nuevo párroco de Arden.

Con las mandíbulas apretadas, abrió las puertas del secreter y empezó a hacer a un lado los agrietados libros de cuentas de cuero y el amarillento papel de cartas. Detrás de todo apareció un decantador de cristal cortado que ella no había visto jamás.

Cuando él sacó el decantador de su escondite, Laura se enderezó más en el asiento, pensando qué raro era que él supiera exactamente dónde encontrarlo. A juzgar por la capa de polvo que cubría el cristal, el coñac que contenía tenía que estar muy envejecido.

Cuando lo vio llevar el decantador al carro con el servicio para el té y buscar allí una copa limpia, ella se aclaró la garganta de un modo que esperaba fuera delicado.

Nicholas quitó el tapón a la botella.

—Me cuesta decirlo… —empezó ella tímidamente.

Él vertió un chorro de licor en la copa.

—Sobre todo en un momento tan inoportuno…

Él se llevó la copa a los labios, mirándola con un fiero destello en los ojos, como retándola a continuar.

—Pero tú nunca bebes licor.

Nicholas dejó la copa en el carro con un golpe, derramando la mitad del coñac por su borde biselado.

—¡Infierno y condenación!

La maldición resonó en el aire como el retumbo de un trueno que anuncia tormenta. Laura no supo si agacharse para esquivar un golpe o echar a correr hacia la puerta. Pero entonces vio cómo empezaba a dibujarse una sonrisa en su cara; una sonrisa tan sensual que la hizo encoger los dedos de los pies dentro de los apretados zapatos.

—¡Eso sonó maravilloso! —proclamó él—. ¡Condenadamente maravilloso!

Ella agrandó los ojos al verlo levantar la copa y beber de un trago lo que quedaba de coñac; después se pasó la lengua por los labios para recoger todas las gotas extraviadas como si se tratara del más dulce de los néctares, cerrando los ojos en una expresión del más puro éxtasis. Cuando los abrió, los tenía brillantes de resolución. Llenó nuevamente la copa, la levantó en un retador brindis y se pulió el contenido.

Después llenó la copa por tercera vez y fue a ponérsela entre las manos.

—Toma. Tal vez necesites esto.

—Pero es que yo nunca…

Él arqueó una ceja, a modo de advertencia. Ella obedeció y bebió un sorbo. El licor le bajó ardiente por la garganta, produciéndole un escozor desconcertante pero no desagradable.

Nicholas cogió otra copa y se sirvió más coñac. Apoyó el brazo extendido sobre la repisa del hogar, con la copa entre sus largos y elegantes dedos.

—Me he dado cuenta, Laura, que durante toda la semana no has parado de decirme lo que me gusta y lo que no me gusta. «Sírvete otro de los bollos de Cookie, Nicholas» —remedó—. «Siempre te han gustado los bollos de Cookie». «Escucha este poema que ha escrito Lottie; siempre te han divertido sus sonetos». «¿Por qué no juegas otra mano al monte con George, cariño? Él disfruta tanto con tu compañía». —Iba elevando la voz con cada palabra—. Esto podría afectar tus delicadas sensibilidades, querida mía, pero tu hermano escasamente soporta estar en la misma habitación conmigo, Lottie es una nena malcriada que no podría escribir un pareado ni aunque el propio Will Shakespeare saliera de su tumba para ayudarla, y los bollos de Cookie son tan secos que atragantarían a un camello.

La horrorizada exclamación de Laura casi quedó apagada por tres exclamaciones iguales provenientes del otro lado de la puerta.

Dejando la copa en la repisa, Nicholas fue a largas zancadas hasta la puerta y la abrió bruscamente. El vestíbulo estaba desierto, pero el ruido de pies huyendo resonaba en toda la casa. Mirando a Laura con expresión acusadora, él cerró la puerta con sumo cuidado y giró la llave en la cerradura.

Ella bebió otro trago de coñac, éste mucho más largo que el anterior.

Él apoyó la espalda en la puerta, se cruzó de brazos y continuó como si nada los hubiera interrumpido:

—Detesto estropear la santa imagen de mí que sin duda has acariciado en tu corazón durante estos dos años, pero pasar mis tardes pintando acuarelas con Lottie me aburre de muerte, y no soporto esos tontos juegos de cartas que al parecer tanto gustan a George.

Laura abrió la boca, con la intención de detenerlo antes que confesara que tampoco la soportaba a ella, pero él levantó una mano:

—Ahora bien, siendo un tipo razonable, soy capaz de estar de acuerdo en que el alma de un hombre podría beneficiarse de un poco de instrucción espiritual una mañana de domingo. —Con expresión más suavizada, miró hacia el hogar, donde estaba la gatita atusándose los bigotes con una gracia de sílfide—. Incluso podría convencerme de que ciertos miembros de la especie felina, aunque sean un engorro, pueden poseer encantos difíciles de resistir. —Fue a arrodillarse ante la otomana, poniendo sus ojos a nivel de los de ella—. Pero no puedo, ni me dejaré persuadir, de que soy el tipo de hombre que no comprometería la virtud de su novia. Porque te aseguro que casi no he pensado en otra cosa desde el primer momento que puse los ojos en ti.

Aturdida, Laura se bebió el resto del coñac. Nicholas le quitó suavemente la copa y la dejó sobre la alfombra.

—Pero tú siempre…

Él le puso dos dedos en los labios, impidiéndole continuar.

—Te has pasado toda la semana diciéndome lo que debo desear. Ahora me toca a mí decirte lo que verdaderamente deseo.

Cuando le enmarcó la cara entre sus grandes y fuertes manos, ella pensó que la iba a besar en la boca. No se imaginó que le besaría los párpados, las sienes, el pecoso puente de la nariz. Sintió su aliento en la cara, tan cálido y embriagador como la prohibida dulzura del licor; pero cuando él acercó sus labios a los de ella, la fiebre que le recorrió las venas nada tenía que ver con el coñac y todo con el líquido calor de su lengua lamiéndole tiernamente la boca.

Antes de darse cuenta, le había aferrado la pechera de la camisa y le estaba correspondiendo cada embite de su lengua dentro de la boca con una ávida caricia con la de ella. No reconocía a la hambrienta criatura que se aferraba a él con tanto desenfado; era como si hubiera desaparecido la remilgada y recatada hija del párroco, dejando en su lugar a una lujuriosa desvergonzada.

Tal vez ésa fuera la naturaleza trepadora del pecado de la que siempre le advertía su padre. Faltar a la lectura de los salmos por la mañana llevaba a mentir, mentir llevaba a secuestrar a un caballero desconocido, secuestrar a caballeros llevaba a besar, besar llevaba a la lujuria, y la lujuria llevaba a…, bueno, no tenía del todo claro a qué llevaba la lujuria, pero si Nicholas no dejaba de mordisquearle la oreja de ese modo tan seductor, ciertamente lo descubriría.

—Huye conmigo, Laura.

La seductora aspereza de su voz la sacó de su soñador aturdimiento. Se apartó para mirarle la cara, sin soltarle la camisa.

—¿Qué?

Él le cogió los brazos con fuerza, sus ojos tan ardientes como sus manos.

—¡Huye conmigo! Ahora mismo. ¿Para qué esperar la próxima semana para casarnos cuando podemos partir para Gretna Green esta misma tarde y compartir una cama antes que acabe esta semana?

Esas palabras le hicieron bajar un delicioso escalofrío por toda la columna, mitad miedo y mitad expectación. Se le escapó una temblorosa risita.

—Te has saltado la parte en que me haces tu esposa.

—Una simple distracción, te lo aseguro. —La miró a los ojos con una mezcla de ternura y desesperación—. No me obligues a esperar más tiempo para hacerte mía. Ya hemos perdido demasiado tiempo.

—No sabes de la misa la mitad —musitó ella, ocultando la cara en su hombro.

Ésa era una tentación que no había imaginado. Si en el calor del momento lo dejaba llevarla a Escocia para una boda clandestina, desvinculada de las convenciones de los tribunales ingleses, desaparecería el problema de falsificar un nombre en el registro de la parroquia, acabarían sus noches insomnes pensando en la posibilidad de que él recuperara la memoria antes de haber pronunciado sus votos matrimoniales.

Pero tampoco habría tiempo para enviar nuevamente a Dower a

Londres; no habría tiempo para verificar que el corazón de su novio no estaba ya dado a otra mujer, antes de hacerlo suyo.

De todos modos, se sintió tentada, tentada de cogerlo en sus brazos y aprovechar el momento para huir a Gretna Green como incontables mujeres habían hecho antes que ella.

Podrían estar compartiendo una cama antes que acabara esa semana.

Se le aceleró la respiración al imaginarse una acogedora habitación en una posada rústica. En Gretna Green, una habitación así estaría destinada a una y sola finalidad: la seducción. Habría vino y queso sobre la mesa, un fuego crepitando en el hogar para mantener a raya el frío del húmedo aire escocés, sobre la tosca cama un edredón de plumón echado hacia atrás, invitador. Y estaría Nicholas, impaciente por disfrutar de las primeras delicias de su amor.

Pero él no la amaba. Ella sólo lo había hecho creer eso con engaño. Más que todo lo demás, fue comprender eso lo que le dio la fuerza para desprenderse de sus brazos. Se levantó y le dio la espalda, rodeándose con los brazos para calmar el estremecimiento de vergüenza.

Nicholas la cogió suavemente por los hombros, desde atrás.

—Quería que huyeras conmigo, no de mí —le dijo dulcemente.

—No tengo la menor intención de hacer ninguna de las dos cosas —contestó ella, agradeciendo que él no pudiera verle la cara—. En el instante en que partiéramos juntos hacia Escocia, mi reputación estaría arruinada.

—A mí eso no me importa —musitó él, rozándole la nuca con los labios en una hormigueante caricia—. Mientras sea yo el que la arruine.

—Pero no sólo tenemos que pensar en nosotros.

Él le soltó los hombros y dejó caer las manos.

—Eso es exactamente lo que estoy llegando a temer.

Estremecida por esa brusca retirada, ella se giró a mirarlo.

—¿No lo ves? Si nos fugamos, les destrozaremos el corazón a todos. Cookie ha trabajado día y noche haciendo mi vestido y ensayando para lograr la alcorza de almendras perfecta para la tarta de la boda. Dower no ha puesto un pie en una iglesia desde su boda, pero me ha prometido acompañarme por el pasillo hasta el altar. Lottie tiene su corazoncito puesto en llevarme el ramillete. Y George —forzó una sonrisa—, bueno, si te fugaras con su hermana se sentiría obligado a retarte a duelo, y sencillamente yo no podría soportar que mataras a mi único hermano.

Nicholas sonrió tranquilizador, aunque la sonrisa no le llegó a los ojos.

—Supongo que tienes razón. Me has esperado pacientemente dos años. Yo puedo tener contigo la misma cortesía esperando dos semanas. He sido injusto al desear impedirte tener la boda con que toda mujer sueña. —La estrechó contra su pecho, ocultando su cara de ella, acariciándole los cabellos—. Si me das la oportunidad de redimirme, te prometo que procuraré que tengas todo lo que te mereces.

Laura se quedó inmóvil en sus cálidos brazos, sin poder decirle que eso era precisamente lo que temía.

La mañana siguiente Nicholas la dedicó a explorar las ondulantes colinas que rodeaban la propiedad Arden. El sol brillaba radiante en el cielo azul despejado, calentándole la cabeza y los hombros; una alegre brisa le alborotaba el pelo. Ni siquiera tenía que preocuparse que el hosco semblante de Dower empañara el día como nubarrones de tormenta; Laura lo había enviado a Londres antes del alba a ver los mercados de ganado para buscar otro carnero.

Más de la mitad de la noche la había pasado intentando convencerse de que sólo él tenía la culpa; no podía reprocharle a ella que no quisiera estar a solas con él si cada vez que lo estaban él se arrojaba sobre ella como un pirata vicioso. Tampoco podía culparla por no rendirse a la tonta y romántica idea de huir a Escocia sólo para que él pudiera llevarla a la cama unos días antes de lo programado.

Ella podía haberse negado a fugarse con él, pero eso no significaba necesariamente una renuncia a abandonar algo, o a alguien.

Trató de desechar ese horrible pensamiento. Laura podía ser capaz de fingir afecto por él, pero no podía acusarla de fingir esos dulces suspiros que se le escapaban cada vez que él la estrechaba en sus brazos ni la deliciosa avidez de su boca debajo de la de él. El recuerdo lo excitó.

Deseoso de distraerse de esos licenciosos pensamientos, sacó del bolsillo de la chaqueta el Evangelio de Marcos en griego encuadernado en piel de becerro y empezó a leerlo mientras caminaba. Había cogido el libro de la biblioteca de la casa sin que Laura lo supiera, y lo sorprendió descubrir que entendía el griego tan bien como el inglés. Todavía no aceptaba el loco plan de ella de convertirlo en cura rural, pero tampoco rechazaba del todo la idea. Al fin y al cabo necesitaría algún tipo de trabajo para mantener a su mujer y su familia. Podía haber perdido la memoria, pero no su dignidad.

Iba tan absorto en la lectura que ni se dio cuenta de que algo pasaba volando cerca de su nariz hasta que oyó el fuerte «tuang» que hizo el objeto al enterrarse en el tronco del aliso junto al cual iba pasando.

Se detuvo, giró lentamente la cabeza y vio una flecha que seguía vibrando en la lisa corteza. La arrancó y paseó la vista por el prado. Aparte de una alondra que trinaba alegremente un aria posada en una rama de un espino cercano, el prado se veía desierto.

Al menos eso pensó, hasta que por el rabillo del ojo percibió un atisbo de movimiento. Algo sobresalía detrás de un pequeño montículo; algo que tenía una extraordinaria semejanza con un ladeado moño de rizos dorados.

Guardando el libro en el bolsillo, echó a andar a largas zancadas hacia el montículo. Apoyando un pie encima, se inclinó a mirar hacia el hueco del otro lado.

—¿Te pertenece a ti esto, por casualidad? —preguntó a la ocupante del hueco, enseñándole la flecha.

Lottie salió lentamente de su escondite, con el pelo lleno de hojas de trébol y un arco en la mano.

—Podría ser. Me he aficionado al tiro al arco, ¿sabe? —Le dirigió una mirada glacial—. Lo encuentro mucho más realizador que la poesía.

Ese dardo dio en el blanco e hizo torcer la boca a Nicholas.

—Pero es más peligroso para tu público —repuso.

—Acabo de empezar este deporte —protestó ella—. Todavía no tengo buena puntería.

—¿Dónde está tu blanco?

—Ahí —dijo ella haciendo un vago gesto hacia un distante grupo de árboles, en dirección opuesta a donde él había estado caminando.

Nicholas arqueó una ceja.

—¡Caramba! Sí que tienes mala puntería. —Le cogió el arco, sorprendido por lo natural que lo sentía en sus manos—. ¿Tienes un trozo de tiza?

Aunque sin cambiar la expresión de terquedad en su redonda carita, ella empezó a hurgar en los bolsillos de su delantal. Él esperó pacientemente mientras ella sacaba unas doce cintas para el pelo, un buen surtido de piedras y ramitas, dos pasteles rancios y un pequeño sapo marrón hasta localizar por fin un trozo de tiza bastante usado.

Tratando de no parecer interesada, ella lo observó caminar hasta el tronco del aliso y dibujar en él cuatro círculos concéntricos. Después volvió donde ella, se arrodilló detrás y con sumo cuidado le colocó bien el arco en las manos.

—Sujétalo firme —le dijo, indicándole los movimientos de insertar la flecha y apuntar.

La flecha salió y voló por el prado hasta golpear el tronco sonoramente dentro de los límites del círculo interior.

Nicholas se incorporó, le revolvió el pelo y le sonrió con pereza.

—Elige algo a lo que apuntar, Ricitos de Oro, y darás en el blanco cada vez.

Sacando el libro de su bolsillo, reanudó su camino, sin darse cuenta de que dejaba a Lottie sin saber qué decir por primera vez en su corta vida.

Al día siguiente, cuando George entró en la cocina sacudiéndose del pelo las gotas de lluvia de esa tarde, Cookie no estaba a la vista. En lugar de Cookie estaba Lottie muy concentrada batiendo una alcorza de almendras en un cuenco de barro. Tenía manchas de harina en las redondeadas mejillas y un peludo gato gris estaba echado junto al cuenco fingiendo desprecio.

Esperó hasta que ella se giró a coger una pulgarada de canela de un platillo de porcelana para pasar el dedo por el borde del cuenco. Estaba a punto de meterse el dedo en la boca cuando ella se giró y exclamó:

—¡No, George, no!

George se quedó inmóvil. La miró a ella, volvió a mirar el cuenco y le desapareció el color de la cara. Cogió el paño que ella le pasó y se limpió bien sin dejar huella de la alcorza en su piel.

—¿Qué diablos pretendes hacer? —le preguntó en un susurro, mirando nervioso hacia la puerta que daba al comedor—. Pensé que esperarías hasta después de la boda para matarlo.

—No tengo intención de matarlo —contestó ella, también en un susurro—. Sólo lo voy a poner un poco enfermo. Es la única manera de probar mis dosis.

—Pero si se enferma al comerlo, ¿no sospechará que lo has envenenado?

—Claro que no. No tiene la menor idea de que yo desee hacerle daño. Simplemente pensará que soy mala cocinera. —Con la cara tensa de resolución, añadió otra pulgarada de lo que fuera que tenía en el platillo que él había creído era canela—. El azúcar y las almendras disimulará el amargor de las setas venenosas.

George tragó saliva y empezó a sentirse un poco enfermo.

—¿Estás segura de que quieres hacer esto?

Ella golpeó la mesa con la cuchara, ahuyentando al gato, que salió disparado.

—Él no me deja otra opción. ¿No ves lo que está haciendo fingiéndose bueno y amable en lugar de cruel y odioso? ¿Cómo podría una muchacha resistirse a sus dulces palabras y a esa encantadora sonrisa suya?

George frunció el ceño, sorprendido por su vehemencia.

—Nos referimos a Laura, supongo.

Metiendo nuevamente la cuchara en el cuenco, Lottie reanudó su implacable batalla con la pasta de almendras.

—Claro que nos referimos a Laura. ¿Quieres que las cosas vuelvan a ser como antes que él llegara, o quieres que nos la robe igual como me robó mi gatita? Porque si la roba, te aseguro que nunca la tendremos de vuelta.

George habría discutido más si no hubiera visto resbalar una lágrima por su respingona barbilla y caer en el cuenco. Las almendras podían ocultar el sabor de las setas venenosas, pero ninguna cantidad de azúcar sería lo bastante dulce para ocultar la amargura de las lágrimas de su hermanita.

Lottie se detuvo en la puerta del salón y observó a su presa. Nicholas estaba repatingado en el sillón de orejas de cuero con un pie descalzo, sólo con la media, apoyado en la otomana. En el hogar crepitaba el fuego con un agradable ritmo que hacía contrapunto al de las gotas de lluvia que golpeaban los vidrios de la ventana. La luz de la lámpara daba un matiz rosado a la belleza clásica de su perfil.

Estaba leyendo otra vez; en sus rodillas descansaba abierto uno de los atlas de su padre de la Tierra Santa encuadernados en piel; lo único que estorbaba su estudio era la gatita amarilla que insistía en saltar del suelo a su regazo cada vez que él volvía una página, como si estuviera resuelta a desterrar al intruso que le había usurpado el trono. Lo vio coger por tercera vez a la gatita y dejarla suavemente sobre la alfombra.

Temerosa de perder su resolución, entró en la sala, llevando una tarta para la boda en miniatura sobre una bandeja de plata como si fuera una ofrenda ceremonial.

Nicholas levantó la vista del libro y fingió estremecerse de terror.

—Ah, no, no me digas que es otro bollo. Cada vez que abro la boca, Cookie me mete uno. Y mientras yo trato de tragarlo, ella me da un pellizco en la mejilla, diciendo: «He preparado una horneada sólo para usted, señor Nick. Sé lo mucho que le gustan y temí que la última docena no lo hubieran dejado satisfecho».

Una renuente sonrisa curvó los labios de Lottie.

—No son bollos, me temo. Cookie fue al mercado, así que se me ocurrió probar mi mano y hacer una tarta de bodas.

Nicholas aceptó la bandeja que le ofrecía, mirando el ladeado trozo de pasta con ojos dudosos.

—¿Sabes que sería mucho más seguro para todos que volvieras a dedicarte a escribir poemas?

—Por una vez, señor Radcliffe, podría tener razón —repuso ella, desvanecida su sonrisa.

Dejándolo con su ofrenda, se giró para marcharse, con tanta prisa que no llegó a ver a la gatita saltar nuevamente sobre las rodillas de él.

Lottie esperó en la cocina con George todo el tiempo que logró soportar el suspenso; después volvió sigilosamente al salón. Cerró los ojos un momento antes de asomar la cabeza por el marco de la puerta, preparándose para lo que podría encontrar.

Nicholas seguía sentado en el sillón, con la mejilla apoyada en una mano mientras con la otra volvía la página del atlas. Lottie le observó atentamente la cara, por si veía algún indicio de malestar. Él tenía los ojos vivos y alertas; su piel no había perdido nada de su color dorado.

Tal vez no se había comido la tarta, pensó, asombrada por su robusta buena salud. Pero entonces vio la bandeja vacía en el suelo, junto al sillón.

Y luego vio el cuerpecito tendido a todo lo largo al borde del hogar.

Se tapó la boca pero ya era demasiado tarde para ahogar su grito.

Nicholas levantó bruscamente la cabeza. Al ver el raudal de lágrimas que le brotaba de los ojos, dejó a un lado el libro y se levantó.

—Lottie, ¿por qué lloras? ¿Qué te ha pasado?

Con la mano temblorosa, ella señaló detrás de él.

—La gata. No le dio la tarta a la gata, ¿verdad?

—No —dijo una vocecita débil desde el asiento de la ventana—. Me la dio a mí.

La gatita despertó y levantó la cabeza justo en el momento en que Laura se levantó del asiento de la ventana, meciéndose como un sauce azotado por el viento. Todo el color había abandonado su cara, haciendo destacar las pecas. Nicholas atravesó la sala en tres largas zancadas y alcanzó a cogerla en los brazos antes que cayera al suelo desvanecida.

Capítulo 12

*Ella tiene una naturaleza
de lo más tierna y amable,
pero es un poco propensa a fantasear.*

Al poco rato regresó Cookie del mercado y encontró la casa hecha un caos total. Lottie estaba acurrucada en la escalera vertiendo el corazón a sollozos mientras en la planta superior resonaban gritos masculinos.

—¿Qué diablos pasa? —masculló Cookie, dejando su cesta de la compra en el suelo. Se quitó la capa mojada y se desató la papalina—. ¿Qué pasa, niña? ¿A qué se debe tanto alboroto?

Lottie levantó la cabeza que tenía enterrada en la curva del codo y enseñó la cara mojada de lágrimas.

—¡No era mi intención hacer eso, lo juro! Él tiene toda la culpa. ¡Yo sólo quería protegerla de él!

Estremecida por otro violento sollozo, pasó corriendo junto a Cookie, abrió la puerta principal y desapareció en el patio mojado por la lluvia.

Más alarmada aún, Cookie se cogió de la baranda y empezó a subir la escalera a un paso que no había empleado en más de veinte años.

Encontró a Nicholas y a George ante la puerta abierta de la habitación de lady Eleanor. Nicholas tenía al niño cogido por los hombros.

—Tienes que decirme la verdad —le estaba diciendo a gritos—. ¿Qué puso Lottie en ese pastel? Sé que quieres proteger a tu hermanita, pero si no me lo dices, Laura podría morir.

George negó con la cabeza. Aunque le temblaba el labio inferior, contestó a Nicholas con igual energía.

—Lottie nunca haría nada que dañara a Laura. No sé de qué habla.

Entonces fue cuando Cookie vio a su joven señora, acostada en la cama, detrás de ellos, tan pálida e inmóvil como si estuviera muerta.

—¿Qué le ha pasado? —preguntó, corriendo hacia la cama a poner la mano sobre la frente húmeda y pegajosa de Laura—. ¿Qué le pasó a mi corderita?

Nicholas y George la siguieron, con expresiones afligidas.

—No estoy del todo seguro —dijo Nicholas, mirando a George con expresión sombría—. Sospecho que ha sido víctima de una broma cruel destinada a mí.

Recordando las llorosas palabras de Lottie, Cookie se giró hacia George y bramó:

—Corre a la cocina, muchacho, y tráeme una tetera con agua hirviendo y un poco de la raíz negra seca de mi cesta de hierbas. Y date prisa.

Con alivio dolorosamente obvio, el niño escapó corriendo.

Mientras Cookie iba a coger la palangana del lavabo y algunos paños limpios, Nicholas se sentó en el borde de la cama. Cogió la mano fláccida de Laura y se la llevó a los labios, sin dejar de mirarle atentamente la cara pálida.

—No logro despertarla. ¿No deberíamos hacer llamar a un médico de Londres?

—No se inquiete, señor Nick. No hay ninguna necesidad de traer a ningún matasanos elegante que no hará otra cosa que meter sanguijuelas en los bonitos brazos de la señorita Laura. Vamos, la he cuidado desde que era una niñita pequeña. La cuidé durante un feo ataque de escarlatina, justo después que murieron sus padres. —Pasándole un paño mojado por la frente, agitó la cabeza—. Esta niña jamás se ha preocupado por sí misma, ni siquiera cuando era pequeña; siempre ha estado demasiado ocupada preocupándose de su hermano y su hermana. —Comenzó a desatarle las cintas del corpiño, pero se detuvo, dirigiendo a Nicholas una intencionada mirada—. La mayoría de los hombres no sirven de nada en la habitación de un enfermo. Si quiere, puede esperar abajo.

—No —dijo él, sosteniéndole la mirada con expresión de impotencia—. No puedo.

• • •

Cookie tuvo buen motivo para agradecer que Nicholas se hubiera quedado. Cuando el estómago de Laura comenzó a sentir los efectos de la infusión emética que ella le metió en la garganta a cucharadas, él fue el que perseveró en sostenerle la cabeza sobre la palangana; cuando ella se desplomó sobre la sábana, temblorosa y agotada, él fue el que le quitó suavemente los mechones de pelo pegados a la cara y la arrebujó bien con la colcha. Y cuando ella despertó de su agotado sopor bastante después de que hubiera caído la oscuridad, era él el que estaba sentado en la silla junto a la cama, con las piernas estiradas.

Laura tardó un nebuloso momento en darse cuenta de que no estaba en su cama. Levantó la vista hacia el elegante medio dosel, aspiró el almizclado y limpio olor masculino que la rodeaba y lentamente giró la cabeza; entonces vio a Nicholas dormitando en la silla.

Aunque tenía el pelo colgando suelto sobre la cara y manchas oscuras de cansancio bajo los ojos, seguía pareciendo un príncipe, de la cabeza a los pies. En todo caso, lo encontraba más atractivo aún que el día en que lo encontró en el bosque. Entonces sólo era un guapo desconocido; en esos momentos no era solamente su buena apariencia la que admiraba sino también su inteligencia, su agudo ingenio, y esos seductores relámpagos de mal genio y ternura.

Como si él hubiera sentido su pensativa mirada, abrió los ojos.

—¿Qué me pasó? —le preguntó, sorprendida por lo ronca que le salió la voz.

Él se enderezó y se inclinó hacia la cama, apretándole una mano.

—Digamos que las habilidades culinarias de tu hermana dejan algo que desear.

—Debería habértelo advertido —graznó ella—. ¿No te he contado lo de esa vez cuando horneó una empanadilla de barro rellena con doce gusanos y se la sirvió al reverendo Tilsbury para el té?

—No —contestó él con una sonrisa sesgada—. Si me lo hubieras dicho, yo podría haber declinado su ofrecimiento de la tarta que hizo para mí.

—Ay, ojalá la hubiera declinado yo.

—Sí. La próxima vez que te sorprenda codiciando mis dulces, simplemente tendré que negártelos. —Le apartó el pelo revuelto de la cara, con los ojos serios—. Aunque tengo que confesar que en este momento no sé si sería capaz de negarte algo.

Laura le acarició la mejilla, pensando cómo podía habérsele hecho tan querida su cara en tan poco tiempo. Él le ofrecía el mundo mientras ella le negaba su derecho más fundamental: su identidad. En ese momento comprendió lo que debía hacer; debía decirle todo, aun cuando eso significara revelar su engaño. Pero entonces él jamás volvería a mirarla con esa atractiva mezcla de desconcierto y ternura. Jamás volvería a estrecharla en sus brazos ni acariciar su boca con sus besos.

Giró la cara hacia la almohada para ocultar las lágrimas que sentía brotar en los ojos.

Confundiendo su tristeza por agotamiento, él apagó la vela y le dio un tierno beso en la frente.

—Duerme, cariño. Iré a decirles a los demás que te vas a poner bien.

—Ojalá —susurró ella a la oscuridad después que él se marchó.

Lo primero que pensó Nicholas cuando entró en el corral granero fue que no había nadie ahí. Entonces oyó un sigiloso movimiento en el altillo, como si un animalito asustado estuviera enterrándose más en su nido.

Subió la escala hasta el altillo y una vez allí miró atentamente la penumbra, hasta que por fin localizó un brillo dorado bajo los aleros. Lottie estaba acurrucada en el heno con los brazos alrededor de las rodillas levantadas, los cabellos colgando en mojados mechones alrededor de la cara. Estaba mirando hacia el frente, no a él, con huellas de lágrimas secas en las mejillas.

—Laura está muerta, ¿verdad? —dijo ella antes que él pudiera hablar—. A eso ha venido, a decirme que ha muerto.

Nicholas se apoyó en un poste lleno de astillas.

—He venido a decirte que tu hermana está despierta.

La incrédula mirada de ella voló hacia su cara.

Él asintió.

—Se va a poner bien. Mañana por la mañana ya podrá levantarse.

Nuevas lágrimas brotaron de los ojos de Lottie, pero ella se las limpió antes que pudieran lavarle la pena de su cara.

—¿Cómo la voy a mirar? No me perdonará jamás lo que he hecho. ¿Cómo podría perdonarme?

—Ella no sabe que haya nada para perdonar, aparte de un acceso de mala cocina. No se lo he dicho.

Las lágrimas de Lottie acabaron con la misma repentinidad con que habían empezado.

—¿Por qué? ¿Por qué no se lo ha dicho?

Él se encogió de hombros.

—Aunque no logro recordarlo, supongo que alguna vez yo también tuve diez años. Pero no te equivoques —añadió, entrecerrando los ojos—. Fue una fea travesura la que intentaste hacerme, y te sugeriría que no volvieras a hacerlo.

Lottie se puso de pie sorbiendo por la nariz, mohína.

—Ese pastel no le habría hecho mucho daño a un bruto grande como usted.

Pasó junto a él para bajar por la escala pero él le cogió firmemente el brazo, girándola para que lo mirara.

—Sé que no me quieres, Lottie, y creo que adivino por qué.

Sintió pasar un leve estremecimiento por el pequeño cuerpo de la niña.

—¿Sí? —dijo ella.

Él asintió, aflojando un poco la presión de su mano, y dijo con voz más suave:

—Creas lo que creas, no tengo ninguna intención de reemplazarte en el corazón de tu hermana. Mientras lo desees siempre habrá un lugar para ti y para George en nuestra casa.

Durante un minuto ella pareció conmovida, como si no deseara otra cosa que echarle los brazos al cuello. Pero en lugar de hacer eso, se soltó de su mano y empezó a bajar la escala sin decir otra palabra.

Nicholas tuvo que caminar bastante por el campo para encontrar a George. Cuando llegó a las ruinas de la casa quemada, situada en el borde de la propiedad de la casa señorial Arden, la lluvia ya había escampado totalmente, dejando una ligera niebla flotando como humo sobre la tierra. Pasó por debajo de una viga rota y encontró a George exactamente donde Cookie le había dicho que estaría: sentado en el hogar desmoronado de lo que en otro tiempo fuera la sala de estar de la modesta casa parroquial. Estaba mirando el cielo a través del enorme agujero que había sido el techo.

Nicholas no esperó a que el niño supusiera lo peor.

—Tu hermana está despierta. Se pondrá bien.

—Eso lo sé —repuso George, obsequiándolo con una fría mirada de desprecio—. No la habría dejado sola con usted si no lo hubiera sabido.

Nicholas se le acercó otro poco, evitando por un pelo poner el pie en un tablón podrido.

—Este lugar es peligroso. Me sorprende que no lo hayan derribado hace tiempo.

—Lady Eleanor y Laura querían derribarlo, pero yo no quise oír hablar de eso. Cada vez que hablaban del tema yo cogía una rabieta que hacía parecer a Lottie un ángel perfecto. —Continuaba mirando el cielo como si esperara encontrar una estrella brillando a través de las nubes—. Yo fui el que dejó la lámpara encendida esa noche, ¿sabe? En todos estos años, Laura jamás me lo ha reprochado.

—Eras sólo un niño —dijo Nicholas, ceñudo—. Fue un accidente. Una terrible tragedia.

George cogió un trozo de escombro quemado y lo tiró al aire.

—Los recuerdo, ¿sabe? A mis padres.

—Entonces eres muy afortunado —dijo Nicholas en voz baja, sintiendo una punzada de vacío en el pecho.

George negó con la cabeza.

—A veces no estoy muy seguro de eso. —Frotándose las manos para quitarse el polvo, se levantó, con los hombros hundidos—. Si ha venido a buscarme para la paliza, iré sin chistar.

Nicholas levantó una mano para detenerlo.

—No sé si tuviste o no algo que ver en la travesura de Lottie, y la verdad es que no necesito saberlo. No he venido por eso.

—Entonces, ¿a qué ha venido? —preguntó George, ya sin intentar ocultar su beligerancia.

—Puesto que parece que tu hermana va a vivir lo suficiente para convertirse en mi esposa el próximo miércoles por la mañana, me encuentro en necesidad de un padrino. Esperaba que consideraras la posibilidad de hacerme ese honor.

George lo miró boquiabierto por la sorpresa.

—No puedo servir de padrino —dijo con amargura—. ¿No lo sabe? Soy sólo un niño.

Nicholas negó con la cabeza.

—La verdadera talla de un hombre no tiene nada que ver con la edad y todo que ver con lo bien que cuida de aquellos que dependen de él. He visto lo mucho que haces en la casa, cómo cortas leña y ayudas a Dower con el ganado y cuidas de tus hermanas. Y Laura me ha asegurado que un padrino sólo requiere dos cualidades: debe ser soltero y debe ser mi amigo. —Le tendió la mano—. Me agrada pensar que reúnes esas dos condiciones.

George le miró la mano extendida como si no la hubiera visto nunca antes. Aunque la expresión de sus ojos continuó recelosa, se la cogió en un firme apretón, con los hombros y la cabeza erguidos.

—Si necesita a alguien para que le acompañe en la boda, supongo que yo soy su hombre —dijo.

Mientras sorteaban los escombros para salir de allí, Nicholas apoyó ligeramente el brazo sobre los hombros del niño.

—Aún no has cenado, ¿verdad? Yo estoy muerto de hambre. Tal vez podríamos pedirle a Lottie que nos prepare algo dulce.

Aunque necesitó hacer un visible esfuerzo, George se las arregló para mantener la cara seria.

—Eso no será necesario, señor. Creo que Cookie ha preparado una horneada de bollos especialmente para usted.

A medida que pasaban los días sin tener ninguna noticia de Dower, Laura se iba poniendo cada vez más nerviosa. El viejo no había aprendido a escribir, pero ella lo había enviado con un monedero lleno y la orden de pagarle a alguien para que le escribiera una nota si descubría algo acerca de un caballero desaparecido que requiriera investigación. En un pequeño rincón desvergonzado de su corazón, deseaba que no regresara antes de la boda, que siguiera ausente hasta que Nicholas estuviera unido a ella para siempre, o por lo menos mientras vivieran los dos.

Los preparativos para la boda continuaban a un ritmo frenético, tan implacable como el tic tac del reloj de pared del vestíbulo. Cada vez que Laura se giraba se encontraba con Cookie esperando para ponerle un largo de blonda sobre los hombros o enterrarle otro alfiler en la cadera. Aunque la anciana no paraba su animosa cháchara, en especial cuando estaba presente Nicholas, Laura sabía que estaba tan preocupada como ella por el paradero de Dower. Incluso Lottie parecía haber perdido su exuberancia y le había dado por vagar alicaída por la casa o desaparecer durante horas seguidas.

La mañana del domingo se leyeron por tercera y última vez las proclamas. Cuando el reverendo Tilsbury preguntó si alguien sabía de algún impedimento para que los dos se unieran en matrimonio, Laura se tensó al lado de Nicholas, pensando aterrada que de pronto ella misma se pondría de pie de un salto para gritar que la novia era una impostora embustera. Lo único que se lo impidió fue imaginarse la expresión de repugnancia que se extendería por la cara de Nicholas, una expresión que ella tendría que soportar todas las noches en sus torturantes sueños.

Esa noche estaban reunidos alrededor de la mesa del comedor cenando cuando el silencio fue interrumpido por el tintineo de los arreos de un caballo. Dejando la cuchara en la mesa, Laura se levantó de un salto y corrió a la ventana. Estaba mirando atentamente por si veía algún indicio de movimiento en el oscuro camino de entrada cuando George se aclaró intencionadamente la garganta.

Se giró lentamente y vio un gatito blanco y negro arrastrando por el suelo un cascabel que llevaba atado con una cinta roja. Cuando se volvió a sentar con un descorazonado suspiro, Lottie cogió al gatito y el cascabel, poniendo fin al alegre tintineo.

Cuando Cookie salió de la cocina con el siguiente plato, Nicholas estaba paseando la vista por las tristes caras.

—Sé que tratáis de disimularlo, pero veo que todos estáis preocupados por Dower. ¿Queréis que vaya a Londres a buscarlo?

—¡No! —gritaron los cuatro a coro.

Él se reclinó en el respaldo de la silla, claramente perplejo por la reacción.

Laura se limpió la boca con la servilleta, preocupada de que él no le notara el temblor de las manos.

—Te lo agradezco, cariño, pero creo que mis nervios no lograrían aguantar la tensión. Sólo faltan tres días para nuestra boda. Puede haber boda sin Dower, pero no creo que pueda tener una sin el novio.

—No se preocupe por nosotros, señor Nick —dijo Cookie. Aunque le estaba dando palmaditas en el hombro a él, su mirada estaba fija en Laura—. Ese viejo pícaro mío debe de estar metido en una taberna por ahí. Llegará aquí arrastrándose la noche anterior a la boda, apestando a licor y pidiéndome perdón. ¡Veamos si no!

Jeremiah Dower estaba sentado ante una sucia mesa en la penumbra de un rincón de la Boar's Snout, bebiendo su tercer gin de la noche. La taberna era una de las más sórdidas de los muelles, y más de un cadáver se había encontrado flotando en el Támesis después de una noche de gozar de sus dudosos placeres. Se rumoreaba que si uno no moría a manos de los clientes o los taberneros, moría envenenado por el gin barato. Otra forma de morir, más lenta, era de sífilis purulenta, después de subir borracho y tambaleante a la planta superior con alguna de las desaliñadas prostitutas que pululaban por los muelles. Varios pobres jóvenes cachorros habían perdido su inocencia, su monedero y finalmente su vida entre esos serviciales y gordos muslos.

Su madre había sido una de esas prostitutas; él había pasado su infancia limpiando las manchas de tabaco y vaciando baldes de agua sucia en una taberna similar a ésa. Después de que ella muriera, estrangulada por uno de sus clientes, él decidió cambiar las sofocantes nubes de humo y gritos de borrachos por el aire dulce y puro de las mañanas de Hertfordshire y la sonrisa de Cookie.

Era esa sonrisa la que ansiaba ver mientras estaba hundido en su silla observando a la variopinta clientela. Había pasado la semana peinando las calles y muelles por si oía rumores sobre la desaparición de un caballero. Incluso había visitado la cárcel Newgate y el manicomio, por si oía noticias de una huida reciente. Pero hasta el momento sus averiguaciones no habían producido nada y se le estaba acabando el tiempo.

Si el martes por la noche no estaba de regreso en Arden con las pruebas de que el misterioso caballero de Laura estaba comprometido o casado con otra, Laura seguiría adelante con la boda. Su joven señora siempre había sido de naturaleza dulce, pero cuando ponía el corazón en algo no había forma de interponerse en su camino. Y era evidente que tenía puesto el corazón en ese joven cachorro.

Dower frunció el entrecejo. El hombre bien podía no ser un fugitivo de la ley ni un lunático escapado del manicomio, pero eso no lo hacía menos peligroso para una muchacha inocente.

Estaba a punto de pagar la consumición para marcharse cuando vio a un muchacho pelirrojo de dientes torcidos y amarillentos abriéndose paso hacia él. El muchacho se inclinó sobre su mesa y movió el pulgar hacia la puerta de atrás.

—Hay un tipo en el callejón que dice que quiere hablar con usted. Dice que podría tener algo que le gustaría oír.

Dower asintió y le dio una de las monedas que le había dado la señorita Laura. No deseando parecer demasiado impaciente, se tomó su tiempo en acabar el gin y luego se limpió la boca con el dorso de la mano. Cuando se levantó, tuvo buen cuidado de subirse un poco las mangas de la camisa, y disfrutó al ver agrandar los ojos a la prostituta que estaba sentada a horcajadas en las rodillas de un barbudo en la mesa del lado. Sabía por experiencia que cualquier carterista que intentara robarle a un anciano frágil lo pensaría dos veces al ver los gruesos cordones de músculos que le fajaban los brazos.

Con la noche había llegado la niebla; cuando se cerró la puerta de la taberna detrás de él, se materializó un hombre salido de las sombras. Él había esperado encontrarse con un quejumbroso mendigo deseoso de ganarse una moneda fácil, pero enseguida se le hizo evidente que ese hombre no tenía ninguna necesidad de sus chelines.

Llevaba un sombrero de copa de fieltro y en sus manos enguantadas balanceaba un bastón con empuñadura de mármol. Tenía el tipo de cara redonda y fofa que podía confundirse con otras cien.

—Espero que me perdone por interrumpir sus libaciones nocturnas, señor...

Dower se cruzó de brazos.

—Dower. Y no soy señor.

—Muy bien, entonces, Dower. No querría molestarle, pero me han informado que ha estado haciendo ciertas averiguaciones en los muelles.

—No he hecho nada de eso —protestó Dower—. Sólo he hecho unas pocas preguntas.

El hombre tenía una sonrisa falsa.

—Según mis socios, ha andado preguntando por un hombre alto de pelo dorado, bien hablado y bien formado, que podría haber desaparecido hace dos semanas.

Los malos presentimientos le hicieron hormiguear la nuca; su intención había sido salvar a Laura de las garras de un desconocido, no enviarla a la cárcel arrestada por secuestro.

—Esos socios podrían no saber tanto como creen saber.

—Ah, puedo asegurarle que son muy concienzudos. Y por eso he llegado a la conclusión de que podríamos estar buscando al mismo hombre.

La curiosidad casi pudo con Dower, pero algo que vio en los sosos ojos castaños del hombre se la quitó.

—Lo siento, compañero —dijo—. Se ha equivocado de hombre. Lo único que ando buscando esta noche es una botella de gin y una muchacha bien dispuesta a calentarme la cama.

—Con la recompensa que ofrecen mis clientes podría comprarse todo el gin y todas las putas que pueda desear un hombre.

Pese a la fría humedad del aire, Dower sintió brotar gotas de sudor en la frente.

—¿Y qué hace valer tanto a ese tipo que busca?

El hombre se pasó el bastón a la otra mano.

—Si viene conmigo, se lo explicaré.

Dower nunca había soportado bien la bravuconería, y menos aún cuando venía disimulada bajo un frágil barniz de palabras cultas y modales finos. Enseñó los dientes en una poco practicada sonrisa.

—Creo que tendré que declinar. Tengo una invitación mucho mejor de una pelirroja que estaba en la mesa del lado.

Acto seguido se giró hacia la puerta de la taberna.

—Eso es una verdadera lástima, señor Dower, porque me temo que debo insistir.

Antes que Dower se girara, la empuñadura de mármol del bastón cayó sobre la parte posterior de su cráneo, lanzándolo al suelo despatarrado. Escasamente tuvo tiempo para admirar el lustroso cuero de las caras botas del hombre cuando una de ellas le golpeó la cara, sumergiéndolo en un pozo de oscuridad.

Capítulo 13

A veces tiende a actuar impulsivamente,
sin pensar en los riesgos.

*E*sa debería ser la noche más feliz de su vida, pensaba Laura.

A las diez en punto de la mañana siguiente estaría ante el altar de Saint Michael para entregar su corazón y su vida al hombre que había deseado desde antes de saber que existía. Él le cogería tiernamente la mano, la miraría a lo profundo de los ojos y prometería ser de ella sola para toda la vida.

Debería estar acurrucada bajo las mantas, abrazada a la almohada, soñando con el día que vendría. Pero no, estaba paseándose de un extremo al otro del dormitorio, casi frenética de aprensión. Se detuvo junto a la cama de Lottie a quitarle suavemente un rizo de la mejilla, envidiando el sueño de las inocentes.

Ése era un lujo del que no había disfrutado desde el día en que encontró a Nicholas en el bosque. Y si no hacía caso de los pinchazos de su conciencia, muy bien podría ser un lujo del que no volvería a disfrutar jamás. Casi esperaba que Dios le forzara la mano; esperaba que enviara a Dower galopando por el largo camino de entrada con la noticia de que Nicholas ya tenía una novia esperándolo en Londres.

Aun en el caso de que Dower no llegara antes de la boda, sabía que no era demasiado tarde para redimirse. Lo único que tenía que hacer era caminar por el oscuro corredor hasta la habitación de lady Eleanor y confesarlo todo, poniéndose a merced de un hombre que repentinamente sería un desconocido.

Pero entonces no habría ninguna soleada mañana de bodas, ni

vestido de crepe blanco adornado con encajes de Bruselas, ni la alta tarta de la boda cubierta con pasta de almendras. No estaría Cookie sonriéndole mientras le prendía un cintillo de rosas en el pelo, ni Lottie le entregaría el fragante ramillete en el altar, ni George le daría sus felicitaciones a regañadientes cuando se viera obligado a reconocer que su plan había sido bueno después de todo.

Ni habría un Nicholas que pusiera suavemente sus labios sobre los suyos para sellar sus promesas con un beso.

Sintió cómo los zarcillos de la tentación se iban enroscando alrededor de su corazón, astutos y sinuosos como la serpiente en el jardín del Edén. Con la única idea de escapar a sus tenazas, pasó el pestillo de la ventana, la abrió y se instaló en el ancho alféizar de madera. La noche estaba cálida y ventosa, el aire impregnado de los aromas del jazmín y la madreselva. Una gorda rodaja de luna iluminaba el cielo desafiando a las nubes pasajeras con su brillo.

Era el tipo de noche que hablaba de encantamientos paganos, el tipo de noche que siempre le había acelerado la sangre obligándola a soltarse de las restricciones de su vida segura y ordenada. Pero ahora sabía el precio de rendirse a esos temerarios deseos.

Ojalá pudiera volver al momento en que encontró a Nicholas dormido en el bosque, pensó. Tal vez él se habría enamorado de ella de todas maneras. Pero nunca lo sabría porque no le había dado esa oportunidad.

Suspirando tristemente, apoyó la mejilla en el marco de la ventana. Era tan pecado mentirse a sí misma como mentirle a él. Un hombre como Nicholas probablemente ni habría mirado a una humilde muchacha del campo como ella; una muchacha cuyas mejillas estaban salpicadas de pecas porque rara vez se molestaba en ponerse su papalina; una muchacha que no llevaba bien cuidadas las uñas, las llevaba romas y melladas por cavar en la tierra del jardín. Ganarse su amor habría sido tan imposible como que Apolo bajara del cielo a otorgar sus favores a una doncella mortal. Podría haberla encontrado entretenida para pasar un día de verano, pero no toda la vida.

Miró la ondulante extensión de césped después del cual empezaba el bosque, un bosque envuelto en sombras y secretos. Había estado tan ansiosa de creer que Nicholas había caído del cielo en respuesta a su oración que nunca se tomó el trabajo de explorar ninguna de las explicaciones más racionales que la atormentaban desde ese día. No había visto ninguna huella de cascos de caballo cerca del viejo roble, pero era muy posible que el caballo lo hubiera arrojado desde el otro lado de la garganta; aterrado al encontrarse sin jinete en un bosque desconocido, el animal podría haber echado a correr por donde vino.

Se tensó al comprender lo que debía hacer. No podía volver al momento en que lo encontró, pero sí podía volver al lugar. Era posible que hubiera algo que le diera la pista de su identidad, algo que ella no había visto y que podría llevar su nombre, por ejemplo una cajita de rapé, una faltriquera de reloj, papeles que podrían haber caído de sus bolsillos. No tenía otra opción que ir a mirar; le debía por lo menos eso, aun en el caso de que lo que encontrara significara perderlo para siempre.

No perdió tiempo en vestirse. Simplemente se puso los zapatos, se echó la capa encima del camisón de dormir, temiendo perder la resolución si tardaba mucho. Cuando iba saliendo sigilosamente de la habitación, el reloj del vestíbulo comenzó a dar las campanadas de medianoche.

Ésa debería ser casi la noche más feliz de su vida, pensaba Nicholas, porque ciertamente la más feliz sería la del día siguiente, cuando llevara a su flamante esposa a la cama con las bendiciones de la Iglesia y de la Corona. Entonces tendría todo el derecho de quitarle las horquillas hasta que sus cabellos cayeran alrededor de su cara en una nube color castaño. Tendría todo el derecho de desatarle las cintas del cuello de su camisón y bajar el resbaladizo satén por sus blancos hombros, todo el derecho a echarla de espaldas sobre el colchón de plumas y cubrir su mullido cuerpo con el duro y ávido calor del suyo.

Debería estar durmiendo para reservar sus energías para esa noche que llegaría, y no paseándose por la habitación como una bestia enjaulada. No mejoraba las cosas el que le hubiera vuelto el dolor de cabeza, haciéndole vibrar sordamente el cráneo como una canción oída en otro tiempo pero olvidada. Se frotó la frente con la palma, tentado de bajar al salón a coger el decantador de coñac.

Pero embotarse los sentidos le embotaría también los instintos. Lo cual no sería muy terrible, pensó, soltando un bufido de risa, si significara que podía seguir engañándose para creer que su novia no guardaba un peligroso secreto que la hacía ruborizarse, tartamudear y casi salirse de su piel cada vez que él entraba en una habitación.

Apoyando las manos en el tocador, se inclinó a mirarse atentamente en el espejo. No podía dejar de comprender que Laura se asustara de lo que él veía ahí: los cabellos revueltos, la mandíbula dura; la boca fruncida en una rígida línea, borrando el hoyuelo que normalmente aparecía en su mejilla. No tenía el aspecto de un hombre que dentro de unas horas intercambiaría promesas con la mujer que amaba; tenía más aspecto de estar contemplando la posibilidad de asesinato.

En algún lugar de la casa un reloj empezó a dar las campanadas de medianoche, cada doliente «bong» acercándolo más al momento en que caminaría por el corredor hasta el dormitorio de Laura, abriría la puerta de una patada y exigiría la verdad a esos hermosos y embusteros labios.

Con una frustración ya insoportable, dejó caer la mano sobre la superficie del tocador. El frasco de perfume que estaba en la orilla cayó sobre la alfombra, se abrió e inundó el aire con la fragancia de azahar. Una punzada de dolor le atravesó el cráneo, como una aguja. Soltando una maldición, se dirigió tambaleante a la ventana y la abrió.

Una cálida brisa nocturna inundó la habitación, su fragancia tan sutil y seductora como el aroma de la piel de una mujer. Apoyándose en el marco de la ventana, cerró los ojos, dejando que los suaves dedos de la brisa le revolvieran el pelo, le aliviaran la frente dolorida y se llevaran sus alborotadoras sospechas.

Cuando los abrió, vio a una esbelta figura envuelta en una capa corriendo por la hierba, sus cabellos oscuros meciéndose detrás.

Se quedó paralizado. Sólo podía haber un motivo para que una mujer abandonara su abrigada cama y saliera a hacer frente a los peligros de la oscuridad la noche anterior a su boda. Con los ojos entornados la vio perderse en las sombras del bosque, agradeciendo el entumecimiento que le amortiguaba el dolor de la cabeza y el dolor de su corazón.

Los viejos árboles surgían de la oscuridad como la puerta a otra época. Sus retorcidas ramas se agitaban al viento, invitándolo con la gracia de una amante. Llegó hasta el lugar donde había visto desaparecer a su prometida, sabiendo que ella no le había dejado otra opción que seguirla.

La luz de la luna plateaba las ramas de los árboles pero no lograba penetrar las musgosas sombras que envolvían el estrecho sendero. Cuanto más se adentraba en el bosque, mayor era la oscuridad; las sombras parecían hincharse y ennegrecerse hasta amenazarlo con tragárselo. El murmullo de la brisa al agitar las hojas sólo era interrumpido por los espeluznantes grititos de pequeños y desventurados animalitos al encontrarse con su perdición. Aunque los sonidos le producían un primitivo estremecimiento de miedo en el alma, continuó con pasos seguros y rápidos. En el fondo del alma sabía que no tenía nada que temer.

Porque esa noche él era el predador más peligroso merodeando por el bosque.

Laura nunca había andado por el bosque de noche.

Siguiendo su camino por entre el laberinto de árboles, la consternó ver su soleado reino convertido en una lóbrega fortaleza. Habría jurado que conocía todas las piedras, rocas y concavidades musgosas, pero la caótica red de sombras y luz de luna hacían desconocidos y temibles incluso los hitos más reconocibles.

El bosque ya no parecía el hogar de aladas hadas y risueños trasgos sino el de gordos duendes a la caza de una novia virgen para su rey.

Continuó caminando, resuelta a no dejarse dominar por sus infantiles fantasías. Sin el soleado cielo azul arriba, la emoción del peligro había perdido algo de su encanto.

Cuando pasó por tercera vez junto al mismo y fantasmal abedul cayó en la cuenta de que estaba caminando en un círculo cada vez más estrecho. Se apoyó en el tronco de un árbol, tratando de recuperar el aliento y la orientación. Su salida estaba empezando a parecerle la búsqueda de una idiota. Pero aun en el caso de que no encontrara nada que le diera una pista sobre la identidad de Nicholas, por lo menos tendría el consuelo de haberlo intentado cuando se encontrara con él ante el altar al día siguiente.

Quitándose de un capirotazo una ramita prendida en el pelo, reanudó la marcha a paso enérgico, decidida a llegar al viejo roble donde lo había encontrado. En el instante en que saltó para cruzar un estrecho arroyo, algo detrás de ella emitió un chillido, que enseguida fue apagado por las fauces de un animal más grande y fuerte. El pie le cayó en la fría agua. Miró atrás por encima del hombro, sin poder quitarse de encima la sensación de que algo podía estar siguiéndola con hambre similar.

A sus oídos llegó un suave pero inconfundible crujido de una ramita al romperse. Echó a correr, agachada para evitar chocar con las ramas y sorteando las nudosas raíces que parecían resueltas a cogerle la orilla de la capa con sus huesudos dedos. Podría haber continuado corriendo eternamente si de repente no hubiera salido de la oscuridad, encontrándose justamente en el claro que andaba buscando.

El viejo roble estaba como un centinela al borde de la garganta, prometiendo con su ancho follaje un descanso para el viajero agotado. La luz de la luna pasaba por una abertura entre las copas de los árboles, tal como hiciera la luz del sol ese día que encontró a Nicholas, tejiendo un encantamiento más antiguo que el tiempo.

Entrecerró los ojos, pensando que sólo podía haber una explicación de lo que estaba viendo. Tenía que haberse quedado dormida en el alféizar de la ventana de su dormitorio; su loca carrera por el bosque era un sueño.

Porque bajo esas ramas protectoras estaba Nicholas, con un pie apoyado en una retorcida raíz. La luz de la luna le doraba el pelo, y formaba huecos bajo sus regios pómulos.

Avanzó hacia él, pensando que estaba tan irresistible como lo vio esa brumosa tarde de verano.

—No tienes por qué ocultar tu decepción, querida mía —dijo él, en tono tierno y burlón a la vez—. Entiendo que debes de haber estado esperando a otro.

Esas palabras la sacaron bruscamente de su aturdimiento. De pronto notó el desagradable ruido que hacía a cada paso su zapato empapado, sintió el dolor de los arañazos en el brazo y la molesta capa arrastrándose por el suelo detrás de ella, con el dobladillo empapado.

—No entiendo qué quieres decir —dijo, sinceramente sorprendida—. Es medianoche. No esperaba a nadie.

A él se le endureció la cara, haciéndolo más desconocido que nunca.

—Puedes ahorrarme el oír más mentiras, Laura. Lo sé todo.

Capítulo 14

Temo que su naturaleza
impetuosa la perjudique.

Bueno, eso no era un sueño; era una pesadilla.

—¿Todo? ¿Lo sabes todo? —Se sobresaltó al oír el agudo chillido con que le salió el final de la frase.

—Todo —repitió él, avanzando un muy medido paso hacia ella—. No creerías que podías tenerme eternamente engañado, ¿verdad?

Ella retrocedió un paso.

—Bueno, esperaba que…

—Tengo que reconocer que has sido muy convincente. Eres toda una actriz. ¿Nunca se te ha ocurrido la idea de dedicarte al teatro?

—Ah, no —repuso ella negando enérgicamente con la cabeza—. Lottie es la agraciada con todo el talento dramático de la familia. Aunque lady Eleanor jamás hacía ningún comentario desdeñoso acerca de mis dotes o falta de dotes, siempre me ponía en las ancas de un burro o me daba un papel mudo en nuestras actuaciones de Navidad. —Exhaló un suspiro—. Ahora que lo pienso, me siento como si estuviera sobre las ancas de un burro.

—Probablemente sientes curiosidad por saber cómo lo adiviné, ¿verdad? Supongo que te sorprenderá saber que siempre he tenido mis sospechas.

Laura lo miró pasmada.

—¿Y nunca dijiste una palabra?

Él se le acercó lo suficiente para tocarla, pero no la tocó.

—Deseaba estar equivocado. —Soltó una risita amarga—. En realidad, no hay ningún motivo para que te atormentes, cariño. Al fin y al cabo sólo yo tengo la culpa.

—¿Cómo… cómo puedes decir eso?

—Porque fui un condenado estúpido al dejarte. No fui justo al suponer que una mujer de tu fuego y pasión podría esperarme tanto tiempo. Debería haberme casado contigo tan pronto como puse los ojos en ti.

Sus palabras no la desconcertaron menos que la ternura de sus dedos en su mejilla o el ronco matiz de pesar que detectó en su voz.

—¿Me harás el favor de contestar una pregunta? —continuó él—. Creo que me debes eso.

—Lo que sea —susurró ella, como hipnotizada por el velo de pena que ensombrecía sus ojos.

—¿Has venido aquí esta noche a decirle adiós para siempre a tu amante, o pensabas continuar con tus citas una vez que estuviéramos casados?

Laura lo miró asombrada, tratando de encontrarle sentido a sus palabras.

—¿Qué? Pues… eh…

Nicholas acalló su tartamudeo pasándole suavemente el pulgar por sus temblorosos labios.

—Es una lástima que de esos hermosos labios tuyos no salga tan fácilmente la verdad como la mentira. Tal vez debería haberte preguntado si pensabas en él cada vez que yo te cogía en mis brazos. —Le pasó un brazo por la cintura, atrayéndola hacia él—. ¿Era su cara la que veías cuando cerrabas los ojos?

Los ojos de ella se cerraron cuando él le rozó con los labios las pestañas suaves como plumillas. Esos labios siguieron la curva de su mejilla hasta la comisura de su boca.

—¿Te hace estremecerte y suspirar de anhelo cada vez que te acaricia los labios con los suyos?

No fue un suspiro sino un gemido el que se le escapó a Laura cuando la boca de Nicholas tomó total posesión de la suya. Y no se estremeció sino que tembló; y se habría desmayado si él no le hubiera rodeado la cintura con el otro brazo, estrechándola contra su potente cuerpo. Ése no era el beso de un pretendiente que desea cortejar a su novia; era el beso de un pirata, un beso que no daba cuartel ni tomaba prisioneros. Un beso más que dispuesto a robar lo que podría no dársele libremente. Su lengua le invadió la boca, embelesándola, penetrándola más hondo con un ardor sedoso que la hizo derretirse apretada a él. Sin pensar, olvidada de todo lo que no fuera la exquisita avidez que encendía su beso, ahuecó la palma en su nuca, instándolo a profundizar más.

—¡Condenada, mujer! —masculló él, hundiendo la boca en sus cabellos. Aunque sus palabras sonaron duras, sus brazos aumentaron la presión, atrayéndola más cerca de su desbocado corazón—. ¿Cómo puedes besarme así cuando tu corazón pertenece a otro?

Esas palabras penetraron por fin el atontado cerebro de Laura. Recorrida por una cálida oleada de alivio, le empujó el pecho y retrocedió tambaleante, cubriéndose la boca con una mano, aunque demasiado tarde para impedir que saliera la risa.

Nicholas la miró sombrío.

—Primero desprecias mi afecto y luego te atreves a burlarte de mí. Mis felicitaciones, señorita Fairleigh. Eres aún más cruel de lo que sospechaba.

Por mucho que lo intentara, Laura no pudo borrarse del todo la sonrisa de los labios ni ocultar la aturdida adoración que expresaban sus ojos.

—¡Vamos, hombre tonto! ¿Es eso lo que crees? ¿Que vine aquí a encontrarme con un amante?

—¿Y no viniste a eso? —preguntó él, arreglándoselas para parecer peligroso y vulnerable a la vez.

Laura negó con la cabeza, dando un paso hacia él y luego otro.

—Pues no. Deberías saber que eso sería imposible.

—¿Por qué?

Se puso rígido cuando ella le acarició la mejilla, deteniendo los dedos en el lugar donde debería estar el hoyuelo.

—Porque tú eres el único hombre que he deseado en mi vida.

Poniéndose de puntillas, posó los labios en los de él; lo besó tal como no tuvo el valor de hacerlo ese primer día en el bosque, lamiéndole la boca con un desenfado tan inocente que le derribó a él las últimas defensas.

Él levantó los brazos y la envolvió en ellos con feroz fuerza. Después, pasándole suavemente una mano por el pelo, le echó atrás la cabeza para poder mirar sus luminosos ojos.

—Si no has venido a encontrarte con un amante, ¿a qué has venido?

—A esto —susurró ella, no queriendo profanar el momento con una mentira irreflexiva—. Vine para esto.

Antes que él pudiera hacerle más preguntas, le cogió la pechera de la camisa y atrajo nuevamente sus labios a los de ella, dándole la única respuesta que él necesitaba.

En ese momento Laura comprendió que había sido igual de tonta que él. No era el bosque ni la luz de la luna los que le habían tejido el encantamiento alrededor del corazón; era ese hombre. Había caído bajo su hechizo en el instante mismo en que lo besó por primera vez. Mientras él seguía hechizándola con su boca, sus manos hacían su diestra magia, le desabotonó la presilla del cuello de la capa y le abrió la prenda.

Apartándose para mirarla bien, exhaló el aire con un sonido de sorpresa. Estaba claro que lo que fuera que esperaba encontrar debajo de la capa no era su camisón de dormir.

—Niña idiota —musitó, y la reprensión sonó como una expresión cariñosa—. ¿Es que quieres morirte de frío?

—Hay poco peligro de eso —le aseguró ella, estremecida ante la posesiva intensidad de su mirada—. Por el contrario, parece que he contraído una fiebre altísima.

Sus cálidos labios le rozaron el pulso que latía alocado bajo la delicada piel de su cuello.

—Entonces tal vez deberías tumbarte.

Si hubieran estado en el salón de la casa, ella habría opuesto una moderada protesta, pero ahí en ese bosque pagano le pareció de lo más natural que la capa se le deslizara por los hombros y cayera detrás de ella sobre el lecho de hojas. Y encontró más natural aún que Nicholas la tendiera entre sus acogedores pliegues. Cuando él la cubrió con su fuerte y corpulento cuerpo, ocultándole la luz de la luna, comprendió que ya no estaba coqueteando con el peligro sino que lo acogía con los brazos abiertos. Príncipe o rey de los trasgos, iría bien dispuesta dondequiera que él quisiera llevarla.

Y él la llevó, la llevó a un dulce y oscuro laberinto de deseo en el que él era su única luz. La deliciosa sensación del peso de su cuerpo sobre ella no la hizo sentirse aplastada sino mimada cuando sus besos se convirtieron en algo más exquisito y más atrevido. La mano de él la exploró bajando por su costado hasta la cadera y volvió a subir, acostumbrándola a su caricia hasta que le pareció lo más lógico que él ahuecara la mano sobre su pecho por encima del suavísimo lino de su camisón, y le frotara con el pulgar la turgente cima del pezón.

Ahogó un gemido dentro de la boca de él, despertada a mil sensaciones cuya existencia desconocía. Mientras él le atormentaba el vibrante botón entre el pulgar y el índice, el placer le recorría los nervios como en un baile, culminando en una violenta sensación líquida en la entrepierna. Cuando ella iba a apretar fuertemente los muslos, la rodilla de él estaba allí, presionando y empujando esas olas de placer hasta lo más profundo de su vientre.

Enredando los dedos en sus cabellos, se arqueó contra él, buscando instintivamente el alivio a esa presión que se iba acumulando dentro de ella. Él interpretó eso como una invitación a instalar las caderas entre sus muslos; estaba caliente, duro, grande, la delgada tela del pantalón escasamente lograba contenerlo. Él se meció en esa sensible cuna, en un ritmo más antiguo que el viejo roble que les hacía de techo, a la vez que le prodigaba beso tras beso en su ansiosa boca, bebiéndose sus suspiros y gemidos como si fueran el más dulce de los néctares.

Entre un beso y el siguiente, el mundo de Laura explosionó. Fueron los ecos de su grito los que resonaron por todo el bosque, un grito entrecortado que parecía continuar y continuar, igual que la cascada de éxtasis que la recorría en estremecidas oleadas.

Nicholas echó atrás la cabeza, estremecido por su música. Aunque le fallaba la memoria, habría apostado su vida a que jamás había visto nada tan hermoso como Laura en ese momento. Tenía las pestañas húmedas posadas sobre sus ruborosas mejillas, sus labios mojados y entreabiertos, el faldón del camisón recogido entre sus temblorosos muslos. Con un movimiento más instintivo que el respirar, metió una mano por debajo de ese faldón, y gimió de placer y de sufrimiento cuando sus dedos se deslizaron por los húmedos y sedosos rizos hasta la derretida dulzura de más abajo. Ella se abrió como una flor a su caricia, invitándolo a introducir el dedo más largo en lo profundo de ella.

Los ojos de Laura se abrieron; aunque seguían nublados de admiración, no había forma de confundir su sorprendida exclamación ni el estremecimiento de impresión que pasó por su carne no probada. Era todo lo que aseguraba ser. Era inocente. Era de él.

O lo sería dentro de unas pocas horas, cuando un ministro de Dios bendijera su unión y les diera el dominio mutuo sobre sus cuerpos. Pero él no quería esperar esa bendición. La deseaba ya.

Y ella lo deseaba a él. Vio brillar miedo en sus ojos, pero también vio brillar confianza. Una confianza tan tierna que él comprendió que ella no se lo impediría si él decidía traicionar esa confianza.

La burbuja de risa que se hinchó en su pecho lo pilló por sorpresa. Cuando salió la risa, sonora y limpiadora, la envolvió en sus brazos y rodó hasta que ella quedó echada encima de él.

Apoyando los antebrazos en su pecho, ella lo miró con una expresión claramente disgustada.

—Me gratifica saber que encuentras tan divertida mi inexperiencia.

—No me río de ti, ángel. Me río de mí. —Le apartó suavemente el pelo de la cara, su mano todavía temblorosa por su casi roce con el éxtasis—. Parece que tenías razón acerca de mí. No soy el tipo de hombre que comprometería a mi novia. Al menos no la noche anterior a nuestra boda.

Laura pensó un momento en esa revelación, sin que su cara pecosa perdiera nada de su solemnidad.

—¿Y la noche posterior a nuestra boda?

Nicholas sonrió.

—Entonces estaré muy feliz de dejarte comprometerme a mí.

El coche iba lanzado por las neblinosas calles de Londres, su cochero enfundado en una bufanda de lana y un sombrero de copa negro. Aunque el paso del vehículo era señalado por las miradas curiosas de los borrachos rezagados y las mujeres legañosas que llenaban los estrechos callejones, sus cortinas color burdeos iban cerradas y sus imponentes portezuelas no llevaban ningún blasón que identificara a sus ocupantes.

Si descubrían a Diana viajando a toda velocidad por la noche en un coche cerrado con el notorio marqués de Gillingham por único acompañante, su reputación de joven seria sufriría un daño irreparable. La idea le producía un perverso placer, al imaginarse las expresiones de lástima de las chismosas reemplazadas por otras de escandalizado horror. ¡Qué murmuren de ella detrás de sus abanicos para variar!

Alisándose el pelo, miró disimuladamente con resentimiento al hombre repatingado sobre los mullidos cojines de terciopelo del asiento de enfrente. Pese a su indolente postura, estaba, como siempre, impecablemente vestido, sin dar señales de que lo habían sacado de su acogedora casa a medianoche igual que a ella. La exquisita fragancia de su colonia de ron de malagueta impregnaba el aire, haciéndola sentirse ligeramente embriagada.

—Les diste un susto a mis criados golpeando así la puerta —le dijo—. Espero que tu descubrimiento valga el haberme sacado de la cama a estas horas.

Thane estiró sus largas piernas cruzándolas a la altura de los tobillos. Aunque el amplio espacio para los pies no lo ponía en peligro de tocarla, ella metió sus pies bajo las faldas.

—Tienes mis más sinceras disculpas por interrumpir tu descanso, milady —dijo con voz arrastrada—. Cuando recibí el mensaje de ese detective que contrataste, también estaba en la cama, aunque todavía despierto.

—¿Por qué será que eso no me sorprende? —musitó ella, cuidando de mantener la expresión impasible.

Él entrecerró los ojos.

—También estaba solo.

Diana sintió subir los colores a las mejillas. Apartando la vista de su cara, dio unos tironcitos a sus guantes y se abrochó la presilla del cuello de su capa forrada en piel con abertura para los brazos.

—¿Crees que este individuo Watkins tiene una verdadera pista esta vez?

—Espero por Dios que sí. Si no, nos quedamos con la única otra conclusión a la que hemos logrado llegar en estas dos semanas: que tu primo sencillamente se desvaneció en la nada llevándose su caballo con él.

El coche hizo un pronunciado viraje, dejándolos a los dos en silencio. Diana abrió un poco la cortina. Iban pasando por una hilera de almacenes abandonados, cada uno más ruinoso que el anterior. El coche fue a detenerse por fin delante de un lúgubre edificio con las ventanas rotas que miraban a la noche como ojos sin alma.

El cochero bajó a abrir la portezuela. Diana dedujo inmediatamente que no podían estar muy lejos de los muelles; la fetidez húmeda a pescado podrido era casi abrumadora.

—Espéranos aquí —ordenó Thane al cochero cuando se bajaron del coche.

—¿Está seguro de que eso es prudente, señor? —preguntó el hombre mirando nervioso la desierta calle.

—No, no estoy nada seguro —contestó Thane—. Pero esa fue la instrucción que me dieron.

Cuando se sumergieron en las sombras arrojadas por la enorme ruina, Diana se pegó a Thane sin darse cuenta, y ni se le ocurrió protestar cuando su mano enguantada la tomó del codo.

Thane pasó de largo por la puerta principal y la condujo por un estrecho callejón que discurría entre dos edificios de ladrillo a medio desmoronar.

De pronto pareció salir de la oscuridad una modesta puerta de madera. Thane la atacó con un golpe seco. No ocurrió nada.

—¿Podría estar mal la dirección? —le preguntó Diana, esperanzada, mirando por encima del hombro de él.

Antes que él pudiera contestar, empezó a abrirse la puerta, haciendo rechinar sus goznes oxidados. En la oscuridad se materializó un hombre inmenso, de dientes puntiagudos y patillas grasientas, que llevaba asido en un puño, semejante a un jamón, un enorme hueso con trozos de carne todavía pegados. Diana no pudo evitar pensar si ese hueso no sería el muslo del último intruso que se atrevió a interrumpir su cena.

En honor de Thane, hay que decir que ni siquiera pestañeó.

—Vengo a ver a Watkins. Me envió recado.

—Por aquí —indicó el hombre, moviendo el hueso en dirección a la oscuridad, haciendo volar gotas de grasa.

Después de pasar por un estrecho corredor desembocaron en una cavernosa sala en la que cualquier movimiento producía un inquietante eco. Dejando de lado toda simulación de orgullo, Diana se cogió de la cola del frac de Thane. Al sentir el aterrado tirón, él echó atrás la mano y entrelazó sus cálidos dedos con los de ella.

Un par de linternas descansaban sobre dos cajones podridos, dando al espacio entre ellos la apariencia de un escenario mal iluminado. Un hombre estaba tendido en el suelo junto a uno de esos cajones, con las manos atadas a la espalda. Diana habría pensado que estaba muerto si su involuntaria exclamación de consternación no lo hubiera hecho levantar la cabeza.

El hombre los miró fijamente con el ojo negro que no estaba cerrado por la hinchazón. A pesar de la sangre que le manaba de la comisura de su boca amordazada y el moretón que le manchaba el pómulo, en su postura no había nada que indicara derrota.

—Lord Gillingham —dijo una agradable voz detrás de ellos—. Gracias por responder con tanta prontitud a mi llamada.

El señor Theophilus Watkins salió de las sombras, su pulcro atuendo estropeado por las gotas de sangre que manchaban la blancura prístina de su pechera.

Thane se giró hacia él.

—¿Qué significa esto, Watkins? La dama lo contrató para que encontrara a su primo, no para que apaleara a un anciano escuálido.

El anciano escuálido emitió un ronco gruñido gutural que le valió una sorprendida mirada de Diana.

La sonrisa de Watkins cedió el paso a un rictus burlón.

—Perdone si he ofendido su delicada sensibilidad, milord, pero él sabe dónde está ese primo. Y no quiere hablar.

—No veo cómo podría hablar con ese asqueroso trapo metido hasta el fondo de la garganta —replicó Thane.

Watkins obsequió a su cautivo con una feroz mirada.

—Tiene la desgraciada tendencia a hablar cuando no le he hecho ninguna pregunta. Pensé que tal vez usted podría hacerlo entrar en razón, siendo caballero y todo eso. Le he dicho lo de la recompensa, pero al parecer no lo impresiona.

Pasado un breve momento de reflexión, Thane ladró:

—Desátelo.

—Pero, milord, no creo que eso sea muy...

—Desátelo —repitó Thane—. Ahora mismo.

A regañadientes, Watkins hizo un gesto a su corpulento secuaz. El hombre sacó un horrible cuchillo y se acuclilló detrás del cautivo.

Cuando cayeron la mordaza y las cuerdas, Thane dijo:

—El señor Watkins no le ha mentido, señor. Hay una sustanciosa recompensa por la información que buscamos.

Frotándose las muñecas magulladas, el viejo miró a Thane, burlón.

—¿Y qué recompensa sería esa, milord? ¿Treinta monedas de plata?

Antes que Thane o Diana pudieran reaccionar, Watkins le enterró la bota en las costillas.

—No te hará ningún daño mostrar un poco de respeto al señor y su señora —gruñó—, y sí te lo hará no hacerlo.

Horrorizada por la indiferente brutalidad del detective, Diana lo hizo a un lado de un empujón y fue a arrodillarse junto al anciano. Le sostuvo los hombros mientras él trataba de recuperar el aliento y después le cogió la sucia mano en la suya, sin preocuparse por sus caros guantes blancos. La sorprendió sentir acumularse lágrimas en sus ojos, pero la sorprendió más aún sentir la tranquilizadora mano de Thane en su hombro.

—Por favor, señor —le dijo—. Ya hace casi un mes que mi primo está desaparecido y estoy desesperada de angustia. Si sabe algo acerca de su paradero, le ruego que nos lo diga.

El anciano la observó receloso mientras ella metía la mano en su ridículo y la sacaba con un retrato en miniatura de Sterling, que se lo encargaron para el día en que cumplió los dieciocho años. Se la puso delante con la mano temblorosa.

—Ahora es diez años mayor, pero es un fiel retrato.

La pétrea mirada de él pasó de la miniatura a la cara de ella.

—¿Y quién es este primo suyo, señorita?

—¿No lo sabe? —Desconcertada, miró por encima del hombro al malhumorado Watkins—. ¿No se lo dijo?

Incómodo, el detective se aclaró la garganta.

—En casos como éste, tratamos de no divulgar la identidad de nuestro cliente a no ser que sea absolutamente necesario.

—Así cuando mi cadáver hinchado aparezca flotando en el Támesis —dijo el anciano en tono mordazmente simpático—, habrá menos posibilidades de que les haya dicho a alguno de mis compañeros quién me arrojó allí.

Le tocó gruñir a Watkins. Sin hacer caso del gruñido, Diana continuó:

—El hombre que andamos buscando, el hombre al que vieron por última vez en Londres el jueves doce de julio, es Sterling Harlow, el séptimo duque de Devonbrooke.

Todo el color desapareció de la chupada cara del anciano, lo que destacó en relieve sus magulladuras. Aunque la boca le quedó muda, aumentó dolorosamente la presión de la mano en la de ella.

—¡Thane! —exclamó Diana, alarmada por su reacción.

Thane se arrodilló a su lado y le rodeó los hombros al anciano con el brazo.

—Dios de los cielos —susurró éste, aferrando la mano de Diana como si fuera una tabla de salvación—. ¡Tiene que ayudarme! ¡Tenemos que detenerla antes que venda su alma al mismísimo demonio!

Capítulo 15

*Ojalá tuviera a un hombre
como tú para cuidar de ella.*

Nicholas despertó con la música de pajarillos y campanas. De un salto bajó de la cama y abrió de par en par las ventanas. Bajo una deslumbrante bóveda azul brillaba el mosaico de verdes prados moteados con ovejas gordas y lanudas. El alegre repique de las campanas de la iglesia parecían decir su nombre, invitándolo a participar en una maravillosa celebración. Apoyando las manos en el alféizar se inclinó hacia la cálida brisa, musitando una silenciosa oración de acción de gracias.

Era el perfecto día de verano.

Era el día de su boda.

Sonriendo se desperezó, flexionando los músculos agarrotados. Aunque ya era casi el alba cuando entró en la casa con Laura, los dos tratando de camuflar sus pisadas y risas, no se sentía ni una pizca cansado. Finalmente ella le confesó a qué había salido a vagar por el bosque a esa impía hora; quería encontrar rosas silvestres para coronar con sus pétalos el pastel de nata, limón y licor con que Cookie planeaba sorprenderlo en el desayuno de bodas.

Agitó la cabeza, maravillado por el complicado y muchas veces desconcertante funcionamiento de la mente femenina.

Dejando la ventana entreabierta, fue hasta la silla y se puso los pantalones, sin mirarse ni una sola vez en el espejo. Había sido un tonto al creer que podría encontrarse a sí mismo en esa fría superficie pulida. Si lograba ser la mitad del hombre que veía reflejado en los amorosos ojos de Laura estaría satisfecho. Ya no le importaba quién había sido antes de perder la memoria; lo único que importaba era quién sería a partir de ese día: un marido para Laura y un padre para sus hijos.

Cuando estiraba la mano para coger su camisa, una pequeña cabeza peluda le golpeó el tobillo. La gatita amarilla se enroscó en su pierna, con un estridente ronroneo que la hacía más parecida a una tigresa en miniatura.

Nicholas la cogió y la acunó en su pecho desnudo, acariciándole el cálido y suave pelaje.

—Sabes que no sé resistirme a ti, insaciable zorrita, pero debo advertirte que ésta es la última mañana que me tienes todo para ti.

Un fuerte golpe sonó en la puerta.

—Puedes entrar, Cookie —gritó—. No estoy vestido.

Cookie asomó la cabeza por la puerta, la cara toda roja bajo su cofia.

—Debería darle vergüenza, señor Nick. Bromear así con una vieja. Si entrara aquí y lo encontrara sin nada aparte de esa traviesa sonrisa suya, dudo que mi pobre corazón pudiera soportar la conmoción.

—Apostaría a que ese pobre corazón es más fuerte de lo que quieres hacer creer. ¿Y eso qué es? —preguntó, mirando el montón de ropa bien dobladita que traía ella en los brazos—. Esperaba mi bandeja con bollos.

—No he dedicado todo mi tiempo al vestido de la señorita Laura, ¿sabe?

Tendió hacia él su ofrenda, bajando tímidamente la cabeza.

Él la aceptó, y descubrió un elegante frac hecho de velarte español azul oscuro y unos pantalones color ante.

—Vamos, Cookie, ¿qué has hecho? —musitó, pasando la mano por su laboriosa obra—. Creo que nunca he visto un traje de novio más bonito.

Ella agitó la mano para acallar los elogios.

—Sólo era una tela vieja que encontré en el ático. Quería que mi niña se sintiera orgullosa de usted cuando estuviera junto a ella delante de todos esos curiosos aldeanos. —Le miró las caderas, preocupada—. Espero que le queden bien los pantalones. Tuve que adivinar su talla.

Nicholas levantó la cabeza y la miró a los ojos, pestañeando con cara inocente.

Ella volvió a ruborizarse y retrocedió hacia la puerta moviendo un dedo ante él.

—¡Toma!, el coqueto sinvergüenza. Si no se cuida de esos malos pensamientos voy a correr a decirle a la señorita Laura que no se puede casar con ella porque está enamorado de mí.

Nicholas echó atrás la cabeza y soltó una carcajada.

—Entonces irá a pelear con Dower para quitarle la bielda y yo volveré a estar donde comencé. —Al ver pasar una sombra por la cara de Cookie, se puso serio—. Dime, ¿ha habido alguna noticia de él?

Ella se las arregló para componer una valiente sonrisa.

—No se preocupe por ese bárbaro mío. Es capaz de hacer cualquier cosa por no poner un pie en una iglesia. Espere y verá. Vendrá trotando por esa colina tan pronto huela el jamón del desayuno de bodas.

Laura inclinó la cabeza y retuvo el aliento para que Lottie le pusiera el cintillo de botones de rosas. Al enderezarse se miró en el espejo de cuerpo entero que George había bajado arrastrando del ático. Aunque el resto del pelo lo llevaba recogido en un moño flojo en lo alto de la cabeza, lustrosos tirabuzones le enmarcaban la cara, domeñados con un par de tenazas calientes y unas cuantas lágrimas de impaciencia.

Todos los pinchazos de alfileres que había soportado esas dos semanas valían la pena. El vestido de talle alto le quedaba perfecto, las mangas cortas abombadas ribeteadas con encaje de Bruselas le dejaban desnudos sus esbeltos brazos. En los pies llevaba un par de delicados zapatos de cabritilla atados con cintas de satén crema.

No se sentía una novia, se sentía una princesa.

—¿Pellízcame las mejillas para darles color, Lottie, por favor? Y ten a mano un poco de sales por si me desmayo durante la ceremonia. —Se rodeó con los brazos para aliviar el nudo en el estómago—. Nunca me imaginé que fuera posible sentirse tan feliz y aterrada al mismo tiempo.

—Tienes todo el derecho a estar feliz —le dijo Lottie firmemente, dándole un buen pellizco en la mejilla derecha—. Dentro de dos días cumplirás veintiún años y Arden Manor será tuya para siempre.

Laura miró fijamente a su hermanita como si de pronto le hubiera salido una cabeza extra. No sólo se había olvidado de su cumpleaños sino también de por qué había arrastrado a Nicholas a la casa. Desde ese día el valor del premio había subido muchísimo. Ya sabía que ningún rimero de ladrillos, por querido que fuera, sería un hogar sin él dentro.

Estaba buscando las palabras para explicarle eso a Lottie cuando apareció George en la puerta, con la cara roja de aflicción.

—¡Laura! Cookie le puso demasiado almidón al cuello de mi camisa y se me entierra en las orejas.

—No gires la cabeza, George, que te sacarás un ojo —le advirtió Laura. Se volvió hacia Lottie y le dio un abrazo breve pero apretado—. Supongo que no hay necesidad de que te explique mi felicidad. Algún día la comprenderás por ti misma.

—Y algún día tú comprenderás —dijo Lottie en voz baja, con los ojos tristes, mirando a la risueña Laura sacar a George de la habitación.

Todo Arden acudió a las nupcias de Laura.

Mientras Betsy y Alice Bogworth se secaban delicadamente los ojos, varios de los pretendientes rechazados por Laura se sonaban ruidosamente las narices con sus pañuelos. Rezaba el rumor que Tom Dillmore hasta se había bañado para la ocasión, aunque la anciana viuda sentada a su lado mantenía su pañuelo firmemente apretado sobre su nariz. Se elevó un murmullo cuando entró Wesley Trumble muy bien afeitado, a excepción de los pelos que le salían de las orejas. Aunque sólo eran las nueve de la mañana, Abel Grantham ya estaba borracho explicándole a todo el que lo quisiera oír aquella ocasión cuando tuvo que saltar de su burro para rescatar a la pequeña Laura que se había caído dentro del pesebre en una de sus representaciones para Navidad. Su hijo Tooley ya estaba durmiendo y roncando con las manos cogidas sobre su gorda tripa antes que comenzara la ceremonia, sin duda ahorrando energía para el desayuno que se serviría en la casa después de la boda.

Cookie estaba sentada sola en el banco de la familia. Su hermosa papalina estaba adornada con plumas de uno de los pollos que había matado sólo esa mañana. George estaba muy erguido al lado de Nicholas, con aspecto de tener como mínimo catorce años con su corbata de pajarita y su cuello almidonado. Lottie estaba al lado de Laura con el ramillete de espuelas de caballero y azucenas tan apretado en el puño que tenía blancos los nudillos.

Pero Laura sólo tenía ojos para Nicholas. Aunque los dos estaban de cara al altar, ella no paraba de mirarlo disimuladamente, fijándose en cosas en las que nunca se había fijado antes: la forma como se le rizaba el pelo en la nuca como por voluntad propia; el diminuto corte bajo el mentón que se hiciera al afeitarse. La noche anterior ella había hundido la boca en ese cuello saboreando su tersa piel mientras los hermosos y diestros dedos de él le tocaban lugares que ella jamás se había atrevido a tocarse. Pero ese día le parecía más desconocido aún que antes.

El reverendo Tilsbury leía y leía del ritual de la Iglesia Anglicana, su voz monótona apenas audible para ella, por el zumbido que sentía en los oídos.

Hasta que de pronto la voz se hizo sonora atrayendo la atención a cada palabra.

—Os exijo y ordeno a los dos, puesto que responderéis el terrible Día del Juicio, en que se revelarán los secretos de todos los corazones, que si cualquiera de vosotros conoce un motivo por el que no podáis uniros legítimamente en matrimonio, lo confeséis ahora.

Lottie hizo una inspiración audible. George se estiró el cuello de la camisa con dos dedos.

Laura se sintió rodeada por una burbuja de silencio que se iba hinchando, extrayéndole todo el aire de los pulmones. Aterrada, miró disimuladamente a Nicholas. Él le hizo un guiño y sus labios se curvaron en una alentadora sonrisa. De pronto Laura pudo volver a respirar.

Nicholas no era un desconocido; era el hombre al que amaba. Y si algún día, después de vivir juntos, tenía que comparecer ante Dios para confesar el secreto de su corazón, lo haría. Porque ése era el único secreto digno de guardar que había tenido en su vida.

Se mordió la lengua hasta que llegó el momento de tomarlo por marido. Y eso hizo sin vacilar; su voz sonó clara como el cristal en la nave iluminada por el sol prometiendo amarlo, quererlo y obedecerlo para bien o para mal, en la riqueza y en la pobreza, en la salud y la enfermedad, hasta que la muerte los separara.

El reverendo puso el libro de oraciones abierto ante ellos, y se aclaró la garganta, expectante. Consternada, Laura cayó en la cuenta de que Nicholas no tenía ningún anillo para darle. Al menos eso creyó, hasta que él sacó una estrecha banda de oro del bolsillo de su chaleco y lo puso suavemente sobre el libro.

El cura le devolvió el anillo y Nicholas se lo puso en el dedo a ella.

—Lo encontré en el joyero de lady Eleanor —le susurró—. Si era tan generosa como dices, pensé que no le importaría.

Laura miró el lustroso granate que otrora perteneciera a la abuela de lady Eleanor y lo miró sonriente, a través de un velo de lágrimas.

—Creo que estaría muy complacida.

Un sonriente reverendo Tilsbury les juntó las manos y, sosteniéndolas en alto, dijo con una voz que llegó a todos los rincones de la iglesia:

—Lo que Dios ha unido, no lo desuna el hombre.

—¡Y un sincero amén a eso! —exclamó Cookie mientras el resto de los feligreses estallaban en un atronador aplauso.

George salió de la iglesia seguido por Lottie. Mientras Nicholas y Laura recibían la sagrada comunión por primera vez como marido y mujer, ellos salieron a reunirse con los demás que esperaban en el patio para felicitarlos.

Alejándose hacia la sombra de un árbol, George se dio un practicado capirotazo en los volantes de sus puños, tal como había visto hacer muchas veces a su flamante cuñado.

—¿Sabes, Lottie?, he estado pensando que tal vez nos equivocamos respecto a Nicholas. Podría no ser tan mal tipo después de todo.

Un hosco silencio recibió sus palabras. George exhaló un suspiro.

—Sé que os lleváis como perros y gatos, pero si dejaras de hacer morros unos cinco minutos, podrías ver…

Se giró a mirarla y vio que le estaba hablando al aire. Su hermana había desaparecido.

—¿Lottie?

La buscó entre la muchedumbre que estaba aglomerada alrededor de la iglesia, pero sus saltones rizos rubios no se veían por ninguna parte.

En ese momento aparecieron Nicholas y Laura en la puerta de la iglesia, sus sonrisas tan radiantes como el sol de la mañana. Sólo alcanzaron a bajar un peldaño cuando fueron sitiados por una bulliciosa multitud que quería expresarles sus buenos deseos. George se abrió paso a codazos hasta llegar al lado de Laura, con el pelo revuelto y la corbata torcida. Le tiró la manga.

—¡Laura! ¿Has visto a Lottie?

Sin soltarse del brazo de Nicholas, ella le sonrió, con aspecto de estar aturdida de felicidad.

—¿Mmmm? ¿Lottie? Sí, claro que la vi. Está preciosa con su vestido rosa nuevo, ¿verdad?

Antes que él pudiera explicarle nada, ella ya se había girado a saludar a alguien. Comprendiendo que no iba a recibir ninguna ayuda por ese lado, George bajó la escalinata. Cookie se estaba subiendo a la carreta para labores de la propiedad, acompañada por varias mujeres que había reclutado para que la ayudaran en el desayuno.

George llegó trotando a la carreta cuando Cookie estaba azuzando a los caballos para que se pusieran en marcha.

—Lottie no está por ninguna parte, Cookie, ¿la has visto?

Cookie se rió alegremente.

—¿De veras crees que vas a encontrar a tu hermanita donde hay trabajo por hacer? Si conozco a mi Lottie, no aparecerá hasta que la mesa esté puesta, con todos sus dulces favoritos.

Mientras ella hacía chasquear las riendas, él se dio media vuelta y paseó la vista por el patio, frenético. Aunque su hermana no se veía por ninguna parte, él oía su voz con tanta claridad como si le estuviera susurrando al oído: «En las novelas de la señorita Radcliffe, el villano que pretende comprometer la virtud de la heroína siempre se encuentra con una muerte intempestiva antes que lo logre».

Después del desastroso resultado de lo del veneno, él supuso simplemente que ella había abandonado su loco plan. Pero ¿y si estaba equivocado?

Estaba mirando hacia el grupo de robles, buscándola en las sombras arrojadas por sus follajes, cuando por el rabillo del ojo captó un brillo dorado en lo alto del campanario. Allí sobre el parapeto estaba el ángel de piedra con sus alas desplegadas hacia el cielo. Directamente debajo estaban Laura y Nicholas, todavía en la escalinata, y por fin ya iba disminuyendo el número de personas que los rodeaba.

«¿Y si ninguno de esos experimentos da los resultados que esperabas?», le preguntó él a Lottie cuando estaban sentados exactamente en el lugar donde en ese momento se encontraban Laura y Nicholas. Entonces ella miró hacia el ángel y curvó los labios en esa sonrisa secreta suya: «Entonces sencillamente tendremos que mirar hacia el cielo en busca de inspiración divina».

—No —susurró George, levantando su horrorizada mirada hacia la querúbica cara del ángel—. Ay, Dios mío, por favor, no.

Nadie tendría por qué saberlo. Si él lograba llegar hasta Lottie antes que hiciera algo estúpido, nadie lo sabría jamás.

Eso era lo que pasaba por la mente de George cuando hizo a un lado a Halford Tombob para llegar a la puerta del campanario. El viejo agitó su bastón hacia él:

—En mis tiempos los cachorros como tú tenían mejores modales.

No tenía tiempo para pedir disculpas, pensó, ni para adaptar los ojos a la penumbra del interior de la torre. Se abrió paso a trompicones por entre las cuerdas de las campanas y subió volando la escalera de caracol de piedra, con el corazón acelerado.

Algo que vio al entrar en la azotea del campanario lo detuvo en seco.

Lottie estaba sentada en el borde, detrás del ángel, escarbando el mortero de su base con un cincel de hierro.

George se quedó inmóvil, temeroso de avanzar otro paso.

La carita de Lottie estaba extrañamente serena. Ni siquiera apartó la vista de su tarea.

—No tienes por qué intentar impedírmelo. He trabajado mucho en esto. He estado aquí día tras día escarbando esta maldita piedra mientras tú te ejercitabas en hacerte el lazo de la corbata frente al espejo para no dejar en vergüenza a su señoría ante el altar. Si quieres ayudarme ahora, vuelve abajo y ve si logras sacar a Laura de la escalinata.

—Deja ese cincel, Lottie. No conviene hacer esto.

—¿Y por qué no? Tienes que reconocer que es un plan brillante, digno incluso del argumento gótico más sensacional. Todos creerán que fue sencillamente un accidente; Laura puede tener Arden Manor; nosotros podemos tener a Laura. Y todo continuará tal como antes que él llegara.

George negó con la cabeza.

—No. Nada volverá a ser igual jamás, porque le habrás destrozado el corazón a Laura.

—Con el tiempo me perdonará —insistió Lottie, desprendiendo un buen trozo de mortero—. Nunca puede estar enfadada conmigo más de una hora. ¿Te acuerdas de esa vez que puse a Fuzzy a parir su camada de gatitos en su chal favorito y me llamó cría horrenda y egoísta? Lloré tanto que ya no podía respirar y muy pronto ella me pidió perdón por haberme hecho llorar.

—Tus lágrimas no bastarán para arreglar las cosas esta vez. —George dio un paso hacia su hermana y añadió en voz más baja—: Lo quiere, Lottie.

Lottie se quedó absolutamente inmóvil, el cincel cayó de su mano fláccida y rebotó con un ruido metálico en el suelo de piedra. Cuando al final alzó sus ojos azules hacia él, los tenía llenos de lágrimas.

—Lo sé. Yo también.

George corrió y logró llegar a tiempo para cogerla antes que se desmoronara. Ella se aferró a él sollozando, no como la sofisticada damita que tanto intentaba ser sino como la niña que era. El hombro de él amortiguaba sus entrecortados sollozos.

—¡Me llamó Ricitos de Oro! Me revolvió el pelo y me llamó Ricitos de Oro, igual que hacía mi papá.

George le dio unas tímidas palmaditas en el pelo. Pero las palabras de consuelo que empezó a ofrecerle fueron ahogadas por un ensordecedor «¡bong!».

Sintió vibrar todo su cuerpo.

¡Las campanas!, pensó, apretando los dientes para contener una oleada de espanto. El sacristán debía estar repicando las campanas para propagar por todo el campo la feliz noticia de la boda de Laura y Nicholas. Ese repiqueteo celestial generaba una cacofonía de los mil demonios en el interior de la torre.

Con un chillido inaudible Lottie se soltó bruscamente de sus brazos para taparse los oídos; antes que él pudiera cogerla, se tambaleó hacia atrás y fue a chocar con el ángel de piedra.

La estatua comenzó a oscilar hacia adelante y hacia atrás, y cuando se disolvió en polvo lo último que quedaba del mortero que lo afirmaba al parapeto, cayó hacia delante. George se abalanzó para cogerlo, pero llegó demasiado tarde. Lo único que pudieron hacer él y Lottie fue observar horrorizados cómo el ángel tomaba vuelo y caía hacia la escalinata de abajo.

Capítulo *16*

Ya has vivido lo suficiente
para saber que a veces las personas
hacen todas las cosas incorrectas...

—¿*O*yes las campanas? —gritó Nicholas cuando la torre de arriba estalló en una ensordecedora canción.

—No son campanas, cariño —gritó Laura—, son sólo los ángeles que cantan cada vez que te miro a los ojos.

Él arqueó una ceja, con una expresión más diabólica que angélica y apoyando la boca en su oreja, le susurró:

—Te prometo que esta noche te haré vislumbrar el mismo cielo.

—¿Para qué esperar a esta noche? —contestó ella modulando las palabras.

Mojándose los labios con la lengua giró la cara hacia él, invitadora. Él estaba a punto de aceptar esa invitación cuando vio una sombra que caía del cielo ocultando toda luz del sol a su paso.

Laura seguía con los ojos cerrados y los húmedos labios entreabiertos cuando Nicholas le dio un violento empujón, lanzándola escalinata abajo y haciéndola caer de espaldas sobre la hierba.

Entonces, un ensordecedor estruendo fue seguido por una cegadora nube de polvo y una cacofonía de exclamaciones, gritos y toses. Durante varios minutos Laura sólo pudo permanecer tendida sobre la hierba, absolutamente pasmada. Sabía que los besos de Nicholas tenían ciertos efectos sorprendentes en ella, pero jamás la habían arrojado escalera abajo.

Quitándose el polvo de los ojos acuosos, se incorporó hasta quedar de pie. El precioso vestido que Cookie le había hecho con tanto trabajo y cuidado estaba sucio con manchas de hierba y roto en varias partes; el cintillo de botones de rosa le caía sobre un ojo. Sentía vagamente la presencia de la gente agrupada en el patio detrás de ella, sus gritos de terror resonando junto con el repiqueteo de las campanas, pero en lo único que podía pensar era en volver al lado de Nicholas.

Haciendo eses como un trasgo borracho, empezó a subir los peldaños, que estaban cubiertos por trozos de mortero y de piedra. Iba sorteando uno de esos trozos cuando una conocida voz gritó:

—¡Laura!

Se giró y vio aparecer a Lottie volando por la esquina de la iglesia, seguida por George. La cara de Lottie se iluminó como mil candelas al verla, pero se ensombreció al instante. Los dos niños se detuvieron, mirando hacia un lugar detrás de ella.

Cuando Laura se giró a mirar, se hizo un silencio absoluto entre los aldeanos; las campanas dejaron de repicar, los ángeles dejaron de cantar. Pareció que el tiempo iba reptando lentamente. La nube de polvo acababa de disiparse, dejando a la vista a un hombre despatarrado en el suelo como un títere roto junto a la puerta de la iglesia.

—¿Nicholas? —susurró Laura.

Se arrodilló a su lado; aparte de la sangre que le salía de una herida superficial en la frente, estaba tan apacible que parecía dormido. Laura pestañeó, tratando de convencerse de que el misterioso objeto que había al lado de él era realmente un ala cortada. Levantó la vista hacia el cielo y en ese instante comprendió lo que había ocurrido.

Cuando la estatua del ángel cayó del parapeto, Nicholas la empujó para apartarla de su camino, llevándose él el golpe.

Mientras los aldeanos empezaban a subir la escalinata detrás de ella, metió una mano temblorosa bajo el chaleco de Nicholas. Su corazón latía fuerte y fiel bajo su palma, igual que ese día en el bosque.

La recorrió una oleada de alivio, que pasó a dicha cuando él empezó a abrir los ojos. Pero la aturdida expresión que vio en sus ojos, le causó otro momento de terror. Si un golpe en la cabeza le había robado la memoria, ¿sería posible que otro golpe se la devolviera?

Cogiéndole las solapas de la chaqueta le dio una suave sacudida.

—¿Me conoces, Nicky? ¿Sabes quién soy?

Se mordió los labios mientras él trataba de enfocar su cara. Sentía cómo los aldeanos retenían el aliento junto con ella.

—Claro que sé quien eres —dijo él levantando una mano para quitarle un botón de rosa del ojo, ahondando el hoyuelo de su mejilla—. Eres mi mujer.

Laura se arrojó en sus brazos, riendo entre lágrimas, mientras los aldeanos gritaban vivas. Con su ayuda, Nicholas se puso de pie, algo tambaleante, ganándose más vivas de la multitud.

Laura le rodeó la cintura con los brazos, aferrándose a él como si no quisiera soltarlo jamás.

—Me has dado el susto de mi vida. Pensé que estabas muerto.

—No seas tontita. Un hombre capaz de esquivar una bala de cañón no se va a dejar aplastar la cabeza por una simple estatua. —Se frotó la sien, e hizo un gesto de dolor cuando sus dedos encontraron la heridita—. Me metí bajo el marco de la puerta, pero el ala debió rozarme al pasar. —Miró preocupado hacia el parapeto—. ¿Qué crees que causó la caída? ¿Podrían haber sido las campanas?

Antes que Laura pudiera contestar, una marea de buena voluntad los arrastró escalinata abajo hasta el patio. Mientras Tooley Grangham le daba una fuerte palmada en la espalda a Nicholas, haciéndolo trastabillar, Tom Dillmore le decía, haciéndole un guiño a Laura:

—Buena cosa que hayas revivido tan pronto, compañero. Yo ya me estaba preparando para ofrecer mis condolencias a la viudita.

Los demás pretendientes rechazados siguieron su ejemplo y se congregaron alrededor a elogiar a Nicholas por su valentía y sus rápidos reflejos. Todos estaban tan distraídos por el alegre caos que no vieron el lustroso coche negro de ciudad que se estaba deteniendo fuera de las puertas del patio.

La viuda Witherspoon le enterró el huesudo codo en el costado a Laura.

—Apártate, niña, tú ya has tenido la oportunidad de besar al novio. Ahora me toca a mí.

Laura no tuvo más remedio que hacerse a un lado para que la parlanchina viuda pusiera sus labios en morro en la mejilla de Nicholas. Se estaba riendo del bonachón gesto que hizo él cuando vio el coche. Todavía era tan intenso su alivio porque Nicholas estaba vivo que sólo sintió poco más que una leve curiosidad cuando un lacayo de librea dorada saltó de su asiento trasero y abrió la portezuela en que estaba pintado un complicado blasón.

Agrandó los ojos al ver salir a dos animales monstruosos del oscuro interior del coche. Eran demasiado grandes para ser perros; tenían que ser lobos, seguro.

—¡Mira, mamá! —gritó un niño—. ¡Mira esos osos!

Alice Bogworth lanzó un agudo chillido y los aldeanos empezaron a dispersarse cuando las bestias entraron de un salto en el patio y echaron a correr en línea recta hacia la extensión de hierba más cercana a la escalinata. Laura se quedó paralizada de terror, incapaz de correr, incapaz de chillar. Pero los animales pasaron al galope junto a ella y saltando al mismo tiempo pusieron sus enormes patas en el pecho de Nicholas, arrojándolo al suelo de espaldas.

En lugar de desgarrarle el cuello, como había creído Laura, empezaron a lamerle la cara con sus largas lenguas rosadas. Nicholas permaneció en la hierba un momento, medio atontado, después hizo una mueca y apartó las enormes cabezas de un empujón.

—Buen Dios, ¿vais a dejar de babosearme todo entero? Ya me bañé esta mañana, gracias.

Logró ponerse de pie y se cogió la cabeza con las dos manos, pero los perros continuaron corriendo y brincando alrededor de él, haciéndole imposible el escape. Sólo cuando uno de ellos le pisó sonoramente un pie, él echó atrás la cabeza y rugió:

—¡Calibán! ¡Cerbero! ¡Quietos!

Todos retrocedieron asustados, incluso Laura. Los perros se sentaron quietos, de repente tan inofensivos como un par de sujetalibros.

Los ojos de Nicholas se encontraron con los de Laura. La confusión y el miedo que vio en ellos expresaban claramente que estaba tan sorprendido como ella de su estallido. Pero no hubo tiempo para comparar reacciones, porque del coche había bajado una dama y venía corriendo por el sendero.

Al llegar junto a Nicholas, sollozando le echó los brazos al cuello y empezó a bañarle la cara con besos.

—¡Bueno, mi querido bribón, estás vivo! ¡Estás vivo! ¡Ya casi había perdido toda esperanza!

Nicholas se mantuvo rígido un momento, pero luego comenzó a subir lentamente los brazos para corresponder el abrazo.

—¿Diana? —Le tembló la mano al apartarle un mechón de pelo oscuro de la cara—. ¿Eres tú? ¿Eres tú, de verdad?

Laura desvió la cara, sintiéndose incapaz de continuar contemplando esa tierna reunión. Desde sus satinadas botas de media caña hasta las plumas de avestruz que se mecían sobre su sombrero, esa mujer era todo lo que ella no sería jamás: hermosa, elegante, sofisticada. Y era evidente que el hombre que tenía en sus brazos la adoraba.

Nicholas le había prometido hacerla vislumbrar el cielo; al parecer esa promesa era lo único que iba a tener.

En el momento en que Lottie ponía su pequeña mano en la de ella, un caballero con un bastón metido bajo el brazo pasó junto a ellas sin siquiera mirarlas.

Nicholas lo miró con la cara sin expresión, hasta que pasados unos segundos brilló el reconocimiento en sus ojos.

—¿Thane? ¿Thane? ¿Qué demonios haces aquí?

El hombre le cogió el hombro, con una ancha sonrisa.

—Corriendo a rescatarte, lógicamente, tal como tú corriste a recatarme tantas veces en el campo de batalla. Supongo que no creerás que me iba a quedar tranquilamente sentado cuando me enteré de que estabas a punto de encadenarte de por vida a una tonta muchachita de campo.

Nicholas cerró y abrió los ojos, agitando la cabeza, como si acabara de despertar de un largo sueño fantástico.

—No logro encontrarle sentido a todo esto. —Se puso la mano en la frente—. Si lograra que esta maldita cabeza dejara de martillearme...

La mujer pasó su brazo por el de él en actitud posesiva.

—No te preocupes, Sterling. Todo comenzará a cobrar sentido cuando estés de vuelta en Devonbrooke Hall, donde te corresponde estar.

Laura habría jurado que ya había soportado el peor momento de su vida. Pues, estaba equivocada.

Ese momento de comprensión llegó cuando el hombre con el que acababa de casarse, se giró lentamente a mirarla con los ojos entornados. Casi vio desvanecerse el cariño en sus profundidades doradas, dejándolos tan fríos y calculadores como trocitos de ámbar congelado. Comprendiendo que se había vendido, en cuerpo y alma, a Sterling Harlow, el propio Diablo de Devonbrooke, procedió a hacer lo único que le quedaba por hacer.

Se desmayó.

Segunda parte

El príncipe de las tinieblas es un caballero.

William Shakespeare

Capítulo 17

... por todos los motivos correctos.

Laura estaba sentada en el borde de su cama, todavía con su maltrecho traje de novia y el cintillo de botones de rosas caído sobre la frente. Estaba tan absorta contemplando la nada que ni siquiera pestañeó cuando por delante de su nariz pasó volando una media rosa seguida por un par de zapatos de cabritilla.

Lo único visible de Lottie era su redondo trasero; estaba arrodillada hurgando el fondo del armario de Laura. Cada unos cuantos segundos lanzaba al azar una prenda por encima del hombro, la que cogía George al vuelo y la metía en la valija de brocado que tenía abierta al otro lado de la cama.

—No sé para qué os tomáis todo ese trabajo —dijo Laura, con la voz casi tan abatida como su expresión—. En la cárcel no me dejarán tener esas cosas.

—No irás a la cárcel —dijo Lottie enérgicamente, arrojando a George un arrugado camisón de dormir—. Vas a huir.

—No sé si os habéis dado cuenta —dijo Laura dejando escapar un suspiro—, pero hay un lacayo bastante corpulento apostado justo al otro lado de la puerta. Tendría que pasar junto a él, lo que sin duda no alcanzaría a hacer, porque seguro que su excelencia estaría encantado de enviar a uno de sus babosos perros del diablo a atacarme.

George abrió la ventana y se asomó a examinar la fuerte pendiente del saledizo cubierto de tejas de barro.

—Podríamos anudar unas cuantas sábanas y descolgarte hasta el suelo.

—Bueno, ese sí es un plan brillante —dijo Laura, sarcástica—. Si me rompo el cuello, le ahorraría a él el trabajo de hacerlo.

Lottie se sentó sobre los talones y miró a George con expresión derrotada.

—No puede tenerte encerrada con llave eternamente —insistió George.

—¿Y por qué no? —replicó Laura—. Es un hombre muy rico y poderoso. Puede hacer lo que quiera conmigo. —No logró ocultar del todo un estremecimiento involuntario—. Y en el caso de que lograra escapar de él, ¿adónde iría? No hay ningún sitio para esconderme que él no pueda encontrar.

Lottie fue a sentarse en la cama a su lado y le dio unas palmaditas en la mano helada.

—Tal vez no es demasiado tarde para abandonarte a su merced. Si lloras bien, igual pueda encontrar piedad en su corazón para perdonarte.

Laura se giró a mirarla.

—Durante más de seis años lady Eleanor le suplicó que la perdonara. No sabría contar las veces que la sorprendí llorando por él. Sin embargo, jamás tuvo el más mínimo pensamiento para ella. —Volvió a su anterior posición, contemplando las flores descoloridas del papel de la pared—. Me niego a suplicar piedad a un hombre que no tiene ninguna.

—Míralo por el lado bueno —le dijo Lottie, apoyando la cabeza en su hombro—. Es posible que se olvide de todo lo que le ha sucedido desde que perdió la memoria.

Laura miró el delicado anillo de granate que él le había puesto en el dedo hacía solamente una hora.

—Eso es lo que más temo —susurró, apoyando su oscura cabeza en la dorada de Lottie.

Sterling Harlow, séptimo duque de Devonbrooke, se encontraba en el salón de Arden Manor por primera vez después de veintiún años. Ya no podía estar seguro de si lo que lo traicionaba era el tiempo o su memoria. Sólo sabía que antes la sala era más grande y más soleada, que las rosas bordadas en los cojines del sofá eran rojas, no rosadas, y que al piano de su madre no le faltaba media pata. Nicholas Radcliffe jamás se fijó en esos detalles sin importancia, pero para Sterling eran tan evidentes como la fea mancha de humedad en el friso de yeso.

Abrió las puertas del secreter e hizo a un lado los libros de cuenta en vías de pudrición. El decantador de coñac estaba exactamente en el mismo lugar donde siempre lo escondía su padre. Su madre fingía no saber que estaba ahí, incluso cuando su padre subía tambaleante la escalera después de una noche dedicada a «hacer el balance en los libros». Libros en cuyas columnas no figuraba ningún número, porque su padre había perdido su modesta herencia y la dote de ella en una de las casas de juego de peor reputación de Covent Garden.

—¿Te apetece una copa? —preguntó a Thane—. Sé que es temprano, pero creo que un hombre tiene derecho a un brindis el día de su boda.

—Pues, muchas gracias —repuso Thane, aceptando la copa.

El joven marqués estaba repatingado en el asiento de la ventana, con los pies cruzados y enfundados en sus botas.

—Tendría que estar bien envejecido. Era de mi padre —le explicó Sterling—. Un excelente gusto para los licores era su única cualidad redentora. En realidad, prefería el oporto. Era un hombre de tres botellas por noche.

Thane bebió un sorbo.

—No es de extrañar entonces que siempre hayas tenido tan buena cabeza para el licor.

«Nunca bebes licor.»

El eco de esas dulces palabras atravesó el corazón de Sterling como un cuchillo. Se le tensó la mano alrededor de su copa. Dominando el impulso de estrellarla contra el hogar, se la llevó a los labios y se bebió el coñac en un solo y quemante trago.

Diana se aclaró delicadamente la garganta. Comprendiendo la insinuación, Sterling sirvió otra copa y se la llevó a la otomana donde estaba sentada.

Thane arqueó una ceja, visiblemente sorprendido.

—No sabía que las damas bebieran algo más fuerte que el jerez. ¿Hemos de ofrecerte un poco de rapé también?

Ella le sonrió dulcemente por encima del borde de la copa.

—No gracias, prefiero una pipa.

Mientras Sterling volvía a llenar su copa, Thane levantó la suya en brindis.

—Por la libertad.

—Por la libertad —repitió Sterling con expresión implacable.

—Libertad —musitó Diana, y mirando recelosa a su primo, bebió un sorbo de coñac.

Sterling se sentó en el sillón de orejas tirando al suelo despreocupadamente un desgastado Nuevo Testamento en griego. Ya no tenía ningún interés en leer acerca del perdón y la redención.

Thane ladeó la cabeza para leer el lomo y rió burlón.

—Todavía no puedo creer que esa muchachita fuera a hacer de ti un cura rural. Espera a que los muchachos del White's se enteren de que el infame Diablo de Devonbrooke casi cambió sus cuernos por un nimbo.

—¿Y estás absolutamente seguro de que ella no tenía manera de saber quién eras? —preguntó Diana.

—Ninguna, que yo sepa —contestó Sterling fríamente.

Diana hizo girar el coñac en su copa, con una arruga en su tersa frente.

—Eso es lo que más me desconcierta de todo esto. Si no quería poner sus codiciosas zarpitas en tu riqueza o tu título, ¿para qué entonces esta complicada farsa?

—Según ese hombre Dower —dijo Thane inclinándose—, la madre de Sterling le dijo a la muchacha que si se casaba antes de cumplir los veintiún años, que los va a cumplir pasado mañana, la propiedad sería de ella.

—Eso es imposible —ladró Sterling—. La propiedad no era de mi madre. Por ley, los dos tercios de la propiedad de mi padre me pertenecían a mí desde el instante en que él murió. Ella no tenía ningún derecho para ofrecerla a una huérfana ambiciosa.

—Ya sabes cómo son las mujeres —dijo Thane, encogiéndose de hombros—. Déjalas a su aire mucho tiempo y pueden salirte con algunas ideas muy tontas y románticas.

Diana volvió a aclararse la garganta, esta vez sin mucha delicadeza.

—Es decir, algunas mujeres —se apresuró a corregir Thane, tratando de reprimir una sonrisa—. Esto no es Londres. En realidad, a tu madre no le habría resultado muy difícil encontrar un funcionario novato dispuesto a redactar un documento de aspecto oficial que contuviera cualquier tontería que ella le pagara por escribir. Tal vez pensó que a ti no te importaría. Tu padre murió hace más de diez años y tú has mostrado escaso interés en reclamar tu parte de su herencia. Es decir, hasta ahora.

Mirando a Sterling con ojos perplejos, Diana negó con la cabeza.

—Eso no explica por qué la muchacha te eligió a ti. Y con tan grave peligro para ella.

—¿Por qué no se lo preguntamos? —sugirió Thane, levantándose—. Yo diría que ya ha tenido bastante tiempo para recuperarse de su oportunísimo desmayo. Iré a buscarla ahora mismo.

—¡No! —gritó Sterling, sobresaltándolos a los dos.

Thane volvió a sentarse lentamente.

—No quiero verla —añadió Sterling, en voz más baja—. Todavía no.

Thane y Diana se miraron preocupados. Para escapar de sus escrutadoras miradas, Sterling fue hasta la ventana de la pared norte y abrió la cortina. Calibán y Cerbero estaban galopando de un lado para otro por encima del jardín de Laura, su carrera salpicada por alegres ladridos y vuelo de flores.

—Tendría que ser bastante fácil sacarte de esta situación —dijo Diana amablemente—. El matrimonio no es vinculante, lógicamente, dado que firmaste con un nombre falso en el registro de la parroquia.

—E incluso una aldea de este tamaño debería tener un alguacil —observó Thane—. Si no, llevaremos a Londres a la intrigante brujita. Los tribunales ven con malos ojos el secuestro de un par del reino. Tendrá suerte si no la cuelgan.

Sterling continuó mirando por la ventana, callado y quieto.

—Yo puedo hacer todos los trámites necesarios, si quieres —continuó Thane—. A no ser que... —le tocó a él aclararse la garganta— hubiera circunstancias atenuantes, claro.

—Quiere saber si la has comprometido —explicó Diana alegremente, haciendo atragantarse a Thane con un sorbo de coñac.

«No eres el tipo de hombre que comprometería la virtud de su novia.»

El recuerdo de esas palabras, dichas con una seriedad tan encantadora, hizo desear a Sterling enterrar el puño en el cristal de la ventana; lo hizo desear haberla comprometido; haberle levantado el camisón más arriba de la cintura en ese claro del bosque iluminado por la luna y haberla poseído como un sátiro pagano de la antigüedad. Si hubiera sabido que nunca tendría otra oportunidad, habría hecho eso y más, mucho más.

—Creo que esta conversación no es apropiada ante la presencia de una mujer —protestó Thane cuando dejó de toser.

—Vamos, Thane, por el amor de Dios —dijo Diana—. No tienes por qué ser tan protector. No soy una de esas casquivanas ruborosas con las que tanto te gusta asociarte. A diferencia de la mayoría de tus amigas, tengo edad suficiente para responsabilizarme de mí misma.

—Me halaga saber que has estado observando mis hábitos —repuso él en tono burlón—. Dime, ¿tienes espías en todos los salones de Londres que frecuento? ¿O sólo en los dormitorios?

—¡Ja! —se mofó Diana—. ¿Para qué necesitaría espías cuando tus proezas románticas se pregonan en las páginas de escándalos de todos los periódicos y se comentan detrás de casi todos los abanicos?

—Perdona, milady —dijo él en voz baja—, había olvidado que siempre dabas más crédito a los cotilleos malintencionados que a mí.

A eso siguió un momento tenso al que Diana puso fin volviendo su atención a Sterling.

—Aunque la hubieras comprometido, no veo que eso cambie nada.

—Al menos en eso estamos de acuerdo —dijo Thane, fríamente—. Esa tonta muchacha sólo puede culparse a sí misma, y todavía le falta vérselas con las consecuencias de su engaño. Incluso podrías descubrir que no eres el primer noble al que ha tratado de atraer al matrimonio.

Sterling no dio la menor señal de que los hubiera oído.

—Vamos, Sterling —exclamó Diana—. Sueles tener mucho cuidado en eso. No la has dejado embarazada, ¿verdad?

«Siempre me decías que sólo deseabas tener dos hijos: un niño y una niña».

Sterling cerró los ojos. Podía borrar la burlona belleza de ese día de verano, pero no podía hacer nada para quitarse de la cabeza la dulce voz de Laura, ni la visión del niño pecoso de ojos castaños y la niñita de cabellos dorados que nunca tendrían.

Se volvió lentamente, cada mesurado movimiento un ejercicio de disciplina.

—Si bien os agradezco mucho el interés, creo que es mejor que no hablemos más de este asunto, hasta mañana.

Thane abrió la boca para protestar, pero Diana se levantó obedientemente, y se alisó la falda.

—Faltaría más. Ciertamente respetaremos tus deseos.

Thane siguió su ejemplo, y miró tristemente por la ventana.

—Me gustaría saber qué posibildades hay de encontrar una buena comida en este pueblo incivilizado.

Sterling sonrió por primera vez desde el momento en que recuperó su memoria, aunque la sonrisa no le llegó a los ojos.

—Podrías probar de pedirle a la cocinera unos pocos bollos. Pero yo en tu lugar no me acercaría a la tarta nupcial. Tiende a dejar un sabor amargo en la boca.

Nicholas Radcliffe dijo una vez a Laura que no creía en los espíritus. Por eso, a última hora de la tarde Sterling Harlow se llevó una tremenda impresión cuando estos comenzaron a aparecerse, saliendo de las sombras que envolvían los rincones del salón.

El primero en materializarse fue su padre, que pasó a su lado con una botella en una mano y un sombrero de copa en la otra.

—Voy a Londres, hijo. Si quieres armar una estúpida cometa ve a buscar a tu madre. Yo no tengo tiempo para esas tonterías.

Pero su madre estaba arrodillada junto a la puerta, las lágrimas corriendo por su hermoso rostro. Cuando el fantasma del niño que fue él pasó junto a los brazos abiertos de ella, con sus pequeños hombros erguidos en actitud despiadada, ella comenzó a desvanecerse.

—Mamá —susurró Sterling, pero ya era demasiado tarde; ella ya no estaba.

Se giró y vio al viejo Granville Harlow junto al hogar con un rictus burlón en sus delgados labios.

—Jamás he sido partidario de mimar a un crío —dijo el duque, golpeando varias veces su bastón en su palma—. No tardaré nada en hacer un hombre de este muchacho.

Sterling arrojó al hogar la copa de coñac a medio llenar, expulsando al viejo de vuelta al infierno, donde le correspondía estar.

Pero no hubo manera de expulsar las sombras que le siguieron. Sombras de Laura y del hombre al que ella llamaba Nicholas Radcliffe. Radcliffe estaba apoyado en la repisa del hogar, sonriéndole a Laura como el tonto que ella había hecho de él. Los dos sentados en el asiento de la ventana, entrelazados en un tierno aunque apasionado abrazo. Él arrodillado ante la otomana enmarcándole la hermosa cara con las manos antes de besarla en los labios. A ella se le doblan las piernas y él está allí para cogerla en sus brazos y estrecharla contra su corazón.

Se sentó en el sillón de orejas y se frotó los ojos con la parte tenar de las palmas. Al parecer no era la casa la que estaba habitada por fantasmas; era él.

Un resonante ronroneo interrumpió el silencio. Algo blando, peludo y caliente se frotó contra su tobillo.

—Nellie. —Se le quebró la voz al bajar la mano a tientas para acariciar ese pelaje tan maravillosamente suave—. Ay, Dios, Nellie, ¿dónde has estado todo este tiempo?

Pero cuando abrió los ojos, no era Nellie la que lo estaba mirando desde el suelo sino la gatita amarilla que tanto se parecía a ella. Miró hacia la puerta; se había entreabierto un poquitín, el espacio justo para que ella se colara.

Retiró la mano. Como todo lo demás de esa casa, la gatita era simplemente una ilusión. Un atormentador recordatorio de la vida que jamás tendría.

—Vete —le ordenó con voz ronca, pinchándola con la punta de la bota—. No tengo tiempo para tus tonterías.

La gatita no se movió. Simplemente se sentó en las patas traseras y emitió un lastimero mayido, suplicándole que la readmitiera en sus rodillas y en su favor.

Sterling se levantó bruscamente, roto su último resto de autodominio.

—¡Ya te he dicho que no soporto los gatos! —gritó—. ¿Por qué no te largas y me dejas en paz de una maldita vez?

La gatita se dio media vuelta y echó a correr hacia la puerta. Sterling comprendió intuitivamente que no volvería.

Con las manos en puños, se giró hacia el hogar, medio esperando oír la risa burlona de su tío abuelo. Pero al parecer todos los fantasmas habían huido también, dejándolo más solo que nunca en su vida.

Laura estaba de costado ante la parpadeante luz de la vela mirando la cama vacía de su hermana. El todopoderoso duque debió decretar que Lottie no compartiera su prisión. Poco después del mediodía, el lacayo de cara pétrea había echado de la habitación a sus hermanos, dejándola absolutamente sola a la espera de una llamada que no llegó.

Se había imaginado que le darían pan y agua para la cena, pero Cookie le envió una bandeja llena de todo tipo de suculentas carnes y tentadoras exquisiteces. Aunque cambió de lugar los platos para que Cookie no se alarmara cuando le llevaran de vuelta la bandeja, no pudo tragarse ni un solo bocado de lo que debió haber sido su desayuno de bodas.

Sólo podía imaginarse lo que pensarían los aldeanos del desastre de esa mañana. Tal vez lo encontraron más emocionante que cualquiera de las representaciones navideñas ofrecidas por lady Eleanor, incluso más que aquella en que el turbante de George se incendió y las ovejas se desbandaron y entraron en la iglesia.

Cuando cayó la oscuridad, se puso su camisón y se metió en la cama como si fuera una noche más de otras mil iguales; como si no hubiera pasado la noche anterior acunada en los brazos del hombre que amaba, besándose, riendo, haciendo planes para el futuro; y saboreando un seductor placer que sólo fuera una sombra de lo que habrían compartido esa noche.

Cerró los ojos para aliviar una cegadora oleada de pesar. Los únicos brazos que la envolvían esa noche eran los de ella, pero no conseguían aquietar sus estremecimientos de pena. Deseó poder llorar, pero las lágrimas parecían estar congeladas en un frío bulto alojado en el pecho. Le dolía tanto respirar que casi deseó no poder hacerlo.

Un espeluznante silencio se había cernido sobre la casa todo el día, como si hubiera muerto alguien y nadie se atreviera a hablar en voz alta. Y ese silencio hizo más amilanador el repentino tintineo de los arreos de un caballo y el ruido de sus cascos por el camino de entrada adoquinado.

Echó atrás las mantas, corrió a la ventana y abrió la cortina. El elegante coche de ciudad que trajo el desastre a la boda iba a toda velocidad por el camino en dirección a la aldea.

O a Londres.

Se le había concedido su deseo. De pronto no pudo respirar.

Tal vez Sterling Harlow no la había llamado a su excelsa presencia porque llegó a la conclusión de que ella no era digna ni de su atención ni de su desprecio. Tal vez sencillamente decidió volver a la rutilante agitación de la vida que llevaba en Londres y simular que esas tres semanas pasadas no habían ocurrido. Un instante antes, si alguien le hubiera preguntado cuál sería el castigo más terrible, verlo esa noche o no volver a verlo nunca más, no habría sabido decirlo. Pero al ver alejarse las lámparas del coche y perderse en la oscuridad, lo supo.

Acababa de arreglárselas para volver a la cama y echarse encima el edredón de plumas cuando se abrió la puerta del dormitorio. Se sentó sobresaltada, pero esta vez no era el lacayo el que venía a perturbar su intimidad; era el duque de Devonbrooke en persona.

Él cerró la puerta, apoyó la espalda en ella, se cruzó de brazos y la miró a través de un mar de ropas de cama revueltas.

—No tienes por qué sorprenderte tanto al verme, cariño. ¿O has olvidado que es nuestra noche de bodas?

Capítulo 18

Te juro que nunca fue mi intención hacerte sufrir.

Su padre había intentado advertírselo. Si vendes tu alma al diablo, sólo será cuestión de tiempo que venga a buscarla. Pero su padre no le advirtó que el demonio podía ser tan hermoso que ella sentiría la tentación de entregarle el alma sin dar la pelea.

Con los labios curvados en una sonrisa burlona y sus rubios cabellos rodeándole la cara, Sterling Harlow tenía todo el aspecto del ángel caído. Los puños arremangados dejaban a la vista sus musculosos antebrazos espolvoreados por vello dorado. Sus pies sólo con las medias y la corbata suelta alrededor del cuello de la camisa a medio abotonar intensificaban ese aspecto escandaloso.

—Puedes chillar si quieres —le sugirió él en tono agradable—. Puede que mi prima Diana me adore pero eso no significa que me vaya a permitir que acose a una damita en su dormitorio. Si chillas bastante fuerte, Dower podría venir corriendo desde el corral con la bielda lista.

Laura no tenía la menor intención de gritar. Ése era un baile que sólo podían bailar ellos dos.

—Desmayarme delante de las hermanas Bogworth ya fue bastante humillante. No voy a despertar a toda la casa y asustar a los niños chillando como una doncella asustadiza de una de las novelas de Lottie.

—Como quieras —dijo él, encogiéndose de hombros—. Pero conste que te di la oportunidad.

Sus ojos bajaron perezosamente. Cuando ella se sentó con tanta prisa, el edredón y su camisón se deslizaron hacia abajo dejándole desnudo un blanco hombro. Tratando de parecer despreocupada estiró la mano para coger la bata que estaba doblada a los pies de la cama. Sterling llegó ahí al mismo tiempo que ella.

—No sé por qué te molestas por esa vieja tontería —dijo, quitándosela suavemente de las manos y arrojándola sobre la cama de Lottie—. Hemos tenido nuestras mejores conversaciones cuando estabas en camisón.

Aunque su voz sonaba serena y sonora, sus ojos brillaban con un fuego extraño.

—Has estado bebiendo —dijo ella, reclinándose en los almohadones y estirando el edredón sobre su falda.

—Sin parar, desde esta mañana —reconoció él—. Aunque me vi obligado a interrumpirlo hace un rato, cuando se agotó la provisión de coñac de mi padre. ¿Sabías que tenía otra botella metida en el piano? —Meneó la cabeza—. Puede que tuviera mal oído para la música, pero hay que valorar su ingenio.

—Por lo que he oído, tenía muy poca cosa que admirarle.

—¿Eso es lo que te dijo lady Eleanor? —preguntó él en un tono engañosamente alegre—. Ah, sí, la querida y santa lady Eleanor. Yo era como un hijo para ella, ¿verdad?

Laura bajó los ojos, avergonzada de su monstruosa crueldad, aunque hubiera sido involuntaria. Con gusto se habría arrancado la lengua para borrar esas descuidadas palabras.

Sterling la miró decepcionado.

—Me decepcionas, querida mía. Yo me imaginaba que te arrojarías a mis pies y me suplicarías que te perdonara, con lindas palabras.

—¿Serviría de algo? —preguntó ella, mirándolo de soslayo por debajo de su pestañas, medio esperando que él dijera que sí.

—No —reconoció él—. Pero de todos modos, habría sido muy divertido. —Apoyó un hombro en el poste de la cama—. Además de beber, he leído un poco hoy. ¿Sabías que la Ley de lord Hardwick de mil setecientos cincuenta y tres hizo delito capital falsificar con mala intención un nombre en el registro de matrimonio?

—Si me vas a hacer ejecutar, deseo que sigas adelante y llames al verdugo —ladró ella, temeraria a causa de la frustración—. Seguro que tiene mejor genio que tú.

—Matarte no es en absoluto lo que tengo pensado. Pero en realidad no debería ser muy duro contigo, ¿verdad? Al fin y al cabo has sufrido una conmoción tan grande como yo. Tiene que ser muy terrible enterarte de que acabas de casarte con un sapo asqueroso, un hombre al que no le importa nada fuera de sí mismo, un canalla despiadado, mezquino, vengativo.

—Te has saltado «vil» —le recordó ella, implacable.

—Es bastante irónico, ¿verdad?, teniendo en cuenta que no me ibas a invitar a tu boda, que antes invitarías al mismísimo Belcebú.

Laura cerró los ojos un momento al oír sus propias palabras que volvían para atormentarla.

—Comprendo que me odies.

—Estupendo —dijo él, secamente.

—Probablemente no me creerás, pero lo hice para proteger a los niños. Cuando escribiste diciendo que tomarías posesión de Arden Manor me dejaste con muy pocas opciones.

—¿Sinceramente creíste que iba a arrojar a la calle a unos niños inocentes?

—No. Creí que los ibas a arrojar al asilo de los pobres.

—Ni siquiera yo soy tan malvado. Tenía toda la intención de encontrarles un hogar a Lottie y George en alguna familia respetable.

Ella sostuvo su mirada osadamente.

—¿Y yo? ¿Qué iba a ser de mí?

—Según recuerdo, te iba a casar con algún tonto. —Movió la cabeza soltando una suave risita amarga—. Y supongo que eso es lo que acabo de hacer. —Dio la vuelta a la cama, con pasos tan medidos como sus palabras—. En realidad comprendo que me hayas considerado el demonio. Conocías muy bien mi colosal indiferencia hacia la mujer que me dio la vida, mis costumbres corruptas…

Dejó flotando esas peligrosas palabras entre ellos.

Ella sintió la embriagadora dulzura a coñac antes que él la tocara, antes que se sentara en la cama poniendo todo su peso en una rodilla, y pasara la mano bajo sus cabellos. Ella continuó mirando al frente sin responder a la persuasiva presión de sus dedos en la nuca, pero sin oponer resistencia tampoco.

Tocándole la oreja con la boca, él le susurró:

—¿Recuerdas lo que prometiste darme si alguna vez nos encontrábamos cara a cara?

—¿Uno de los bollos de Cookie?

—Un latigazo con la lengua que no olvidaría jamás.

Si él hubiera sido violento, si se hubiera apoderado de su boca con fuerza castigadora, ella podría haberse resistido. Pero él era demasiado diabólico para eso. Lo que hizo fue separarle dulcemente los labios con la lengua y luego apoderarse tiernamente de su boca. Podía ser un demonio, pero besaba como un ángel. Incapaz de resistirse a la aniquiladora dulzura de esos sedosos embites, su boca se derritió en la de él, dándole esos latigazos con la lengua que le había prometido. Él gimió, haciéndola saborear con la ferocidad de su beso el dolor y la avidez que rugían debajo de su férreo autodominio. Antes de darse cuenta de lo que hacía, ella se había incorporado hasta quedar de rodillas, apretándose contra los duros planos de su cuerpo.

Él apartó la boca de la de ella. Jadeante, metió la mano por entre sus cabellos y le echó atrás la cabeza, obligándola a mirarlo a los ojos.

—¡Maldita sea, Laura, necesito la verdad! ¿Por qué? ¿Por qué me elegiste a mí? Si no sabías quién era, no pudo haber sido por el dinero ni por el título. Sé que no te faltaban pretendientes. Si creías lo que te dijo mi madre, podrías haberte casado con cualquier hombre de Arden y haber heredado de todas maneras esta maldita casa. —El beso de ella había eliminado de su cara el frágil barniz de burla, dejándola fiera y vulnerable—. ¿Por qué?

Ella lo miró, sus ojos brillantes de lágrimas y desafío.

—¡Porque te deseaba a ti! ¡Porque te vi ese día en el bosque y te deseé para mí!

Él se quedó absolutamente inmóvil, sin siquiera respirar. Después movió la cabeza, su desesperación reflejada en sus ojos.

—Nadie me ha acusado jamás de no dar a una dama lo que desea.

Esta vez, cuando su boca se posó sobre la de ella, fue con todo su peso detrás. Cayeron en la cama juntos, sus bocas unidas en una feroz red de placer. Cuando Sterling apartó de una patada el edredón que los separaba, Laura se aferró a él, dando rienda suelta a su avidez. Podía no ser Nicholas, pero tampoco era un desconocido. Era su marido, y tenía todo el derecho a meterse en su cama, aunque eso significara que se adentraría en un bosque oscuro y peligroso en el que el placer podía ser un peligro más grande para su alma que el dolor.

Laura habría jurado que le había agotado los últimos restos de su paciencia, que él no le debía otra cosa que un apareamiento brutal y apresurado, pero ni siquiera su febril urgencia logró hacerlo desconsiderado con ella. El tiempo que tardó en subirle el camisón no dejó de bañarle el sensible cuello con besos ardientes y húmedos. Antes que ella lograra recuperar el aliento, ya estaba desnuda en sus brazos. No sabía decir qué había sido de su camisón más de lo que sabía decir qué había sido de la camisa de él. Sólo sabía que estaba por fin libre para poner la boca abierta en su pecho, para pasar la lengua por ese vello crespo que cubría esos flexibles músculos. Su piel dorada sabía tan deliciosa como parecía, si no más.

La luz de la vela hizo un parpadeo y se apagó, sumergiéndolos en un capullo de oscuridad en que la única sensación era el áspero terciopelo de sus manos sobre su piel. Cuando él volvió a apoderarse de sus labios, una dulce y salvaje locura la impulsó a arquearse contra él, para llenar esas manos con la ansiosa plenitud de sus pechos.

Sin dejar de deleitarle la boca con besos profundos y embriagadores, él le frotó los pezones con los pulgares hasta que empezaron a hormiguearle e hincharse. En el mismo instante en que ella pensó que no soportaría otro segundo más de ese delicioso tormento, él bajó la boca desde sus labios al pecho derecho, acariciándole primero el rígido botón con la punta de la lengua e introduciéndolo luego en su ardiente boca y succionándolo fuerte. Ella apretó los temblorosos muslos, pasmada por las oleadas de sensación que sintió entre ellos. Fue casi como si él la estuviera tocando ahí.

Y entonces, la tocó precisamente ahí.

Ahogó una exclamación cuando uno de sus largos y ahusados dedos se deslizó por entre sus mojados rizos. No necesitó la rodilla para separarle los muslos; le bastó una diestra caricia con sus dedos sobre la vibrante perla anidada entre esos rizos. Cuando se le aflojaron los muslos, él se puso de costado y atrapó uno de ellos bajo su pierna de modo que ella no habría podido cerrarse a él ni aunque hubiera querido.

Lo cual, de ninguna manera quería.

Manteniendo su pierna atrapada debajo de la de él, su mano continuó haciendo de las suyas con ella, acariciando, amasando y frotando hasta que ella estaba jadeante de ciega necesidad.

Sterling había pasado la mayor parte de su vida aceptando el placer, no dándolo. Aunque ciertamente se había ganado su fama de excelente amante, siempre había medido cada beso y experta caricia por lo que recibiría a cambio de su trabajo. Pero con Laura, le bastaba estar acostado a su lado en la penumbra y ver pasar por sus delicados rasgos las señales de éxtasis para bañar la blanca piel de sus pechos con besos y absorber cada uno de sus suspiros cuando salían de sus deliciosos labios.

—Por favor —dijo ella en un susurro entrecortado, sin saber qué le pedía que le diera—. Ay, por favor…

Pero Sterling sí lo sabía, y estaba más que dispuesto a complacerla.

Bajó la mano para liberar su miembro de la dolorosa restricción de sus pantalones. Jamás había tenido motivo para lamentar su tamaño, pero cuando se instaló entre los esbeltos muslos de Laura, conoció un momento de verdadera aprensión.

Apoyando su peso en los codos, le enmarcó la cara entre sus manos ahuecadas.

—Esto te va a doler —le dijo con voz ronca—, pero te juro que no lo hago para castigarte. Si no me crees, me detengo inmediatamente.

Ella lo pensó un momento.

—¿A ti te dolerá más que a mí?

La pregunta lo cogió por sorpresa y no pudo reprimir una risita.

—No. Pero te prometo que haré todo lo que pueda para ponértelo mejor.

Ella asintió, y sacó la lengua para mojarse los labios.

Creía en su promesa, pero de todos modos se llevó una impresión cuando él empezó a bañar su miembro en el copioso néctar que sus expertas caricias habían hecho salir de su cuerpo. Era algo caliente, suave y absolutamente duro, el complemento perfecto para su tierna blandura. Subía y bajaba por entre esos pétalos mojados, en una exquisita fricción que muy pronto la hizo agitarse y gemir debajo de él, sintiéndose en el borde mismo de la locura.

Bastó una suave presión para arrojarla sobre el borde; se aferró a él, sintiéndose caer, llevada por una estremecida marea de placer; sus olas seguían agitándose en su vientre cuando él levantó una vez más las caderas y esta vez entró en lo profundo de ella.

Le enterró las uñas en la tersa piel de su espalda, tragándose un grito.

—Sólo estamos a medio camino, cariño. Acógeme —la instó, besándole las lágrimas de las mejillas—. Acógeme todo entero.

A pesar del dolor, Laura no pudo resistirse a esa tierna súplica. Levantando las piernas para abrazarle la cintura con ellas, hundió la cara en su cuello y se arqueó contra él. Él empujó más hasta quedar introducido totalmente en ella.

A Sterling volvió a fallarle la memoria. Por mucho que lo intentara no lograba recordar la cara de ninguna de las mujeres a las que había hecho el amor. Estaba solamente Laura, debajo de él, alrededor de él, bañándolo en la estremecida gracia de su tierno cuerpo.

Empezó a entrar y salir de ella en embites lentos, profundos, sinuosos, como si tuviera toda la noche para dedicar a ese solo acto sagrado. La poseyó hasta que no logró recordar un momento en el que no hubiera sido una parte de ella, hasta que las incontrolables oleadas de placer la estremecieron haciéndola vibrar por dentro y por fuera, hasta que ella le enterró los talones en la espalda, gimiendo en su oído:

—Ooh, Nicky…

Sterling se detuvo a media embestida. Laura abrió los ojos.

Él la miró, su potente cuerpo tembloroso por el esfuerzo de contenerse.

—No quiero que me llames así, de verdad.

Ella lo miró fijamente, con la respiración entrecortada, resollante.

—¿Cómo prefieres que te llame? ¿Excelencia?

Por un instante, Sterling temió no poder reprimir una sonrisa.

—En estas circunstancias, creo que bastará «milord».

Apretó la boca fuertemente sobre la de ella, silenciando cualquier réplica que ella pudiera querer hacer. Sus caderas reanudaron el movimiento, imponiendo un ritmo fuerte destinado a hacerles olvidar sus nombres.

Laura comprendió, demasiado tarde, que se había equivocado. Iba a gritar después de todo. Si Sterling no le hubiera capturado el grito con su boca, probablemente habría despertado a toda la casa, si no a toda la aldea. Un gemido gutural salió de la garganta de él cuando todo su cuerpo se puso tan rígido como la parte de él todavía enterrada en lo más profundo de ella.

Todavía temblorosa por los estremecimientos posteriores, Laura se aferró a él, respirando en entrecortados sollozos.

—Oh… oh… —Antes de que pudiera contenerlas, las palabras que resonaban en su corazón, salieron atropelladamente por sus labios—. Lo siento, lo siento, hice mal en engañarte. Debería haberte dicho la verdad desde el comienzo. Pero es que no sólo te deseaba… te amab…

Él le puso dos dedos en los labios, negando con la cabeza.

—No más mentiras, Laura. Aquí no. Esta noche no.

Ella deseó protestar, pero algo que vio en su cara la detuvo. Se limitó a enredar las manos en sus cabellos y lo instó a bajar los labios hacia los de ella, diciéndose que ya habría tiempo para convencerlo de la verdad.

Toda una vida.

* * *

A la mañana siguiente, un fuerte golpe en la puerta interrumpió bruscamente el sueño de la agotada Laura. Sacó la cabeza de debajo del edredón, y trató de recordar cómo había acabado con la cabeza colgando al pie de la cama y los pies sobre la almohada.

Cuando lo recordó, tuvo que volver a meter la cabeza bajo el edredón para ahogar una risita traviesa. Si no fuera por lo delicada que sentía todavía la entrepierna y el aroma almizclado pegado a las sábanas, podría haber pensado que toda esa noche sólo había sido un sueño erótico desmadrado, fruto de la sobreexcitada imaginación de una solitaria hija de párroco.

Sonó nuevamente el golpe, enérgico, impaciente.

Se le aceleró el corazón, con una mezcla de expectación y de timidez. Tenía que ser Sterling, que volvía con una bandeja cargada de todas las más suculentas exquisiteces de Cookie para el desayuno. Le gruñó el estómago, recordándole que el día anterior se había negado a probar el almuerzo y la cena.

Se arrastró hasta la cabecera de la cama y diligentemente se arregló la sábana sobre los pechos.

—Adelante.

No fue Sterling el que entró por la puerta, sino su prima. Lady Diana Harlow se detuvo a los pies de la cama y apuntó su nariz patricia hacia ella como si fuera una pulga especialmente molesta a la que es necesario aplastar muy bien.

—Perdone que la moleste, pero su excelencia requiere su presencia en el estudio.

—¿Ah, sí? —repuso Laura, recelosa, subiéndose la sábana hasta el mentón.

Veía muy bien el contraste entre su descuidada apariencia y la impecable elegancia de la mujer. Incluso los cabellos oscuros de Diana, recogidos en un severo moño, y la imponente forma de corazón de su línea de pelo sobre la frente, parecían almidonados.

Diana fue hasta la ventana y abrió la cortina. La luz entró a raudales en la habitación, obligando a Laura a hacerse visera con la mano sobre sus soñolientos ojos.

—Tal vez aquí en el campo se acostumbra a languidecer en la cama la mitad del día, pero en Londres preferimos... —se interrumpió bruscamente, entrecerrando los ojos.

Laura casi se vio con los ojos de Diana: los labios todavía rosados por los besos de Sterling, el pelo revuelto y suelto sobre la espalda desnuda, una mancha rojiza en la tierna piel del cuello creada por la barba masculina. No le cabía duda de que su apariencia reflejaba exactamente lo que era: una mujer que había pasado la noche haciendo el amor con un hombre que era un maestro en ese arte.

Sin soltar la sábana, se incorporó, sosteniendo la mirada de Diana sin encogerse. Tenía muchos pecados de los que responder, pero esa noche no era uno de ellos.

—No tiene por qué escandalizarse tanto, milady. Fue nuestra noche de bodas.

La risa de Diana sonó congelada:

—Detesto ser la que la informe de esto, pero no tiene ningún derecho a una noche de bodas. Engañó a mi primo para que firmara el registro de la parroquia con un nombre falso. Él no tiene la más mínima obligación hacia usted, ni intención de honrar este patético simulacro de matrimonio.

—Miente —dijo Laura, aunque un escalofrío empezó a encogerle el corazón.

—A diferencia de usted, señorita Fairleigh, no tengo la costumbre de mentir. Sé que mi primo sabe ser muy encantador y persuasivo, pero sólo usted tiene la culpa si fue tan tonta para permitirle volver a su cama después de...

Se le cortó la voz. Antes que Laura pudiera corregir la injusta suposición de que ella y Sterling habían sido amantes todo ese tiempo, Diana miró la cama. La mitad del edredón había caído al suelo, dejando a la vista las sábanas y las manchas marrón rojizo en ellas.

La incrédula mirada de Diana volvió lentamente a la cara de Laura.

El glacial desprecio de Diana no había conseguido ruborizarla, pero su expresión de lástima le hizo subir una quemante oleada de calor a las mejillas.

—Dios los ampare a los dos —musitó Diana en voz baja, moviendo la cabeza—. No sé cual de los dos es el más tonto.

Si no hubiera girado sobre sus talones y salido a toda prisa de la habitación, Laura se lo habría dicho.

Laura bajó los peldaños como si fuera camino de la horca.

Se había puesto un vestido de mañana gris paloma, desprovisto de cintas y lazos, y se había lavado bien hasta quitarse de la piel todo rastro del olor de Sterling. Llevaba el pelo recogido en un moño que podía rivalizar con el de lady Diana; no dejaba escapar ni una sola guedeja rebelde. Incluso se había quitado el anillo de granate del dedo.

Nadie tenía por qué saber que lo había pasado por una cadenita de plata y lo llevaba oculto dentro del corpiño.

La sorprendió no ver a nadie en el vestíbulo. Medio había esperado que Sterling hubiera reunido a su familia para que fueran testigos de su deshonra. Pero agradecía que no lo hubiera hecho. No quería que George ni Lottie se enteraran de que la habían deshonrado.

En más de una manera.

Sin lugar a dudas Sterling lo consideraba una justa venganza. Ella le había dado una boda falsa y él le había dado una noche de bodas falsa. Ahora él se sentía libre para entregarla a las autoridades correspondientes, sabiendo muy bien que el recuerdo de esa noche la atormentaría mientras viviera. Claro que si él decidía hacerla ahorcar, no sería mucho el tiempo que viviera. Se detuvo un instante, obstaculizada por una oleada de aversión a sí misma. No era de extrañar que él no hubiera querido oír su tierna declaración de amor.

Aprovechó el puño fuertemente apretado para golpear la puerta del estudio.

—Adelante.

Incluso en ese momento, sabiendo ya muy bien la perfidia de que era capaz, esa voz grave y sonora le produjo una oleada de reacción por todo el cuerpo. Le traía fácilmente a la memoria las pícaras palabras que le susurrara al oído sólo hacía unas horas, los gemidos guturales, las exclamaciones jadeantes.

Armándose de valor para combatir el poder de esa voz, abrió la puerta. No había ningún gatito a la vista, sin duda porque los perros del diablo estaban echados a todo lo largo delante del hogar, sus enormes cabezas apoyadas sobre sus patas igualmente enormes. Cuando ella entró, uno de ellos levantó la cabeza y le enseñó los dientes, gruñendo desde el fondo de la garganta; daba la impresión de que se aplacaría si ella le arrojaba un pernil de jamón. O uno de sus brazos.

La fiel prima del duque y su amigo caballero estaban sentados en un par de raídos sillones de orejas delante de la ventana, con aspecto no más acogedor que los perros. No la habría sorprendido que Diana le hubiera enseñado los dientes y gruñido también, pero, curiosamente, la mujer parecía querer evitar sus ojos.

El duque de Devonbrooke estaba sentado tras el escritorio de nogal escribiendo en un papel de carta. Su prima debió de traerle algunas prendas de ropa de Londres, porque vestía una chaqueta color clarete del más fino casimir. Los volantes de la pechera de su camisa blanca almidonada asomaban por la V de un chaleco de satén gris festoneado con hilos de plata. En el dedo anular de la mano derecha llevaba un ostentoso anillo de sello con un rubí. Sus cabellos dorados, peinados revueltos como era la moda, parecían perfectamente capaces de absorber toda la luz del sol que entraba en la sala, sin dejar nada para los demás. Aunque no lo habría creído posible, el corazón se le oprimió más aún. Ese aristócrata no tenía el más mínimo parecido con el hombre apasionado, de ojos fieros, que estuvo en su habitación y en su cama esa noche.

Le fue fácil comprender por qué él había elegido el estudio, que rara vez se usaba, al acogedor salón, para el ajuste de cuentas: le permitía tener el escritorio a modo de barrera entre ellos. Avanzó por la descolorida alfombra turca hasta detenerse delante del escritorio, esperando la sentencia.

—Buenos días, señorita Fairleigh. —Sterling miró hacia los rayos oblicuos del sol que entraban por las puertas acristaladas—. ¿O debería decir «Buenas tardes»?

«Señorita Fairleigh». Ese indiferente saludo formal, tratándola de «señorita», le confirmó sus peores sospechas; no era su esposa, era una ramera. Por primera vez desde el incendio, se alegró de que sus padres hubieran muerto; la vergüenza de su caída los habría matado.

—Buenos días, excelencia —dijo tranquilamente—. ¿O prefiere que le llame «milord»?

Debió imaginarse el tenue movimiento de su mejilla, porque él continuó escribiendo, interrumpiéndose sólo el tiempo suficiente para indicarle con un gesto la silla de respaldo recto que habían colocado junto a una esquina del escritorio.

—Siéntese, por favor. Enseguida estaré con usted.

Ella obedeció, pensando en el contraste entre esas enérgicas palabras y las mimosas órdenes que le diera esa noche: «Ponte boca abajo, ¿quieres, cariño? ¡Otra vez, ángel! ¡No seas tímida! Una vez más, sólo para mí; levanta otro poco la pierna… oh, Dios de los cielos, así, perfecto…».

—Parece que nos encontramos en una posición incómoda.

Laura se sobresaltó, ruborizándose violentamente. ¿Es que le había leído el pensamiento? Entonces comprendió su ridiculez. Él podía ser todopoderoso, pero no era omnividente.

De todos modos, él estaba reclinado en su sillón observándola con un destello evaluador en sus ojos.

—Tanto mi prima como mi amigo de confianza y consejero, el marqués de Gillingham, son de la opinión que debo dejar su destino en manos de la ley.

—Entonces tal vez debería. Por lo que sé de usted, esas manos podrían ser más justas y clementes que las suyas.

Thane y Diana se miraron perplejos, sin duda sorprendidos por su muestra de temple, pero Sterling ni siquiera pestañeó.

—Por mucho que valore esos consejos, creo que he llegado a una solución mucho más… mmm, digamos, satisfactoria, para el dilema en que nos encontramos. Como sabe muy bien, soy el séptimo duque de Devonbrooke. Anejas al título tengo muchas cargas y responsabilidades, de las cuales no es la menos importante la de dar un heredero para continuar el linaje.

Ah, no, pensó Laura, con un nudo en el estómago. Le iba a ofrecer el puesto de niñera de sus futuros hijos. Era peor que un demonio; era el propio Belcebú.

Él se inclinó sobre el escritorio fijando en ella su intensa mirada.

—Por desgracia, no es posible adquirir un heredero sin adquirir primero una esposa, y por eso esperaba que usted me hiciera el honor de ser la mía.

Capítulo 19

Sólo deseaba lo mejor para ti.

O sea que Sterling no deseaba hacerla colgar; deseaba casarse con ella.

Mientras Thane y Diana corrían hacia el escritorio, Laura continuó sentada sumergida en un maravilloso aturdimiento. Se casaría con Sterling; vivirían la vida que había soñado vivir con Nicholas. Darían esos largos paseos al anochecer y tomarían chocolate en la cama todas las mañanas.

Thane golpeó el escritorio con las palmas.

—¿Te has vuelto loco, Sterling? ¿Por qué habrías de recompensar su engaño haciéndola tu duquesa?

Sterling se reclinó en el respaldo del sillón, sus labios curvados en una sonrisa.

—Puede que sobreestimes mis encantos. Hay quienes alegarían que no soy ningún premio. Tal vez estar casada conmigo sea todo el castigo que se merece.

Diana negó con la cabeza con tanta violencia que se le desprendió una guedeja de pelo del moño.

—Jamás te comprenderé. ¿No te casarás por amor sino por venganza?

—¿Quién ha dicho nada de venganza? No hay ningún motivo para que yo no pueda ser tan práctico como la señorita Fairleigh. —Dirigió una breve y tranquila mirada a Laura—. Necesito un heredero. Ella puede dármelo. Antes de marcharme de Devonbrooke

Hall te dije que estaba dispuesto a buscarme una esposa. De esta manera no tendré que tomarme el trabajo de cortejar a una.

Diana se le acercó y le habló en un susurro, pero de todos modos su voz era totalmente audible para los oídos de Laura.

—Si lo que quieres es expiar tu pequeña indiscreción de anoche, hay otras maneras más prudentes de hacerlo.

—¿Qué indiscreción? —preguntó Thane en voz alta—. Ah, demonios, ¿me perdí una indiscreción?

—Podrías dejarle a la muchacha un monedero bien lleno —siseó Diana, enterrándole el codo en las costillas a Thane—. O incluso darle un estipendio mensual si eso te tranquiliza la conciencia.

Sterling la miró con expresión de reproche.

—Vamos, Di, sabes muy bien que no tengo ninguna conciencia que tranquilizar.

—Puede que eso sea lo que deseas que crea el mundo, pero yo sé que no. Anoche cometiste un estúpido error, pero eso no significa que tengas que pasarte el resto de tu vida expiándolo. Si te hubieras casado con todas las mujeres que has seducido, Devonbrooke Hall estaría a rebosar de esposas.

—Tengo que reconocer que tu prima tiene razón —terció Thane—. Y si estás dispuesto a buscar esposa, puedes elegir a gusto entre todas las beldades de Londres. No tienes por qué conformarte con una mentirosa muchach...

Se interrumpió al ver a Sterling entrecerrar los ojos; esa sola advertencia bastó.

—Thane. Tal como yo lo veo, le debo mi apellido a la muchacha, como mínimo.

—No, gracias —dijo Laura, levantándose.

Su voz resonó como una campana en el repentino silencio. Diana y Thane retrocedieron cuando ella se situó ante el escritorio con los hombros rígidos y la cabeza muy erguida.

—Me temo que tendré que declinar su generosa proposición, excelencia. No deseo su apellido; no deseo parir su heredero, no deseo su fortuna. Y muy ciertamente no le deseo a usted. En realidad, dada su colosal arrogancia, creo que prefiero que me cuelguen antes que casarme con usted.

Diana y Thane ahogaron exclamaciones. Era evidente que a ninguno de los dos se les había pasado por la mente que una simple muchachita de campo pudiera tener la audacia de rechazar la sublime proposición del duque.

Pero Sterling se limitó a arquear una ceja. Aunque su mirada no se apartó de Laura, dijo amablemente:

—Tal vez sería mejor que nos dejarais solos.

—En realidad no creo… —empezó Diana.

—… que eso sea muy prudente —terminó Thane.

Sterling cogió el abrecartas y empezó a pasarlo por sus largos y aristocráticos dedos.

—Podéis esperar fuera si queréis, para oír mejor sus gritos. O los míos.

Sin dejar de echar miradas aprensivas por encima del hombro, Thane y Diana salieron en fila, dejando a Laura sola para enfrentar a Sterling a través de la polvorienta extensión del escritorio.

Él le indicó la silla con la hoja del abrecartas.

—Siéntese, señorita Fairleigh, por favor.

Sintiéndose más o menos como uno de sus perros, ella se apresuró a sentarse. No había manera de que él no hubiera visto su mueca.

—¿Se encuentra bien? —Le miró la cara atentamente, con una expresión que fácilmente podría tomarse por verdadera preocupación—. Temo haber sido… demasiado vigoroso en mis atenciones anoche. Fue una desconsideración de mi parte. Normalmente bebo mi coñac con un poco más de control.

Ya era terrible que hubieran reducido su noche de bodas a «un estúpido error» y «una pequeña indiscreción». Ahora él le diría que ni siquiera recordaba haber ido a su dormitorio, que esos tiernos y deliciosos momentos que habían compartido habían desaparecido en un «aturdimiento de borrachera».

—«Desconsideración» es olvidarse del cumpleaños de alguien —dijo fríamente—, no irse a la cama de una mujer fingiéndose marido cuando sabía muy bien que no lo era.

—Si hubiera sabido que nuestro matrimonio era nulo, ¿me habría echado de su habitación?

Laura bajó los ojos. Ésa no era una pregunta justa y los dos lo sabían.

—No la culpo. Un hombre de mi posición debe controlar mejor sus emociones. Le aseguro que no volverá a suceder.

En lugar de alivio, Laura sólo sintió aflicción.

Sterling dejó a un lado el abrecartas y continuó:

—A petición mía, uno de mis lacayos hizo un viajecito a la iglesia del pueblo anoche.

Confundida por su brusco cambio de tema, ella frunció el ceño.

Recordó el coche que vio alejarse de la casa justo antes que Sterling irrumpiera en su habitación.

—¿Con qué fin?

—Con la emoción de la llegada de mi prima, casi me olvidé del ángel que cayó del cielo sólo unos minutos después que pronunciáramos nuestras promesas.

Laura movió la cabeza. Jamás olvidaría ese espantoso momento cuando se giró y lo vio despatarrado junto a la puerta de la iglesia.

—Fue un accidente horroroso.

—Eso fue lo que pensé. Hasta que mi lacayo encontró esto en el campanario.

Metió la mano en uno de los cajones y sacó un objeto de hierro. Al principio Laura pensó que era otro abrecartas, pero luego vio que era un cincel, su gruesa hoja todavía sucia con mortero.

—Parece que no fue un accidente después de todo —continuó él—, sino un intento de asesinato frustrado. Así pues, señorita Fairleigh —su dorada mirada le acarició la cara al apoyar la espalda en el respaldo del sillón—, ¿me deseaba? ¿O me deseaba muerto?

Aunque le parecía que había transcurrido toda una vida desde el momento en que estaba en los brazos de su adorador esposo en las gradas de la iglesia, los minutos fueron retrocediendo en su mente. Recordó el instante cuando se puso de pie después del impacto de la estatua, subió la escalinata, oyó gritar su nombre cuando Lottie y George aparecieron corriendo en la esquina de la iglesia. Vio la expresión que tenía la cara de Lottie en ese momento: terror culpable mezclado con alivio. El tiempo siguió retrocediendo, hasta ese momento en el salón cuando ella y los niños acababan de enterarse de que Sterling Harlow planeaba tomar posesión de su hogar.

«Podríamos asesinarlo». Esas alegres palabras de Lottie resonaron en su mente, seguidas por su irreflexiva respuesta: «Probablemente se necesitaría una bala o una estaca de plata para atravesarle el corazón».

Pero era su corazón el que estaba atravesado, y no por una estaca sino por el cincel que tenía Sterling en sus manos.

Podría hacerlo creer que era inocente. Sabía que aún tenía por lo menos ese poder sobre él; al fin y al cabo, si él no le hubiera dado ese empujón para apartarla del peligro, sería ella la que habría muerto aplastada por la estatua. Pero si hablaba en su defensa, condenaría a Lottie y George. Dudaba que incluso el tribunal más benévolo considerara con clemencia un intento de asesinar a un par del reino, aun cuando los agresores fueran unos críos que no hacía mucho habían salido de la sala cuna. ¿Qué debía hacer, convertirse alegremente en la duquesa de Sterling mientras sus hermanitos colgaban de la horca o se pudrían en Newgate?

A sabiendas de que sacrificaba para siempre toda esperanza de felicidad futura, miró a Sterling fijamente a los ojos y dijo tranquilamente:

—Deseaba Arden Manor, y estaba dispuesta a hacer lo que hiciera falta para tenerla, incluso librarme de un esposo inconveniente.

Él no dijo una palabra. Se limitó a observarla, con rostro impasible.

Aunque sabía que no sería tan eficaz sin una melena de rizos dorados, agitó la cabeza tal como había visto hacer a Lottie cientos de veces. Su única esperanza era pensar como su hermana.

—El testamento de lady Eleanor estipulaba que yo encontrara un marido. No decía nada de conservarlo. Estando usted muerto, yo podía gobernar Arden Manor como me pareciera conveniente sin que un desconocido se entrometiera en nuestros asuntos. No podía divorciarme. El escándalo habría perjudicado nuestro buen nombre. Así que decidí que sería mucho menos complicado asesinarlo.

Sterling se frotó la mandíbula, teniendo buen cuidado de cubrirse la boca.

—Dejando caer un ángel sobre mi cabeza.

Laura fingió una altiva sonrisa:

—Era la única manera de tenerlo todo, la propiedad y mi libertad. Además, todo el mundo sabe que las viudas tienen más derechos que las esposas.

Sin decir palabra, Sterling se levantó, fue hasta la puerta y la abrió:

—¡Carlotta! —gritó.

Acto seguido volvió tranquilamente a su sillón tras el escritorio.

Antes que Lottie apareciera en la puerta, Laura ya estaba balbuceando:

—Obligué a Lottie a que me ayudara. La amenacé con... con... —trató de inventar una amenaza lo bastante vil—, con ahogar a todos los gatitos en el pozo si no me ayudaba. Ella me suplicó que no le hiciera daño pero yo no le dejé otra opción. Vamos... hasta... —se le cortó la voz, mirando fijamente a su hermana.

El delantal blanco de Lottie estaba limpio y almidonado, sus bolsillos ya no abultaban con gatitos ni contrabando. Incluso la cinta que le sujetaba los rizos dorados en un moño sobre la cabeza, estaba derecha y el lazo bien hecho.

Lottie avanzó hasta el escritorio e hizo una elegante venia.

—¿Sí, señor? —dijo, sin un asomo de desafío.

Laura se dio una palmada en la boca.

—Ay, Dios, ¿qué cosa terrible le has hecho?

Sterling no le hizo caso, decidido a centrar el aniquilador encanto de su sonrisa en su hermana.

—Lottie, querida, ¿te importaría decirle a Laura exactamente lo que me dijiste esta mañana?

Lottie se giró a mirarla, con sus grandes ojos azules bajos.

—Fue culpa mía que el ángel casi os matara a los dos. Yo fui la que lo puse todo movedizo para que se cayera cuando empezaran a tocar las campanas y yo lo empujara. Mi plan era dejarlo caer sobre la cabeza de Nicholas... —tragó saliva y miró a Sterling afligida.

—No pasa nada —dijo él amablemente—, continúa.

—Quiero decir, su excelencia. Pero entonces decidí que no podía hacerlo. Sobre todo después que George me dijo lo mucho que tú amabas a...

—Gracias, Lottie —dijo Sterling firmemente—. Se agradece tu sinceridad. Puedes irte.

Laura esperó hasta que su hermana hubo salido de la sala para alzar sus ojos ardientes a la cara de Sterling.

—¡Me engañaste!

—¿Eh que no es una sensación muy agradable? —Se levantó, fue hasta la ventana y se quedó allí, de espaldas a ella. La luz del sol formaba un nimbo sobre sus cabellos dorados—. La verdad simplemente no está en ti, ¿eh, Laura? No eres diferente de cualquier otra mujer. No eres diferente a...

—¿Tu madre? —dijo ella dulcemente—. Tal como yo lo veo, tu padre no le dio más opción que la que tú quieres darme a mí.

Sterling se volvió a mirarla, con los labios apretados.

—Tienes toda la razón. Deberías tener opción. Así pues, ¿qué prefieres, ser mi esposa o mi amante? Como amante tendrías derecho a una casa, un generoso estipendio, más que suficiente para cuidar de George y Lottie, hermosa ropa, joyas, y cierta cantidad de posición social, aunque dudosa. A cambio, yo esperaría que me acogieras en tu cama siempre que yo quisiera buscar sus placeres. Claro que cuando tomara esposa tendría que fiarme de tu discreción. Pero ya hemos demostrado que sabes guardar secretos, ¿verdad? La decisión es tuya, Laura, pero te agradecería que la tomaras rápido. —Paseó una disgustada mirada por el estudio—. Ya he perdido bastante de mi tiempo en esta casa provinciana.

Enfurecida por esas palabras, ella se levantó y echó a andar hacia la puerta. Cuando tenía la mano en el pomo, él le dijo:

—Antes de rechazar mi ofrecimiento de matrimonio, tal vez te convenga recordar que ya podrías estar embarazada de un hijo mío.

A Laura se le quedó atascado el aire en la garganta. Se tocó el vientre, dominada por una muy curiosa sensación, en parte rabia, en parte anhelo.

Se giró lentamente a mirarlo, sacudiendo la cabeza, admirada.

—No te paras en barras tú para salirte con la tuya, ¿eh?

Él encogió perezosamente un hombro.

—¿Qué otra cosa podrías esperar de un demonio como yo?

Capítulo 20

*Cada día ruego que encuentres
una mujer para compartir tu vida.*

*L*a segunda boda de Laura no tuvo el menor parecido con la primera.

Al poco rato de que llegaran a Londres empezó a caer una lluvia fría que oscureció aún más la noche sin luna. En lugar del sonriente reverendo Tilsbury, presidió la ceremonia un arzobispo malhumorado al que habían sacado de la cama, a petición del duque, para que firmara una licencia especial. La boda se celebró en el grandioso salón del palacio arzobispal, y los novios, ella y Sterling, sólo contaron con la compañía de la prima de Sterling y el marqués con su sonrisa burlona. Aunque Diana se vio obligada a usar su pañuelo de encaje para limpiarse una lágrima del ojo, Laura sabía que no era una lágrima de alegría sino de consternación.

No estaban Lottie para sostenerle el ramillete a la novia, ni George para situarse, orgulloso y erguido, al lado del novio, ni Cookie para exclamar un sincero «¡Amén!» cuando el arzobispo los declaró marido y mujer.

Ella había sacrificado su orgullo una última vez para preguntarle a Sterling si permitiría que los niños la acompañaran a Londres, pero él se negó, diciéndole: «No puedo estar todo el tiempo vigilándome la espalda, por si alguien trata de arrojarme cabeza abajo por la escalera de mi propia casa».

Así pues, se vio obligada a despedirse de su familia en el camino de entrada semicircular mientras Sterling observaba la escena sin revelar nada en su hermoso rostro.

Dower estaba ahí estrujando el sombrero en las manos, su magullada cara arrugada por la pena. «Todo esto es culpa mía, señorita. Mi idea era impedir esa boda, no verla encadenada al diablo por toda la eternidad.» Ella le tocó el pómulo morado, todavía consternada por lo que él había sufrido por causa suya. «No es culpa tuya, Dower. Sólo yo tengo la culpa».

Cookie la estaba esperando para estrecharla en sus brazos, su delantal manchado de harina con olor a canela y nuez moscada. «No te desanimes, mi corderito —le susurró—. Un hombre que es capaz de tragarse una docena de bollos secos sólo para no herir los sentimientos de una vieja no puede ser tan malo como dicen.»

A Lottie y a George los encontró junto a la portezuela abierta del coche. Aunque a Lottie le temblaba el labio inferior, se las arregló para sonreír: «Yo soy la Beldad Incomparable de la familia. ¿Quién habría pensado que serías tú la que cazarías un marido rico?». «Más le vale que cuide de ti —dijo George, mirando hacia Sterling con una expresión más dolida que amenazadora—. Si no, responderá ante mí.»

Ahogando un sollozo, ella se arrodilló y les abrió los brazos; simplemente no encontró palabras. Gracias a la generosidad de lady Eleanor, los tres nunca habían estado separados, ni siquiera por una noche. Jamás se habría imaginado que llegaría el día en que ya no podría estirar la mano para arreglarle un rizo a Lottie o para limpiar una mancha de barro en la pecosa nariz de George.

Los tres permanecieron fuertemente abrazados hasta que ella se apartó, obligándose a sonreír valientemente en medio de las lágrimas.

La expresión de Sterling no cambió en ningún momento, ni cuando la instaló en los mullidos cojines de terciopelo ni cuando el coche pasó delante del camposanto donde estaba enterrada su madre.

—… si cualquiera de vosotros conoce un motivo por el que no podáis uniros legítimamente en matrimonio, confesadlo ahora.

La voz gangosa y quejumbrosa del arzobispo la devolvió al frío salón.

El cálido aliento de Sterling le movió los cabellos cuando se inclinó a susurrarle:

—¿Hay algo que quieras decir?

Ella negó con la cabeza, con los labios bien apretados.

Cuando el arzobispo extendió el libro de oraciones, invitándolo, Sterling se quitó el anillo de sello y lo puso sobre el libro. El arzobispo se lo devolvió y él lo puso en el dedo a ella, sus ojos no ya adoradores como en la nave de Saint Michael iluminada por el sol, sino ensombrecidos por el recelo. Ella tuvo que cerrar la mano para que no se le cayera el anillo. El rubí solo debía valer el rescate de un rey, pero su agobiante peso lo hacía parecer un grillete de hierro. Sterling no sabía que el anillo de granate de su madre todavía colgaba entre sus pechos en una barata cadenilla de plata.

Antes que Laura tuviera tiempo para asimilar el hecho de que acababa de casarse por segunda vez, en dos días, la metieron como un bulto en el coche y la llevaron a Devonbrooke Hall. Mientras atravesaban corriendo bajo la lluvia la distancia entre el coche y la puerta de entrada, Laura captó vagamente unas ventanas altas en arco en un imponente edificio que ocupaba todo un bloque en una de las más prestigiosas plazas del West End.

Alguien había avisado que se preparara la casa para la llegada del duque con su flamante esposa. Una especie de chambelán de incipiente calvicie y un asomo de joroba en la espalda estaba esperando en el cavernoso vestíbulo para recibirlos, con un parpadeante candelabro equilibrado en una mano enguantada. La luz de la candelas parecía destacar más la oscuridad. Laura sintió el frío que emanaba del suelo de mármol a través de la suela de sus zapatos.

Cuando de las sombras salió un lacayo para liberarla de la capa y la papalina, el chambelán entonó:

—Buenas noches, excelencia.

Diana le dio un codazo al ver que ella continuaba callada.

—Le habla a usted —le susurró.

Laura miró hacia atrás y descubrió que Sterling ya había desaparecido en los vastos recovecos de la casa llevándose consigo a los perros y al marqués.

—¡Ah! Muy buenas noches, señor —saludó, haciendo una torpe venia, y luego pensó que tal vez una duquesa no hacía reverencias a un criado.

Afortunadamente, el hombre era o bien educado o estaba muy bien entrenado en reprimir cualquier reacción.

—Si tiene la amabilidad de seguirme, excelencia, la conduciré a la suite de la duquesa. Los criados se han pasado toda la tarde preparándola para su comodidad.

—Qué amables —repuso ella—. Pero en realidad no deberían haberse tomado tantas molestias por mi causa.

Diana exhaló un suspiro y cogió el candelabro de manos del criado.

—Puedes retirarte, Addison. Yo llevaré a la duquesa a su suite.

—Muy bien, milady.

La venia del hombre era para Diana, pero Laura habría jurado que el guiño de sus ojos era para ella sola.

Diana empezó a subir por la ancha escalera de caracol, obligándola a trotar para seguirla.

—No es necesario agradecer a los criados sus servicios. Para eso se les paga. Si no cumplen sus deberes de manera satisfactoria, saben que se les…

—¿Azota? —aventuró Laura—. ¿Descuartiza?

—Despide —replicó Diana, con una mirada fulminante por encima del hombro mientras pasaban por un interminable corredor revestido con pesados y oscuros paneles de caoba—. No soy tan ogro como me cree.

—Ni yo una intrigante cazafortunas. Ya oyó a su primo esta mañana. Prácticamente me obligó a casarme con él.

Diana se giró tan rápido que ella tuvo que saltar un paso atrás, no fuera que le incendiara los cabellos con las velas.

—¿Y la obligó a acostarse con él también? —Diana observó con visible satisfacción cómo le subían los colores a la cara—. No lo creo. Sterling puede tener muchos defectos, pero jamás he sabido que haya seducido a una mujer en contra de su voluntad.

Dicho eso, Diana reanudó la marcha delante de ella. Tuvo que correr para seguirla, si no quería perderse eternamente en ese mareante laberinto de escaleras, galerías y corredores.

La suite de la duquesa, que constaba de un dormitorio, una sala de estar y un vestidor, también estaba revestida con paneles de caoba y contenía los mismos lujos sofocantes del resto de la mansión. Una cama de cuatro postes adoselada, con cortinas de terciopelo carmesí, dominaba el dormitorio. Era tres veces más grande que la elegante cama de medio dosel de lady Eleanor.

Laura miró alrededor, buscando una puerta de conexión.

—¿Y dónde está la suite del duque?

—En el ala oeste.

Pensó un momento.

—¿Y qué ala es ésta?

—La este.

—Ah.

Sencillamente había supuesto que ella y Sterling compartirían un mismo dormitorio. Sus padres dormían en el mismo dormitorio. Todavía recordaba cuando se quedaba dormida escuchando los melodiosos murmullos de su madre y la risa ronca de su padre.

Cuando Diana colocó el candelabro en un pedestal, reservándose una vela para ella, le preguntó tímidamente.

—¿Y dónde duerme usted?

—En el ala norte.

Con tantas alas, la sorprendió que la casa no tomara vuelo. Su cara debió reflejar su consternación, porque Diana exhaló un agobiado suspiro.

—Mañana hablaré con Sterling para que le contrate una doncella que duerma en el vestidor. Puedo prestarle la mía mientras tanto. —Estiró la mano para apartarle un lacio mechón de pelo de los ojos con un capirotazo—. Tiene talento para peinar.

—Eso no será necesario —repuso Laura, reuniendo los últimos retazos de su orgullo—. Estoy acostumbrada a cuidar de mí misma.

Nuevamente en los ojos de Diana brilló ese desconcertante destello de lástima.

—Si va a estar casada con mi primo, tal vez eso sea lo mejor.

Acto seguido, salió y cerró la puerta. Laura se apoyó en la puerta, escuchando alejarse sus rápidos pasos.

Sterling había supuesto que los fantasmas lo seguirían hasta Devonbrooke Hall, pero no había contado con Thane. Los perseverantes pasos del marqués siguieron los suyos por todo el ancho corredor de mármol que llevaba a la biblioteca. De niño, la biblioteca con sus gigantescas estanterías y ceñudos bustos de yeso, había sido su único refugio. Entre las mohosas páginas de un libro con las leyendas de Arturo o una novela de Daniel Defoe lograba escapar de los mordaces insultos y cambiante humor de su tío, aunque sólo fuera por unas pocas y preciosas horas. Pero al parecer, no había forma de escapar de su bien intencionado amigo.

—Si bien te agradezco mucho tu presencia en mi intempestiva boda, no necesitaré de tus servicios para la noche de bodas —lo informó.

El fuego crepitaba alegremente en el hogar, por cortesía del siempre eficiente Addison, sin duda. Mientras los perros iban a echarse ante el hogar, Thane se desplomó en un mullido sillón.

—¿Estás seguro de eso? Tengo la impresión de que tu noche de bodas anterior la llevaste con menos de tu finura normal.

La risa de Sterling sonó con muy poco humor.

—Crees eso debido a la reacción de mi esposa a mi proposición, ¿verdad?

Thane movió la cabeza con pesarosa admiración.

—Jamás pensé que conocería a una mujer tan osada para rechazar una proposición tuya. ¡Y con qué talento dramático! «¡Creo que prefiero que me cuelguen antes de casarme con usted!». Medio esperé que pateara el suelo con su piececito y añadiera: «¡Soltadme, señor!». Si este matrimonio no funciona, tiene un brillante porvenir en el teatro. Siempre me han gustado las actrices, ¿sabes?

Sterling sacó un cigarro de una caja de madera satinada de Indias y lo encendió. Se apoyó en la repisa del hogar, introduciendo una agradable cinta de humo en sus pulmones.

—Te aseguro que no fue actuación. Su desprecio por mí era muy auténtico.

Thane arqueó una ceja.

—¿Más auténtico que el tuyo por ella, tal vez?

Para evitar contestar, Sterling exhaló un impecable anillo de humo. Ahora que le había vuelto la memoria, no podía permitirse olvidar lo bien que lo conocía su amigo.

—Te has metido en un buen lío, ¿verdad Dev? —dijo Thane en voz baja; el viejo sobrenombre sólo daba más autoridad a sus palabras.

Sterling se encogió de hombros.

—Ya sabes lo que siempre decían las páginas de escándalos. Fastidia al Diablo de Devonbrooke, y tendrás un infierno por pagar.

—Pero ¿a qué precio para ti?

Sterling arrojó al fuego el resto de cigarro, ya encendida su rabia.

—La verdad es que no creo que te hayas ganado el derecho a sermonearme sobre el precio del orgullo.

Durante un minuto, temió haber ido demasiado lejos, pero Thane se limitó a mover la cabeza, sonriendo pesaroso.

—Somos un magnífico par, ¿eh? Uno demasiado tozudo para aferrarse a una mujer y el otro demasiado tozudo para soltarla. —Se levantó y se dirigió a la puerta—. Si mañana decides volverte a casar, ya sabes dónde encontrarme.

Dicho eso se marchó, dejando a Sterling con sus fantasmas y su orgullo por compañía.

Alguien se había ocupado de que a la esposa del duque no le faltara ningún bienestar material. Ardía el fuego en el hogar del dormitorio, sus crepitantes llamas empequeñecidas por la imponente repisa tallada en mármol blanco. En la mesa de la sala de estar contigua habían dejado una bandeja de plata; Laura levantó la tapa para ver su contenido: una gruesa tajada de carne que no logró identificar pues estaba bañada por una suculenta salsa de crema. Se apresuró a colocar la tapa, suspirando por un trozo del pan de genjibre de Cookie, recién salido del horno.

Volvió al dormitorio. Le llevó un momento reunir el valor para apartar un poco las pesadas cortinas de la cama; medio esperaba encontrar allí los huesos blancos de la última duquesa que ocupó esa suite. Pero lo que encontró fue un par de sábanas primorosamente echadas atrás bajo una colcha de satén, un nido de almohadones de plumón, un diáfano camisón de dormir y una bata a juego de brillante seda blanca. Puso el camisón frente a la luz del fuego del hogar, espantada por su transparencia. Puesto que sus baúles no llegarían de Arden hasta el día siguiente, no tendría más remedio que ponérselo, si no quería dormir con su camisola.

No encontrando nada en qué ocupar el tiempo, se desvistió, cogió la jofaina y vertió agua aromatizada con lavanda en la palangana de porcelana. Después de lavarse, cepillarse los dientes y quitarse las horquillas del pelo, se puso el camisón. La tela le acariciaba la piel pero no la abrigaba. El fuego que ardía en el hogar no conseguía calentar el aire de la habitación ni su opresiva humedad, que parecía resaltada por las lenguas de lluvia que golpeaban las altas ventanas en arco. La enorme y alta habitación debía de ser fría como una tumba en invierno. Tiritando, abrió del todo la cortina y se metió en la cama.

Se hundió en el colchón de plumas, sintiéndose francamente perdida en ese inmenso mar de ropas de cama. Deseó que Lottie estuviera allí y se metiera en la cama con ella, para acurrucarse las dos y reírse de todos esos ridículos lujos.

Pero no sería Lottie la que iría a su cama esa noche; sería su marido.

Se sentó bruscamente, rodeándose las rodillas levantadas hasta el pecho. Esa era su noche de bodas, y nuevamente no tenía idea de dónde podía estar su marido. ¿Estaría encerrado en alguna de las salas de abajo fortaleciéndose con coñac para poder soportar verla?

Sacó el anillo de granate fuera del camisón y lo miró a la luz del fuego, recordando la tierna expresión de sus ojos cuando se lo puso en el dedo, una expresión que probablemente no volvería a ver nunca más. Se quitó la cadenilla con el anillo y la puso bajo la almohada, para resguardarla. Pasado un momento de reflexión, se quitó el ornamentado anillo de sello del duque, abrió la cortina y lo tiró sobre la mesilla; el objeto aterrizó con un satisfactorio «clanc».

Se acostó, apoyando la cabeza en los almohadones y cerró los ojos, dejando escapar un triste suspiro. Debió quedarse dormida sin darse cuenta, porque cuando volvió a abrir los ojos, sintiéndose aturdida y algo indispuesta, en algún lugar de la casa un reloj acababa de comenzar a dar la hora. Contó cada doliente «bong» hasta llegar a doce.

El reloj dejó de sonar, dejando todo sumido en un silencio tan absoluto que igual podría ser ella el único ser vivo que estaba en esa casa; o en el mundo.

Su marido no vendría. Ese susurro de verdad resonó en el silencio con más claridad que un grito.

Se puso de costado, pensando en lo aliviada que debería sentirse: no tendría que soportar la traicionera ternura de las caricias de Sterling; no tendría que atormentarse con la duda de si él se estaría burlando de ella con sus susurros cariñosos y sus apasionados besos.

Pero mientras yacía ahí, rígida como un atizador, se fue enfureciendo por momentos. Recordó la indiferencia de él a las cartas de su madre durante todos esos años; recordó como lady Eleanor trataba de ponerse una sonrisa valiente en la cara cada mañana cuando llegaba el correo y seguía sin recibir ni una sola letra de él. Por mucho que hubiera admirado a su amada protectora, jamás había logrado igualar su paciencia y autodominio. Muy pronto descubrió que era capaz de tolerar el desprecio de Sterling, pero no su indiferencia. Prefería que le gritara o la sacudiera a que hiciera caso omiso de ella.

Se sentó y echó atrás la ropa de cama. Podría causarle un enorme disgusto a su ilustrísima excelencia, pero no tenía la menor intención de pasarse el resto de su vida intercambiando insultos con su hosca prima y pudriéndose en la cama pensando si él vendría alguna vez a hacerle una visita. Si él no venía a su habitación la noche de su boda, por Dios que ella iría a la de él.

Después de abrirse paso por entre el sofocante peso de las cortinas, se puso la bata sobre el camisón y se anudó el cinturón. Sacó una de las velas del candelabro de plata y salió pisando fuerte de la habitación, deseando que la puerta no fuera demasiado pesada, para poder cerrarla de un buen golpe.

Al cabo de cinco minutos estaba tan extraviada que se imaginó que no volvería a encontrar jamás la suite de la duquesa, y mucho menos la del duque. Había supuesto que si cada vez viraba en la misma dirección llegaría finalmente al ala oeste. Pero la casa era un laberinto de corredores interminables, cada cual más largo y desorientador que el anterior. Caminó durante muchísimo rato sin encontrar ninguna señal de vida. Hasta un ratón habría sido un consuelo.

No se había molestado en preguntar en qué planta se encontraba la suite del duque, pero tenía la esperanza de que todos los dormitorios estuviesen en la misma planta. Esa esperanza se le vino abajo cuando el corredor por el que iba terminó abruptamente en un tramo de escalera.

Trató de volverse por donde había venido, pero acabó en una galería con baranda que no había visto antes, que miraba a lo que parecía ser un lóbrego salón de baile en cuya superficie cabría la casa Arden entera, incluidos los jardines. Suspiró, pensando qué haría Lottie si se encontrara en ese apuro. Probablemente se sentaría en el suelo y comenzaría a chillar a todo pulmón hasta que alguien llegara corriendo. Estuvo tentada de hacer justamente eso, pero la contuvo la idea de que nadie la oiría, o que nadie se molestaría en acudir corriendo.

Una alfombra turca color sangre cubría todo el piso de la galería, apagando sus pisadas en un suave murmullo. Las sombras se agolpaban en las esquinas del alto cielo raso, haciendo parecer diminuto el débil parpadeo de su vela. Cuando una traviesa bocanada de aire hizo bailar la llama, puso una mano alrededor y aminoró la marcha.

Al dar la vuelta a la esquina siguiente se abrió ante ella una galería de retratos en toda su triste gloria. De día esa galería era tal vez igual de espectral, pero de noche era aterradora.

—No seas tonta, Laura —se reprendió, con los dientes castañeteándole—. No hay por qué tenerle miedo a un manojo de gente muerta.

Lamentando su desafortunada elección de palabras, se obligó a seguir adelante. Se concentró en mantener la mirada fija en la ornamentada puerta de doble hoja del otro extremo de la galería, pero de todos modos sentía los desconfiados ojos de los antepasados de Sterling siguiendo cada uno de sus pasos.

Fue tal su alivio cuando por fin llegó al final de la galería que no vio el retrato a tamaño natural que colgaba sobre la puerta sino cuando ya lo tenía encima. Ahogando una exclamación de susto, retrocedió y levantó la vela.

Un hombre la miraba con sonrisa de superioridad a lo largo de su ancha nariz aplastada, sus fríos ojos brillantes de desprecio. Cuando leyó la placa de latón que había bajo el retrato, comprendió que estaba mirando la cara chupada del viejo Granville Harlow. Vestido todo de negro, aferraba un bastón de plata en su blanca mano.

Era difícil creer que ese hombre hubiera engendrado a una niñita. No supo a quién compadecer más, si a Diana o a su madre. Lady

Eleanor rara vez hablaba del duque que adoptó a su hijo. En ese momento Laura comprendió por qué.

Por primera vez pensó en cómo debió de sentirse Sterling su primera noche en ese ventoso mausoleo. Traicionado por su padre, apartado de su amada madre, ¿se habría acurrucado tiritando bajo las mantas de una cama desconocida? ¿O habría vagado por esos mismos corredores, extraviado y solo, sabiendo que nadie lo oiría si gritaba?

Junto al duque estaba sentado un mastín moteado que muy bien podría haber sido el abuelo de los perros de Sterling. Si la intención del pintor fue hacer parecer más asequible al tema de su retrato, perro incluido, fracasó rotundamente. Los delgados dedos del hombre doblados alrededor del collar del animal daban la impresión de que no veía las horas de ordenarle que se arrojara sobre el próximo advenedizo insolente que se atreviera a desafiarlo.

Un ronco gruñido salió de la oscuridad detrás de ella, erizándole la piel de la nuca. Hasta ese momento había olvidado a los perros de Sterling. Debería haberse imaginado que él les permitiría rondar por la casa durante la noche. ¿Cómo, si no, podrían desgarrarle el cuello a cualquier intruso? ¿O a una esposa lo bastante estúpida para abandonar el refugio de su cama?

Volvió a oír el gruñido, retumbando de amenaza. Lanzando un chillido, soltó la vela, dejando a oscuras la galería. Se giró lentamente y se aplastó contra una puerta. Lo único que lograba ver era el malévolo brillo rojizo de dos pares de ojos.

—Perritos lindos —susurró, tratando de tragarse el nudo que se le había formado en la garganta—. Perritos buenos. No estáis hambrientos, ¿verdad? Eso espero, porque no tengo mucha carne en mis huesos. Cookie lleva años tratando de engordarme, pero no ha tenido mucho éxito.

Los perros se le acercaron más, tanto que sintió sus alientos calientes, almizclados. Gimiendo, giró la cara hacia un lado.

Después se diría que jamás habría gritado, que se habría rendido a su destino con al menos una moderada dignidad si uno de los animales no hubiera elegido ese momento para meterle la grande y húmeda nariz en la entrepierna.

Soltó un chillido ensordecedor. Repentinamente se abrió la puerta en la que estaba apoyada y cayó de espaldas en la habitación, acabando el chillido con una nota de sobresalto. Abrió los ojos y vio a su marido de pie ante ella, manos en caderas.

—Vaya, vaya —dijo él, arqueando una ceja—, lo que me han traído los perros.

Capítulo *21*

*… una mujer que te ame tanto
como siempre te he amado yo.*

*L*aura levantó lentamente la cabeza. Los dos animales salvajes que habían estado a punto de sacarle los intestinos estaban sentados sobre sus patas traseras, lenguas fuera, como dos cachorros demasiado crecidos que sólo tienen un objetivo en su vida: complacer a su amo. Un amo que en ese momento no parecía demasiado complacido.

Sterling le ofreció la mano de mala gana. Ella se la cogió, se dejó poner de pie y luego fingió no darse cuenta cuando él retiró la mano de inmediato.

Se limpió una mota invisible de polvo en la falda de la bata, todavía preocupada de cuidar su magullada dignidad.

—Tienes suerte de no haber tenido que pasar por encima de mi cadáver destripado de camino al desayuno por la mañana. Claro que, según tu amigo el marqués, no tendrías ninguna dificultad para encontrar otra esposa para reemplazarme.

—Ah, pero ¿dónde encontraría una tan infinitamente interesante?

Sterling parecía resuelto a mantener una barrera entre ellos, aunque ésta sólo fueran sus musculosos brazos cruzados sobre su pecho sin camisa. Recordando el sabor dulce salobre de su piel, Laura sintió reseca la boca. Bajó los ojos, y al instante deseó no haberlos bajado. Estaban desabrochados los dos primeros botones de sus pantalones, dejando a la vista un triángulo de piel un poco más blanca que la del pecho.

Al notar la dirección de su mirada, él se giró bruscamente a coger dos gruesas tajadas de carne de cerdo de su bandeja intacta. Le dio una a cada perro, rascándolos cariñosamente detrás de las orejas. Los perros volvieron a la oscura galería de retratos con sus premios, y Sterling cerró la puerta.

—¿Y qué les habrías dado si te hubieran traído una de mis costillas? ¿Una costilla de cordero?

Él apoyó la espalda en la puerta.

—Contrariamente a lo que hace creer su apariencia, no tienen ni un solo hueso cruel en sus cuerpos. Lo más probable es que te hubieran matado a lametones.

Aunque con esa provocativa insinuación le hizo vibrar las venas con el recuerdo de sus caricias, él no cambió en ningún momento su expresión hosca.

Para escapar de esa expresión, ella se giró a mirar la habitación. La suite del duque era aún más lujosa que la de ella. La inmensa cama era igual que la suya, pero las cortinas eran de terciopelo azul medianoche y estaban recogidas en los postes con cordones dorados. Aunque él tenía el pelo revuelto y los párpados soñolientos, las ropas de cama estaban intactas.

—Así que ésta es tu suite —musitó, paseando la mirada por el crepitante fuego del hogar, la repisa de mármol negro, el cielo raso en cúpula, revestido por cristales coloreados, las columnas independientes talladas en mármol jaspeado, el espejo de cuerpo entero con marco dorado situado cerca del pie de la cama.

—Ésta es la suite de mi tío —dijo él, en tono categórico—. Desde que murió, hace seis años, Diana ha vivido sola en Devonbrooke Hall. Yo estuve diez años fuera, en el ejército, y en las ocasiones que venía a Londres prefería alojarme en casa de Thane.

Ella se atrevió a sonreírle tímidamente.

—No estabas en la infantería, supongo.

—Era oficial —repuso él amablemente.

Ella alcanzó a reprimir el impulso de ponerse en posición firmes y tocarse la sien.

—A eso se debe entonces que estés tan acostumbrado a que todo el mundo corra a obedecer tus órdenes.

Él fue hasta una mesa y sirvió un chorro de algo color ámbar en una copa.

—Todos a excepción de ti, claro —dijo.

Ella comprendió que se había equivocado respecto al coñac. Ésa parecía ser su primera copa de la noche. Tal vez él sólo necesitaba fortalecerse cuando ella estaba directamente en su línea de visión.

Él pasó una pierna sobre una delicada silla Chippendale, sentándose a horcajadas y movió la copa en dirección a ella.

—¿Te importaría explicarme qué hacías vagando por esta vieja tumba mohosa a medianoche?

Laura se sentó en un diván frente a él. Los cojines estaban calientes, como si alguien hubiera estado durmiendo sobre ellos.

—Me perdí.

—Cuentas con mi más profunda compasión. —Bebió un sorbo—. Yo vivía perdiéndome en esta casa cuando era niño. En una ocasión acabé en el solarium a medianoche, combatiendo a muerte con una hiedra. A la mañana siguiente Diana me encontró acurrucado en el suelo, profundamente dormido, con la hiedra todavía enrollada en el cuello.

Aunque su tono no reveló ni el más mínimo asomo de autocompasión, la imagen oprimió el corazón a Laura.

—Si tu tío estuviera vivo, no habría encontrado jamás el valor para salir de mi habitación. —Se estremeció—. Los perros no me asustaron tanto como su retrato.

—En realidad es un retrato bastante halagador. Siempre he dicho que debió pagarle una cantidad extra al pintor para que no pintara los cuernos ni la cola y lo retratara con un bastón en lugar de su bielda.

—Colijo que no erais muy amigos.

—Ah, éramos tan amigos como pueden serlo dos seres humanos enzarzados en un combate mortal.

—Pero ya no está. Y tú sigues aquí. Eso te hace el vencedor.

Sterling hizo girar el coñac en la copa, con la mirada fija en la lejanía.

—A veces no estoy muy seguro de eso. —Agudizó la mirada, enfocándola en ella—. Pero no has contestado mi pregunta. ¿Cómo es que tu vagabundeo te trajo hasta aquí? ¿A mi habitación?

¿Qué debía decirle? ¿Que echaba de menos su hogar? ¿Que se sentía sola? ¿Que estaba furiosa con él por abandonarla en su noche de bodas?

Él ladeó la cabeza.

—Vamos, cariño. Casi veo a ese inteligente cerebrito tuyo tramando alguna encantadora ficción. ¿Por qué no pruebas a decir la verdad? Estoy seguro que con la práctica se te hará menos doloroso.

Ella se irguió y lo miró fijamente.

—Muy bien. Me cansé de esperar que fueras a mi cama así que decidí salir a buscar la tuya.

Afortunadamente él acababa de beber un trago de licor, por lo que ella tuvo la satisfacción de verlo atragantarse. Él dejó la copa en la alfombra y se frotó los ojos acuosos.

—Continúa. Encuentro muy interesante tu sinceridad.

—Bueno, es tradicional que el esposo visite a su esposa en su noche de bodas. Claro que comprendo que no soy totalmente justa. Dadas las circunstancias tan poco convencionales de nuestro... mmm... noviazgo, supongo que no tengo ningún derecho a esperar un matrimonio convencional.

—Ah, pues yo creo que lo encontrarás muy convencional. En especial si lo comparamos con los de los círculos sociales en los que nos moveremos.

Ella lo miró ceñuda.

—¿Qué quieres decir?

Él se encogió de hombros.

—La naturaleza misma del matrimonio entraña que tiene más éxito cuando se basa en la necesidad.

Laura se alegró; ya iban llegando a alguna parte. En ese momento no se le ocurría nada que necesitara más que sentir los brazos de él alrededor de ella.

Él cruzó esos brazos alrededor del respaldo de la silla.

—El caballero con título de nobleza cuyo derrochador padre ha disipado la fortuna familiar se casa con la hija de un mercader rico para engordar sus arcas. Una damita que tiene la pasión de jugar a las cartas se busca un caballero de posibles para poder continuar satisfaciendo esa pasión. Un hijo segundo o tercero corteja a una joven de cuna noble que venga equipada con una generosa dote.

La sonrisa de Laura se desvaneció.

—Pero ¿y el afecto? ¿El cariño? ¿El deseo? —preguntó, tragándose la palabra que más ansiaba decir.

Sterling movió la cabeza con expresión amable, casi compasiva.

—La mayoría de las damas y caballeros de mi círculo de conocidos prefieren buscar esos placeres fuera del matrimonio.

Laura se quedó en silencio un momento, después se levantó y fue a situarse delante del hogar. Contempló las hipnóticas llamas, sopesando con sumo cuidado sus palabras:

—O sea que te casaste conmigo simplemente porque necesitabas un heredero y yo estaba en posición de darte uno. Y ahora que ya has cumplido tu deber, sólo queda por ver si yo he cumplido el mío.

—Supongo que esa es una acertada manera de expresarlo.

Antes de empezar a girarse ella ya se estaba tirando del lazo del cinturón de la bata. Cuando se giró a mirarlo, la prenda se deslizó por sus hombros y cayó en pliegues sobre el caliente mármol del hogar.

Sterling se tensó; en sus ojos se reflejaban las llamas; Laura casi se vio reflejada en ellos. Casi vio la luz del fuego derritiendo su camisón transformándolo en un brillante velo que sólo servía para acentuar sus largas y esbeltas piernas, las puntas rosadas de sus pezones, la esquiva mancha más oscura de su entrepierna.

Avanzó hacia él. No tenía experiencia en representar a una tentadora, pero eso no era una representación. Iba muy en serio.

—Puesto que todavía falta por saber si ha tenido éxito tu trabajo, milord, hay quienes, incluso en tu círculo social, podrían acusarte de ser menos que diligente.

Al verla avanzar, Sterling se levantó, y su recelo fue la única barrera que quedó entre ellos.

—¿Qué pretendes hacer, Laura?

—Mi deber —susurró ella, poniéndole una mano alrededor del cuello para acercar sus labios a los de ella.

Por una seductora fracción de segundo se mezclaron sus alientos, hasta que Sterling emitió un ronco gemido. No quedó ninguna barrera entre ellos. Sólo estaba la lengua de él invadiendo la dulzura de su boca, sus brazos estrechándola fuertemente, su cuerpo amoldado a todas sus curvas y valles, como si se hubiera pasado la mayor parte de su vida memorizándolos. Cuando lo sintió frotar su miembro contra la blandura de su vientre, Laura comprendió por qué había puesto tanto cuidado en mantenerla a un brazo de distancia, por qué insistió en ponerla en una suite en el otro extremo del mundo. Su corazón podía no perdonarle jamás el engaño, pero su cuerpo estaba ansioso por ofrecerle el perdón.

Y cualquier otra cosa que ella estuviera dispuesta a aceptar.

Aunque era ella la que debería hacer penitencia, fue él quien se puso de rodillas a sus pies. Tuvo que echar la cabeza atrás al sentir el abrasador calor de su boca amoldada a su pezón sobre la seda del camisón. Él le lamió el sensible botón y luego sopló suavemente la seda pegada. Cuando pasó su exquisita atención al otro pecho, el placer vibrió como terciopelo líquido por sus terminaciones nerviosas, debilitándole las piernas. Pero él estaba ahí para cogerla, ahí para ahuecar sus fuertes manos en sus nalgas. Él bajó la boca, y la presionó sobre el oscuro triángulo de su entrepierna, en un beso tan chocante como irresistible. Su lengua la saboreó a través de la mojada tela y ella gritó su nombre con una voz que no reconoció como la suya.

Se cogió de sus hombros cuando él la levantó y la llevó a la cama. Ella esperaba que él cayera sobre ella, pero le metió las manos bajo el camisón y le arrastró las caderas hasta el borde mismo de la cama. Después levantó lentamente la seda, dejándola absolutamente al descubierto, absolutamente vulnerable. Pero en lugar se sentirse avergonzada o asustada, se sintió eufórica. Era su marido, y no había nada prohibido ni pecaminoso en las cosas que él deseaba hacerle. Ni en las cosas que ella deseaba que le hiciera.

No parecía un demonio sino un dios pagano allí de pie entre sus piernas a la luz del hogar, sus ojos adormilados brillantes de deseo. Y ella estaba muy bien dispuesta a ofrecerse en sacrificio en su altar de placer. Pero cuando él se arrodilló y puso esa hermosa boca suya en los suaves rizos de su entrepierna, no velados, comprendió, con un estremecimiento de puro placer, que ella era el altar y que era el placer de ella lo que él buscaba. Y que sabía exactamente dónde encontrarlo.

Se arqueó, separándose de la cama, cuando las ardientes lamidas la elevaron más y más. Él podía ser un demonio, pero su experta boca la estaba haciendo saborear el cielo. Se retorció, gimiendo y tirándole el pelo cuando un movimiento particularmente diabólico de su lengua la llevó volando al paraíso. En lugar de intentar apagar su grito, él lo hizo continuar y continuar introduciendo dos de sus largos y aristocráticos dedos hasta lo más profundo de ella.

Cuando él se incorporó, Laura sólo pudo contemplarlo maravillada, fláccida y saciada, pero todavía jadeante de deseo. Los sorprendió a los dos siendo la primera en llegar a los botones del pantalón aún no desabotonados. Libre, el móvil miembro saltó de su dorado nido de rizos, asombrándola nuevamente.

—Sé que anoche estaba oscura mi habitación, pero… ¿quieres decir que…? —Movió la cabeza, mirándolo incrédula—. Seguro que yo no podría haber… No pude haber…

—Pues sí. Y con mucha habilidad podría añadir. —Se estremeció, haciendo una inspiración entrecortada con los dientes apretados porque ella pasó los dedos a todo lo largo—. Pero si no me crees, supongo que hay una sola manera de demostrártelo.

Y se lo demostró, ahuecando las manos en sus nalgas y levantándoselas para que los dos pudieran ver desaparecer dentro de ella hasta la última pulgada de su miembro. Laura ahogó una exclamación cuando la llenó hasta el fondo; todavía tenía un poco delicada esa parte por la experiencia de la noche anterior, y eso la hizo exquisitamente sensible a todo el movimiento. Ya empezaba a estremecérsele el corazón al ritmo de la vibración primitiva que latía en el lugar donde se unían sus cuerpos. La modestia exigía que cerrara los ojos, pero no pudo apartar la mirada de su hermosa cara, tensa de avidez y dorada por una leve capa de sudor.

El potente cuerpo de él temblaba de necesidad, pero se controló, mirándola intensamente a los ojos.

—¿Quién soy?

—Mi marido —susurró ella, indecisa, levantando una mano para acariciarle el pecho.

Él salió totalmente de ella y volvió a penetrarla, tan profundo que ella comprendió que él sería siempre una parte de ella.

—¿Quién soy, Laura? ¿A quién te estás entregando? ¿Quién te está poseyendo?

En su cara había una fiera urgencia, como si todo lo que era y todo lo que sería dependiera de su respuesta.

—Sterling —sollozó ella, llamándolo por su nombre de pila por primera vez desde que se conocían. Giró la cara hacia un lado, las lágrimas corriéndole por las mejillas—. Oh, Sterling…

Enterró las uñas en la colcha de satén cuando él empezó a embestir fuerte y profundo, salvaje y tierno, llevándola hacia un lugar donde sólo él podía llevarla. Cuando llegó allí, estaban los dos medio locos de placer. Cuando la arrastró una vibrante marejada de éxtasis, arrasando con todo a su paso, Sterling se tensó y echó atrás la cabeza con un rugido, derramando su néctar en lo profundo del cáliz de su vientre.

Sterling estaba de costado con la cabeza apoyada en una mano, mirando dormir a su esposa y pensando cómo era posible que una mujer pudiera verse tan inocente y lasciva al mismo tiempo. Estaba despatarrada boca abajo sobre las sábanas arrugadas, con la mejilla apoyada en la almohada y las manos cerradas flojamente a cada lado de la cabeza. Él la había tapado con la colcha para protegerla del frío, pero el resbaladizo satén se había deslizado hacia abajo dejándole al descubierto la graciosa curva de la espalda y una redondeada nalga blanca cremosa.

No podía culparla por haber sucumbido al agotamiento. Había dormido muy poco esas dos noches pasadas. Él se había encargado de eso.

Movió la cabeza, todavía maravillado de que ella hubiera tenido la osadía de salir a buscarlo. Fuera de la cama podía ser una astuta mentirosilla, pero dentro estaba absolutamente desprovista de todo artificio. Y a diferencia de muchas de las mujeres más experimentadas que conocía, no hacía ningún secreto del hecho de que su pasión era sólo para él.

Quién demonios fuera él.

Se bajó de la cama y se puso los pantalones. Sirvió un generoso chorro de coñac en una copa, pero ni siquiera su ardor logró quemar del todo el sabor de ella en su boca.

Desde el momento en que puso los pies en esa casa, hacía veintiún años, Sterling Harlow había sabido exactamente quién era y lo que se esperaba de él. Hasta que entró en su vida Laura Fairleigh con un montón de mentiras y medias verdades, destrozando todas las ilusiones que se hacía de sí mismo. En esos momentos se sentía más un desconocido en su piel que lo que se sintiera en Arden Manor como un hombre sin memoria.

Cuando se enteró del engaño de Laura creyó que podría sencillamente volver a ser el hombre que era antes de que ella derribara el helado muro de indiferencia que rodeaba su corazón. Pero ese hombre no habría sido jamás tan tonto para dejarla volver a sus brazos, ni a su cama.

Tampoco la habría obligado a quedarse a su lado simplemente porque no soportaba la idea de dejarla marchar. Tal vez Diana tenía razón, tal vez no fue la conveniencia lo que lo impulsó a proponerle matrimonio sino un retorcido deseo de venganza. Pero eso no explicaba la amorosa ternura de su caricia cuando se inclinó a quitarle un mechón de la mejilla.

No deseaba otra cosa que meter la mano bajo la colcha y acariciarla hasta hacerla ronronear de placer otra vez. Pero, controlándose, la cogió en sus brazos, con colcha y todo y echó a andar hacia la puerta.

—Mmm —murmuró ella, rodeándole confiadamente el cuello con los brazos, sin molestarse en abrir los ojos—. ¿Adónde me llevas?

—A la cama —susurró él, metiendo la boca entre sus suaves cabellos olor a lavanda.

Al parecer ella no encontró nada que alegar a eso, porque se limitó a acurrucarse más en sus brazos, y apoyó la mejilla en su pecho.

• • •

Laura despertó igual como despertara la mañana anterior, sola en su cama sin la más mínima prenda de ropa encima.

Se sentó, sujetándose la sábana sobre los pechos y pensando si no se habría vuelto loca. Arrastrándose de rodillas hasta el borde de la cama, asomó la cabeza por entre las cortinas. Aunque unos pocos rayos de sol desafiaban valientemente la imponente grandiosidad de las ventanas con parteluz, la suite de la duquesa no estaba ni un ápice más acogedora que durante la tormenta de lluvia.

Se sentó sobre los talones, dudando de su cordura. ¿Su encuentro nocturno con su marido sólo había sido un largo y delicioso sueño? Cerró los ojos y al instante vio una imagen de ella y Sterling arrodillados sobre un nido de satén azul medianoche delante de un espejo dorado de cuerpo entero. Él la tenía envuelta en sus brazos desde atrás, instándola a mirarse en el espejo, para que viera lo hermosa que era. Cogiéndole suavemente un pecho, bajó la otra mano por el blanco plano de su vientre, y ella vio entrar en ella sus largos y elegantes dedos, hipnotizada por el contraste entre la fuerza exploradora de él y la complaciente blandura de ella.

No era ella la hermosa. Los dos juntos sí eran hermosos.

Después, cuando él le besó tiernamente la garganta y la penetró desde atrás…

Ahogando una exclamación, abrió los ojos. Su imaginación siempre había sido fructífera, pero no tanto como para «imaginarse» eso.

Se apartó la sábana y se miró. Aparte de la notoria ausencia de su camisón, había otras señales más sutiles de la posesión de Sterling: la deliciosa languidez de sus músculos, los pezones rosados y sensibles, una tenue marca de roce de barba en el interior del muslo.

Exhaló un suspiro cuando desfilaron otras imágenes por su mente, cada cual más erótica que la anterior. Después de esa noche nadie podría acusar al duque de Devonbrooke de no ser diligente en sus deberes. Si no estaba ya embarazada de su heredero, no sería por falta de empeño por parte de él. Ni por parte de ella, pensó, sintiendo arder las mejillas al recordar su osadía.

Tal vez debería agradecer el no haber despertado en los brazos de Sterling. Igual se habría puesto a tartamudear, toda ruborizada, soltando todo tipo de confesiones indecorosas. Así, antes de verlo tendría la oportunidad de vestirse con la dignidad conveniente a una duquesa.

Envolviéndose en la sábana, bajó de la cama, pero se le vino al suelo la majestuosidad al enredársele un pie en la cortina. Estaba saltando en el otro tratando de liberarse, cuando sonó un golpe en la puerta.

Antes que pudiera volver a meterse en la cama, la puerta se abrió y entró una criada con paso enérgico.

—Buenos días, excelencia. Lady Diana me envía a informarla de que llegaron sus baúles de Arden Manor.

La criada se quedó inmóvil al verla. Laura tuvo que reconocerle el mérito: ni siquiera pestañó al verla desnuda, sobre un solo pie, y ataviada con una arrugada sábana.

—Y justo a tiempo, ya veo —añadió la criada.

Después de varias orientaciones contradictorias ofrecidas por bien intencionadas camareras, tres virajes equivocados y veinte minutos vagando por un laberinto de salas conectadas, Laura encontró por fin el comedor. Su marido estaba sentado a la cabecera de una mesa de por lo menos treinta palmos de largo, firmemente atrincherado detrás del *Morning Post*. Diana estaba sentada más o menos a la mitad de la mesa, bebiendo té en una delicada taza de porcelana Wedgwood. El único otro lugar dispuesto para desayunar estaba en la otra cabecera de la mesa. Estaba considerando seriamente la posibilidad de hacer caso omiso del protocolo y sentarse cerca de Sterling, cuando se materializó un sublacayo, como salido de la nada, y le retiró la silla.

Se sentó, agradeciéndole con una leve sonrisa. Mientras él iba al aparador a servirle un plato, miró la reluciente extensión de caoba, sintiéndose invisible.

—Buenos días —dijo en voz alta, resistiendo a duras penas el deseo de hacerse bocina con las manos y gritar «¡Hooola!», como habría hecho George sin lugar a dudas.

Diana musitó algo evasivo. Sterling dio vuelta a la página, sin levantar la vista.

—Buenos días, Laura. Espero que hayas descansado bien.

Así que así iba a ser, ¿eh? Sonrió dulcemente.

—Uy, sí, muy bien. Por cierto, no logro recordar la última vez que dormí tan bien, un sueño profundo y maravillosamente satisfactorio.

Su plato se soltó de las manos enguantadas del lacayo y aterrizó delante de ella con un tintineo. Diana se atragantó con el té y se tocó la boca con su servilleta.

Mientras el criado se retiraba a toda prisa, Sterling bajó lentamente el diario, y le dirigió una mirada que tendría que haber derretido las preciosas rosetas de mantequilla de su plato. Después dobló el diario en un cuadrado perfecto, se lo metió bajo el brazo y se levantó:

—Estoy encantado de que hayas encontrado de tu gusto tus habitaciones. Ahora, señoras, si tenéis la amabilidad de disculparme…

—¿Vas a Hyde Park a cabalgar con Thane? —le preguntó Diana, toda su atención concentrada en extender mermelada en una tostada.

Sterling negó con la cabeza.

—Tengo pensado pasar el día en el estudio, revisando nuestras propiedades y cuentas. Ya he eludido mis responsabilidades demasiado tiempo. —Dio una palmadita a Diana en el hombro—. Ahora que he vuelto para quedarme, no habrá ninguna necesidad de que sigas molestándote con esos pesados libros y aburridas columnas de números. ¿Por qué no llevas a Laura a comprarse un guardarropas adecuado?

Laura observó que aunque Diana le ofreció la mejilla para que él le diera un obediente beso rápido, no parecía más feliz que ella por su indiferencia.

Esperó hasta que él ya casi estaba en la puerta para preguntarle:

—¿No tienes un beso para tu esposa, cariño?

Él giró sobre sus talones, con la boca fruncida. Cuando se inclinó a besarle la mejilla, ella ladeó la cara para que el beso cayera en la comisura de su boca.

Oyó su brusca inspiración, vio bajar sus pestañas castañas para ocultar el brillo de sus ojos. Pero cuando se enderezó, su actitud era tan formal como siempre.

—Buenos días, milady.

Después que él salió, Diana bajó su taza.

—No le gusta que jueguen con él, ¿sabe? Está jugando un juego peligroso.

Laura hincó el diente en una tajada de pastel de ciruelas caliente, sorprendida al descubrir que de pronto tenía un hambre canina.

—Eso lo sé muy bien —repuso—. Pero espero que sus recompensas superen con mucho sus riesgos.

Capítulo 22

Espero que la mimes tanto
como ojalá pudiera haberte mimado yo.

*E*l Diablo de Devonbrooke había tomado esposa. Pasado el mediodía, cuando Diana y Laura iniciaron el recorrido de las tiendas de Oxford Street y Bond Street, ya todo Londres comentaba la noticia. Era difícil saber quiénes estaban más afligidas, si las beldades enamoradas o las ambiciosas madres que habían esperado cazar a uno de los solteros más ricos y apetecidos de la alta sociedad para sus hijitas.

Cuando Diana hizo entrar a Laura en una prestigiosa tienda de telas, a rebosar de deslumbrantes rollos de sedas y muselinas, y atiborrada de clientas a la espera de hacer sus pedidos, la algarabía dio paso a un pronunciado murmullo. Laura recibió varias miradas directas, algunas francamente hostiles.

Una de las dependientas se precipitó a atenderlas y empezó a gesticular y cloquear horrorizada por el vestido de muselina amarillo claro que a Laura le pareció perfectamente normal cuando se lo puso esa mañana. Antes que ella lograra explicar que no hablaba italiano, la diminuta mujer de pelo moreno ya la había metido en un cubículo con cortina para zarandearla, medirla y pincharla con una rudeza que Cookie habría encontrado admirable.

Después de soportar varios minutos la indignidad de que dos desconocidas discutieran los dudosos méritos de sus pechos en italiano, las dependientas la dejaron sola para ir a buscar otro paquete de alfileres con los cuales seguirla torturando. Estaba en enaguas encima de un taburete bajo tiritando cuando llegó a sus oídos la conversación entre dos mujeres fuera de la cortina. Por desgracia, estas hablaban en inglés.

La primera voz era suave, aunque rebosante de veneno.

—¿Puedes creer que se haya casado con una muchacha campesina sin un céntimo, sin dote ni título? Dicen incluso que es...

Laura se inclinó para acercarse más a la cortina, aguzando los oídos para oír el susurro de la mujer.

—¡No! —exclamó la otra mujer—. ¿En serio? ¿La hija de un párroco? —Su risa no podría haber sido más incrédula si Sterling se hubiera casado con una criada para la limpieza—. ¿Hay alguna posibilidad de que haya sido un matrimonio por amor?

La primera mujer sorbió por la nariz.

—Ninguna en absoluto. Supe que los sorprendieron en una situación comprometedora y lo obligaron a casarse en contra de su voluntad.

Laura cerró los ojos; las palabras de la mujer la hirieron en lo más vivo.

—Por lo que he oído, él no es el tipo de hombre al que se pueda obligar a hacer algo que no quiere hacer.

—Eso podría ser en muchas circunstancias, pero cuando está en juego el honor de un hombre, hace lo que sea para defenderlo, incluso casarse con una inferior.

—Tal vez lo único que necesita la muchacha es que la pulan un poco.

—Puede pulirla todo lo que quiera, pero de todos modos acabará con un trozo de carbón, no con un diamante de primera calidad. —La voz de la mujer cambió a un ronroneo gutural—: Jamás podrá satisfacerlo. ¿Has olvidado que sé de primera mano lo exigente que sabe ser en la cama? Muy pronto se cansará de esa tonta plebeya, si es que no se ha cansado ya. Y entonces yo estaré allí. Ella puede haber ganado su apellido, pero jamás ganará su corazón.

La indignada Laura estaba a punto de abalanzarse fuera para demostrarle a esa mentirosa zorra lo plebeya que podía ser cuando se oyó un repentino frufrú de faldas en el cubículo contiguo.

—Vamos, lady Diana —canturreó la mujer que planeaba llevarse a la cama a su marido—. No sabía que frecuentaba esta tienda. Qué placer verla por fin. Su primo y yo somos muy buenos amigos.

—¿Ah, sí?

Laura no tuvo que imaginarse la mirada glacial de Diana a las dos mujeres. La temperatura había bajado con tanta prisa en su cubículo que medio esperaba verse el aliento.

—Nunca me ha hablado de usted —continuó Diana—. Aunque sí creo recordar haberlo oído hablar con mucho aprecio de su marido. ¿Y cómo está lord Hewitt? En todo su vigor, espero.

—Mi Bertram ha estado pasando gran parte del tiempo en nuestra casa de campo —repuso la mujer en tono tan glacial como el de Diana, desaparecida la adulación.

—No puedo decir que no lo comprenda. —Ante la horrorizada exclamación de la amiga de la mujer, se apresuró a añadir—: El calor del verano, ya se sabe. Ahora, si tienen la amabilidad de disculparme, tengo que continuar la búsqueda de la esposa de mi primo. Me envió a ayudarla a elegir un ajuar apropiado. El pobrecillo está tremendamente avergonzado de haber insistido en casarse con tanta prisa, pero no podía soportar la idea de estar separado de ella ni un solo día más. La adora, ¿saben?, y está resuelto a que no le falte nada mientras él esté con ella para mimarla.

Unas inesperadas lágrimas de gratitud y anhelo le hicieron arder los párpados a Laura. En otro tiempo, en otra vida, las palabras de Diana podrían haber sido ciertas.

Cuando poco después salió de su cubículo, encontró a su inverosímil defensora sentada rígidamente en una silla de espaldo recto hojeando las láminas de última moda en *La Belle Assemblé* con ojos hastiados.

—Oí lo que les dijo a esas mujeres —le dijo en voz baja—. Debo darle las gracias.

Diana cerró la revista y se levantó, su puntiaguda barbilla en un ángulo desafiador.

—No lo hice por usted, sino por mí. Las bellezas como Elizabeth Hewitt llevan años mirándome desdeñosas porque no tuve la desgracia de casarme con un viejo borrachín gotoso al que le importa menos su mujer que sus spaniels ganadores de premios.

—Si se refiere a lord Hewitt, probablemente sus spaniels son más leales que su mujer.

Diana no le sonrió exactamente, pero en sus ojos brilló una chispa de sonrisa.

—Supongo que tiene razón. No es difícil comprender que el hombre prefiera a las perras de la variedad cuadrípeda.

El resto de la tarde pasó en un mareante torbellino para Laura. Mientras pasaban de una sombrerería a una perfumería y a la tienda de un zapatero por la ancha acera de losas de Oxford Street, no podía dejar de pensar en lo mucho que habría disfrutado Lottie de esa expedición. Aunque Diana no manifestaba el menor interés en comprarse ni siquiera una chuchería, insistía en que ella debía proveerse de lo más fino y elegante de todo: un surtido de papalinas adornadas con frutas, plumas y flores; abanicos pintados a mano; frascos de perfume de cristal tallado; guantes de cabritilla y medias de seda; chales de casimir; quitasoles con volantes; jabones perfumados; zapatos color pastel y no uno sino dos pares de elegantes botines de ante; peinetas y diademas de filigrana de plata; cintillos con incrustaciones de perla; incluso un par de escandalosos calzones largos que la dueña de una sedería le aseguró que estaban haciendo furor en los salones de Londres. Todas las compras deberían enviarlas a Devonbrooke Hall cuanto antes pudiera la tendera o el tendero.

Cuando salieron de una encantadora tiendecita que no vendía otra cosa que encajes y blondas, a Laura ya le dolía su pobre cabeza por el esfuerzo de llevar la cuenta de todas sus compras. Si sus cálculos eran correctos, habían gastado más en un día de lo que Arden Manor ganaría en un año.

Mientras iban caminando hacia el coche de ciudad que las esperaba, las dos provistas de bolsitas con pistachos calientes que habían comprado a un vendedor callejero, de la ya casi oscuridad salió un farolero y empezó a encender las lámparas de la calle. La suave luz se derramó sobre los escaparates de las tiendas, haciendo más tentadores aún los artículos que exhibían.

Entonces, al pasar junto al muy decorado escaparate de una juguetería, Laura se detuvo dejando escapar un gritito.

En el escaparate había una muñeca de porcelana ataviada con volantes y encajes, sus regordetas mejillas pintadas de rosa. Desde el moño alto de rizos a la nariz respingona y a los diminutos zapatitos de cabritilla, la muñeca era la imagen misma de Lottie.

Diana miró por el cristal.

—¿Qué pasa?

—Estaba pensando en lo mucho que le gustaría esa muñeca a mi hermanita —contestó Laura, poniendo el dedo en el cristal sin darse cuenta.

—Pues, cómpresela —dijo Diana encogiéndose de hombros.

Laura volvió a meter la mano en su nuevo manguillo de plumas de cisne.

—De ninguna manera podría abusar de la generosidad del duque más de lo que ya he abusado. Ha sido demasiado pródigo.

Diana la miró con expresión extraña.

—Sterling no tiene ni un solo hueso tacaño en el cuerpo. Puede que le niegue su perdón, pero jamás le negará su dinero. Si no puede tener lo uno, podría muy bien aprovechar lo otro. —Puso la mano en el cristal del escaparate con una expresión curiosamente triste—. Esa fue una de las pocas lecciones que aprendí con mi padre.

Cuando Laura salió de la juguetería casi una hora después, tenía los brazos cargados de regalos para sus hermanos, incluidos una comba para Lottie y tres relucientes barajas nuevas para George. No quiso dejar sus cosas para que las llevaran a la casa; no deseaba confiar sus tesoros a manos que no fueran las de ella. Diana la esperó pacientemente cuando entró en una tienda para caballeros a comprar un par de guantes de piel para calentar las doloridas manos de Dower en las noches de invierno. Ya había decidido enviarle a Cookie una de las papalinas con plumas de avestruz que había elegido para ella.

Cuando se acercaban al coche, Diana se detuvo tan repentinamente que Laura casi se enterró en su espalda. Mientras uno de los lacayos saltaba de su asiento para rescatar sus paquetes, Laura miró por encima del hombro de Diana y vio al marqués de Gillingham apoyado en un poste de luz, con el sombrero de copa en una mano y su brillante bastón metido bajo el brazo.

Al verlas él se enderezó y les hizo una elegante reverencia.

—Excelencia, lady Diana. Vi el coche al salir del taller de mi sastre y se me ocurrió quedarme aquí para desearles las buenas noches.

—Muy buenas noches, milord —respondió Diana, pasando junto a él y aceptando la mano del lacayo para subir al coche—. Ahora que mi primo ha regresado sano y salvo de su aventurita, supongo que no volveremos a vernos mucho.

—Por el contrario —repuso Thane con voz arrastrada, haciendo a un lado al lacayo para ayudar él a Laura a subir al coche—. Habiendo el duque tomado residencia en Devonbrooke Hall otra vez, tengo la intención de ir a molestar con frecuencia.

—Eso no debería resultarte demasiado difícil —dijo Diana mirando al frente mientras el lacayo cerraba la portezuela—. Seguro que mi primo estará encantado de recibirte.

Thane contempló su perfil, frotando el ala de su sombrero entre el índice y el pulgar.

—¿Y tú, Diana? —preguntó en voz baja—. ¿Estarías encantada de recibirme?

Antes que ella pudiera contestarle, el coche se puso en marcha.

—Qué hombre más insoportable —masculló Diana, sacándose violentamente los guantes y poniéndolos en la falda con un golpe.

Intrigada tanto por las manchas de color en las mejillas de Diana como por su rara explosión de pasión, Laura se asomó a la ventanilla y vio que Thane continuaba mirándolas, sombrero en mano.

Cuando llegaron a Devonbrooke Hall, Addison estaba en el vestíbulo esperándolas.

—Su excelencia desea verla en el estudio —informó a Laura, entregándole su capa y manguito a un lacayo.

A Laura le dio un vuelco el corazón. Tal vez Sterling estaba por fin dispuesto a dejar de fingir que no había pasado nada la noche anterior, dispuesto a reconocer que era imposible que un hombre poseyera tan totalmente a una mujer sin darle nada de sí mismo a cambio. Se arregló el pelo y echó a andar por el corredor más cercano, esperando que no se notara su patética impaciencia.

Addison se aclaró educadamente la garganta.

—Por ahí, excelencia —le dijo, apuntando en la dirección contraria—. Séptima puerta a la izquierda, justo pasada la fuente de mármol.

Ella giró sobre sus talones, agradeciéndole con una ancha sonrisa.

Entró silenciosamente en el estudio. Sterling estaba sentado detrás de un gigantesco escritorio de caoba, rodeado por varios rimeros de libros y papeles. Sintió alivio al no ver a los perros por ninguna parte. Pese a que él le dijera que eran unos gigantes amables, ella seguía sospechando que albergaban el secreto deseo de arrancarle un pie para enterrarlo en el solarium.

Sterling había tirado su chaqueta sobre un taburete cercano, de modo que sólo tenía puesto un chaleco arrugado sobre la camisa arremangada. Laura aprovechó para observarle la cara iluminada por la lámpara, en ese momento que estaba con la guardia baja, pensando qué poco lo conocía en realidad. No era un ser de su invención, sino un hombre complicado modelado por influencias crueles y bondadosas. Ay, cómo deseaba conseguir desearlo menos, no más.

Aunque habría jurado que no hizo el menor sonido, de pronto él levantó la vista y la pilló observándolo. Inmediatamente se puso la máscara agradable que ella había llegado a odiar.

—¿Así que has vuelto de tu expedición de compras? ¿Encontraste todo lo que necesitabas, espero?

—No todo —dijo ella enigmáticamente, avanzando hasta sentarse en el sillón de orejas de cuero, delante del escritorio.

—Bueno, tal vez esto mitigue tu decepción. —Inclinándose sobre el escritorio le tendió un papel vitela doblado—. Feliz cumpleaños.

Laura lo miró pestañeando, absolutamente sorprendida.

—¿No habrás pensado que lo olvidaría, verdad?

—Para ser sincera, soy yo la que lo olvidó. Ciertamente no esperaba que tú lo recordaras —bajó tímidamente los ojos—, ni que me hicieras un regalo.

—Vamos, ábrelo —dijo él haciendo un gesto hacia el papel.

Ella desplegó lentamente el documento de aspecto oficial y pasó la vista por la elegante letra, sin saber muy bien qué estaba mirando.

—Es la escritura de propiedad de Arden Manor —le explicó Sterling—. La encontré ayer por la mañana en el estudio de mi padre cuando estaba echándole una mirada a sus papeles. Hoy hice venir a un abogado mientras tú no estabas y puse a tu nombre la casa y las tierras. Nunca tendrás que volver a preocuparte de que George y Lottie no tengan un techo sobre sus cabezas. Nadie puede quitártelo, ni siquiera mis herederos.

Sus herederos. Laura continuó mirando el papel, sin verlo; no podía levantar la vista hacia él mientras hubiera peligro de que la viera llorar.

—Pensé que te alegrarías —dijo él amablemente—. ¿Tal vez habrías preferido un par de pendientes de esmeraldas? ¿O un collar de diamantes?

Ella enterró las uñas en el papel.

—No, gracias, milord. Ya has sido demasiado generoso.

—Tonterías —dijo él, encogiéndose de hombros—. Hay quienes podrían decir que te lo has ganado.

Ella levantó bruscamente la cabeza y lo miró incrédula; por su mente pasaron las imágenes de las dos noches pasadas en sus brazos; en su cama.

—Con tu ingeniosidad, claro está —añadió él, diciéndole con el destello de sus ojos que sabía exactamente qué estaba pensando—. Corriste un tremendo riesgo por una casa vieja y ruinosa.

—Una casa vieja y ruinosa que deseabas reclamar para ti. ¿O has olvidado qué te llevó a Arden Manor? Ciertamente no fue presentarle tus últimos respetos a tu madre.

Sterling se reclinó en el sillón, mostrando cierta dificultad para mantener su máscara de amabilidad.

—Mi madre no es asunto tuyo.

Laura se levantó, arrugando la escritura en el puño.

—Por lo visto tampoco era asunto tuyo. Si lo hubiera sido no la habrías dejado morir sin tu perdón. Pero puesto que parece que voy a sufrir su mismo destino, supongo que es adecuado que herede su casa también. Aunque tenga que pasar el resto de mi vida «ganándomela». —Se dirigió a la puerta y allí se giró a mirarlo—. Ah, hoy me tropecé con una de tus queridas amigas, una tal lady Hewitt. Dejó muy claro que estaría encantada de recibirte de vuelta en su cama cuando te aburrieras conmigo.

Aunque necesitó de toda la fuerza de su delgado cuerpo, consiguió dar un portazo lo bastante fuerte para hacer temblar los candeleros que había a cada lado de la puerta.

—No hay muchas posibilidades de eso, ¿verdad? —musitó Sterling, moviendo pesaroso la cabeza, escuchando alejarse sus furiosos pasos.

Laura estaba echada de espaldas en su cama, mirando fijamente el cielo del dosel. La noche anterior había estado enfadada; esa noche estaba lívida de furia. Su marido podía hacerse el noble benévolo todo lo que quisiera, pero ella había reconocido su regalo por lo que era: otro reproche más. Un burlón recordatorio de que ningún mohoso montón de ladrillos podría compensarle lo que sus mentiras le habían costado a los dos.

En algún lugar de las profundidades de la casa un reloj dio las doce de la noche, anunciando el final de su cumpleaños. El reloj podía sonar trece veces, pero ella no iría a su habitación. Y no es que no fuera capaz de encontrar el ala oeste otra vez. Supuso que él se sentiría muy aliviado si se cayera por un tramo de la escalera y se rompiera el cuello. Se lo imaginó junto a su tumba, su hermosa cara surcada por falsa aflicción mientras aceptaba los compasivos murmullos de lady Hewitt.

Era posible incluso que no esperara a su muerte prematura. ¿Y si en ese momento iba al ala este y encontraba su cama fría y desocupada? Tal vez ya había ido a encontrarse con su ex amante. Tal vez ya habían pasado la noche juntos bebiendo champán y riéndose de su mala suerte de haber caído en la trampa de una hija de párroco sin un céntimo que de ninguna manera sería capaz de satisfacer sus exigencias en la cama. Tal vez en ese mismo momento él estaba enredado en las sábanas de seda de esa mujer haciéndole a su voluptuoso cuerpo todas esas dulces y escandalosas cosas que le había hecho a ella la noche anterior.

Gimiendo, se tapó la cabeza con la colcha para borrar la imagen.

Y así fue exactamente como la encontró Sterling cuando apartó las cortinas y se sentó en la cama a su lado.

Capítulo 23

… y que ella demuestre
ser digna de tu amor.

*L*aura se sentó y agitó la cabeza para quitarse el pelo de los ojos.

—¿Qué haces aquí?

Sterling colocó su candelabro de peltre sobre una pequeña repisa que sobresalía de la cabecera de la cama, creando un acogedor nido de luz.

—No quería que se me acusara de descuidar mis deberes de marido. Dudo que mi reputación pudiera soportar ese golpe.

Ella pareció reflexionar sobre sus palabras un minuto; después se tendió de espaldas.

—Si tu único objetivo es engendrar un heredero en mí, entonces podrías saltarte los detallitos y adelante.

—¿Los detallitos? —repitió él, fascinado por ese nuevo capricho.

—Bueno, ya sabes, los besos… las caricias. —Le hizo un gesto desdeñoso con la mano—. Todas esas tontas molestias.

—¿O sea que no quieres que te bese?

—No le veo el sentido, ¿tú lo ves?

Sterling mantuvo la expresión intencionadamente inocente.

—¿En ninguna parte?

Estaba lo suficientemente cerca para ver el movimiento convulsivo de su garganta y oír su respiración ligeramente entrecortada.

Ella echó atrás la ropa de cama y fijó la vista en el cielo del dosel.

—Simplemente me tapas cuando hayas acabado. El aire está bastante frío.

Ciertamente lo estaba; pero eso no tenía nada que ver con las omnipresentes corrientes de aire de la cavernosa casa y todo que ver con la hosca expresión y la postura rígida de su mujer. Tenía el aspecto de estar esperando que el boticario le arrancara una muela infectada. Sterling tuvo que morderse el interior de las mejillas para no sonreír.

—Tendré que levantarte el camisón —le advirtió—. Eso no será demasiada molestia, ¿verdad?

Ella exhaló un largo y sufrido suspiro y giró la cara hacia el otro lado.

—Supongo que no hay forma de saltarse eso.

Cerró los ojos cuando él deslizó sus cálidas manos por sus largas y sedosas piernas subiéndole el camisón hasta más arriba de las caderas. Él retuvo el aliento. A la luz de la vela ella parecía un ángel: toda sedosos rizos oscuros y piel blanca pecosa.

—Y tal vez nos facilitará a los dos las cosas si te toco... aquí.

Ella entreabrió los labios en una exclamación muda. Sterling tuvo que tragarse un gemido. Aunque no había hecho nada para merecer esa bendición, ella estaba tan preparada para él como él para ella. Se quitó la bata de satén, agradeciendo el no haberse molestado en ponerse los pantalones antes de emprender el largo camino hacia su habitación.

—Si es demasiada molestia para ti rodearme con tus brazos, tal vez sea mejor que yo te coja las manos así.

Suavemente entrelazó los dedos con los de ella, levantándole las manos hasta dejarlas reposando a cada lado de la cabeza, donde quedaron palma con palma.

Ella le apretó las manos cuando él se puso encima y la penetró en un solo y suave movimiento. Sterling tuvo que cerrar los ojos para controlar una salvaje oleada de sensación. Jamás había soñado que alguna mujer pudiera ser tan dulcemente sedosa, tan ardiente, tan estrecha. Cuando empezó a moverse dentro de ella, ella lo envolvió como si hubiera sido hecha para él, sólo para él.

Cuando abrió los ojos, ella lo estaba mirando por entre las pestañas, sus labios entreabiertos y sus luminosos ojos empañados de deseo.

—¿Estás segura de que no quieres que te bese? —le susurró con la voz espesa de pasión.

Ella sacó la lengua para mojarse los labios.

—Bueno, tal vez una vez...

Él la besó una sola vez, un solo beso que continuó y continuó, su ritmo profundo y primitivo siguiendo el ritmo hipnótico de sus caderas y de cada atronador latido de su corazón. No deseaba que acabara jamás, ni el acto de amor ni el beso. Pero su cuerpo no podía diferir el final eternamente. Resuelto a demostrarle a Laura lo que era capaz de conseguir sin los «detallitos», posicionó las caderas de modo que cada embite lo pusiera en contacto con esa perla anidada en el punto capital entre su vello.

La sintió llegar al éxtasis del orgasmo y comprendió que no tenía más remedio que seguirla. Cuando se desplomó sobre ella, tratando de recuperar el aliento, lo último que esperaba era oír su resuelta vocecita en el oído.

—Has hecho lo que viniste a hacer. Ahora puedes irte.

Levantó lentamente la cabeza.

Laura estaba mirando fijamente hacia un punto encima de su hombro derecho, tratando de fingir que su delicioso cuerpo no seguía estremeciéndose en reacción al trascendental placer que acababan de experimentar juntos.

—¿Se me despide?

—No, se te disculpa. Trabajo bien hecho y todas esas bobadas.

Una parte de él no deseaba otra cosa que cogerla en sus brazos y tenerla abrazada hasta que empezara a entrar la luz de la aurora en la habitación. Pero había renunciado a ese derecho cuando le esbozó las condiciones de su matrimonio en términos tan fríos. Maldiciendo en silencio su falta de previsión, le bajó suavemente el camisón, la cubrió con la colcha, metiéndosela por los lados, y luego se puso su bata y cogió el candelabro.

Se bajó de la cama, contó hasta diez y asomó la cabeza por entre las cortinas. Laura estaba de espaldas, con los ojos cerrados y los brazos levantados. Su expresión hosca se había transformado en una de éxtasis, incrédulo, maravillado.

Sterling se aclaró la garganta. Ella se sentó tan rápido que se golpeó la cabeza en la cabecera. Frotándose la cabeza, lo miró por en medio de un mechón de pelo.

—Creí que te habías marchado.

Él se apoyó en el poste de la cama.

—He estado pensando que tal vez no deberíamos apresurarnos tanto en saltarnos los detallitos. Pensándolo bien, son bastante... agradables.

Ella jugueteó con la cinta del cuello del camisón.

—Bueno, si crees que te hará menos fastidiosa la tarea...

—Ah, creo que a los dos nos hará menos fastidiosa la tarea. ¿Te lo demuestro?

Ella agrandó los ojos cuando él volvió a quitarse la bata y volvió a meterse en su cama.

Sterling Harlow podía tener la cara de un ángel, pero por la noche era un demonio que le robaba el alma a Laura, despreciándole el corazón. Aunque le había dicho que le gustaban los detallitos, las cosas que le hacía a su ansioso y joven cuerpo no eran puramente agradables sino deliciosamente pícaras; algunas eran incluso francamente perversas.

Laura se aficionó a pudrirse en la cama todas las mañanas hasta las diez o las once, tratando de postergar el momento en que tendría que enfrentar a ese desconocido frío que no se parecía en lo más mínimo al hombre de sangre caliente que la había llevado a un delirante y estremecido placer sólo unas horas antes. Cuanto más ardientes eran sus relaciones sexuales, más frío y distante se volvía él, hasta que incluso su prima empezó a sentirse frustrada por su reserva y murmullos evasivos.

Una noche durante la cena, después que él se disculpó para ir a encerrarse nuevamente en el estudio, Diana dejó la servilleta en su plato.

—¿Cómo era? —preguntó, volviendo su feroz mirada hacia Laura.

Laura se quedó paralizada, con el tenedor con salmón al curry a medio camino hacia la boca.

—¿Cómo era qué?

—Ese Nicholas tuyo. ¿Cómo era? ¿Qué tipo de hombre era?

Laura bajó el tenedor, y sus labios se suavizaron en una triste sonrisa.

—Era amable y tierno, tenía un humor bastante agudo. Era de naturaleza un poco desconfiada. Pero supongo que eso es comprensible —reconoció, limpiándose la boca con la servilleta—. Tenía su poco de mal genio también. Si lo hubieras visto cuando descubrió que yo le había conseguido el puesto de nuevo párroco sin consultarlo con él primero. Estuvo muchísimo rato sin poder hablar. A cada momento se paraba a mirarme moviendo la cabeza y pasándose la mano por el pelo, y se fue poniendo cada vez más rojo hasta que yo creí que iba a explotar.

Diana dejó su silla y fue a sentarse en una al lado de ella.

—Ay, cuéntame. ¿Y le dio una buena pataleta? Yo siempre deseaba que le diera una cuando mi padre le pegaba con la varilla, pero él era demasiado orgulloso. Recibía la paliza y lloraba.

Por un minuto Laura pensó que se iba a poner a llorar. Pero se sorprendió cogiéndole la mano a Diana y apretándosela suavemente.

—Si querías ver una buena pataleta tendrías que haber estado ahí cuando conoció a mi hermanita. Lottie le soltó sus gatitos en la cama y él pensó que eran ratas.

—Eso no me sorprende nada. Desde que regresó he tenido a mi Bola de Nieve encerrada en el ala norte. Sterling nunca ha podido soportar los gatos. Es igual que mi padre en ese aspecto.

—¡Ja! Deberías preguntarle por la gatita amarilla que lo seguía por toda la granja. Una mañana cuando él creía que no había nadie mirando, lo sorprendí besándole la naricita y metiéndosela en el bolsillo de la chaqueta. Y deberías haberlos visto a los dos bien acurrucados en el...

Dándose cuenta de que el sublacayo que las atendía estaba con el cuello estirado junto al aparador para oír la conversación, se inclinó a terminar la frase susurrándole al oído. Diana soltó una ronca carcajada.

Sus agotados ojos ya empezaban a ver borrosas las interminables columnas de números anotadas con la pulcra letra de Diana cuando oyó un sonido que jamás había oído dentro de los gruesos muros de piedra de Devonbrooke Hall: musicales risas femeninas.

Lentamente se puso de pie y cerró el libro de cuentas.

El sonido era tan irresistible como un canto de sirena. Siguiéndolo llegó hasta la puerta del comedor. Su mujer y su prima estaban sentadas con las cabezas juntas, riendo y susurrando entre ellas como si fueran amigas de toda la vida.

Cuando su mirada siguió el hermoso perfil de Laura, sintió un extraño dolor en la parte baja del pecho. No la había oído reír así desde esa soleada mañana cuando estaban los dos en la escalinata de la iglesia Saint Michael, hacía una eternidad.

Podría haberse quedado eternamente ahí observándola si el sublacayo no se hubiera aclarado intencionadamente la garganta. Laura y Diana giraron bruscamente sus cabezas, se desvanecieron sus sonrisas y sus ojos se tornaron recelosos.

—Perdonad la interrupción —dijo él fríamente—. Me dejé aquí el *Times*.

Se metió el diario bajo el brazo y volvió al estudio a largas zancadas, sintiéndose más intruso que nunca en su propia casa.

Unos días después, una fría y lluviosa tarde, Sterling iba en dirección al estudio para pasar otras interminables horas revisando la situación de sus propiedades aparentemente infinitas, cuando oyó un curiosísimo sonido detrás de él.

Silencio absoluto.

Se detuvo y ladeó la cabeza. No se oían resuellos, no se oía el clac clac de uñas sobre el mármol, ni ruido de pelea por el puesto.

Se giró.

No había perros.

Calibán y Cerbero habían sido sus compañeros inseparables desde que regresara de Arden. Incluso dormitaban pacientemente fuera de la puerta de Laura cada noche hasta que su amo salía a altas horas de la madrugada, sonrosado y saciado. Ellos eran los únicos que sabían que jamás volvía a su cama fría sino que pasaba el resto de la noche fumando en el solarium, esperando que saliera el sol.

Se metió dos dedos en la boca y soltó el silbido grave que jamás dejaba de traer a los dos mastines trotando. La única respuesta fue un eco hueco.

Frunció el ceño. Tal vez Addison olvidó decirle que había ordenado a uno de los sublacayos que los sacara a dar un paseo por el parque.

Cuando se acercó a la biblioteca vio que la puerta estaba entreabierta. Se asomó y tuvo que apoyarse en el marco de la puerta, mudo ante el espectáculo que lo recibió.

Laura estaba sentada en la alfombra del hogar; Cerbero estaba echado a todo lo largo a su lado, y Calibán echado delante de ella con la cabeza apoyada en su falda, sus grandes ojos castaños unos pozos de servil adoración. Ella le estaba acariciando distraídamente las orejas, sin preocuparse en lo más mínimo de que él le estaba dejando llena de baba la seda azul celeste de la falda. Sterling sólo pudo imaginarse qué dirían sus viejos enemigos los franceses si pudieran ver a sus perros del diablo sometidos por nada más que la caricia de una mujer. Pero él conocía muy bien el poder de esas manos sobre su propia piel.

Movió la cabeza, pesaroso. Primero su prima, ahora sus perros. ¿Es que no le dejaría nada?

Estaba a punto de continuar su camino cuando un triste suspiro de ella le clavó los pies en el suelo. Aunque tenía un libro abierto sobre la rodilla, Laura estaba contemplando el fuego, con expresión meditabunda. Sterling la observó detenidamente, fijándose en cambios que se le habían escapado en las aterciopeladas sombras de su cama. El color de las mejillas besadas por el sol se estaba desvaneciendo. Sus preciosos ojos castaños ya no chispeaban; estaban apagados y ensombrecidos por la soledad.

Lo había arriesgado todo, incluso su corazón, para mantener intactos su hogar y su familia. Sin embargo él la había alejado de ambas cosas, sin permitirle apenas una mirada hacia atrás.

Su tío había ordenado traer todo tipo de plantas y flores exóticas para el solarium, pero éstas jamás prosperaban porque necesitaban calor y luz del sol, dos cosas que esa casa fría y ventosa nunca podría dar. Al final las plantas se morían, y él era el único que las lloraba.

Debió de haber hecho algún ruido, porque Cerbero levantó la cabeza y lo miró interrogante. Poniéndose un dedo en los labios, retrocedió lentamente y se alejó.

Se dirigió a toda prisa al estudio, animado por un auténtico sentido de finalidad que no sentía desde hacía días. Cuando terminó de escribir una nota bastante larga, tiró del cordón para llamar a Addison.

El criado pareció materializarse de la nada, como siempre.

—¿Me ha llamado, excelencia?

Sterling le pasó la misiva.

—Necesito que te encargues de que el marqués de Gillingham reciba este mensaje inmediatamente.

—Muy bien, excelencia. ¿Algo más?

Sterling se reclinó en el respaldo del sillón, sonriendo a su pesar.

—Podría convenirte dar una generosa bonificación a los criados. Están a punto de ganársela.

Al final de su segunda semana en Devonbrooke Hall, Laura estaba tan desesperadamente necesitada de compañía que se sorprendió vagando por la galería de retratos del ala oeste, observando las caras de los parientes muertos de Sterling en busca de algún parecido. Se entretuvo poniéndoles nombres a los más pintorescos e inventándoles historias. Decidió que el hombre de jubón y gorguera plisada y sonrisa satisfecha se llamaba Percival el Impertinente, bienamado confidente de la muy primera duquesa de Devonbrooke. El guerrero de cara rubicunda y barba roja no era otro que sir Boris el Sanguinario, defensor de los condenados injustamente. ¿Y la arpía rolliza de mirada retadora? Pues tenía que ser Mary Harlow la Loca, que asesinó a su insensible marido cuando lo pilló en la cama con su amante casada, mujerzuela de lengua viperina que daba la casualidad tenía por nombre Elizabeth.

Suspirando, decidió hacer otro recorrido por la galería. Incluso el retrato del viejo Granville Harlow había perdido el poder de aterrarla. Casi prefería encontrarse con el fantasma del anterior duque que con el actual.

Se acercó más a la pared para mirar un retrato pequeño que había estado a punto de pasar por alto. Era el retrato de un niño rubio, rígido y muy serio, de no más de once o doce años. Tenía la espalda recta como una vara y sus ojos miraban el mundo con un circunspecto escepticismo discorde con su edad.

Le tocó la mejilla con la yema del dedo, pero no logró encontrar ni una ligera insinuación del hoyuelo que tanto le encantaba. No tenía ninguna necesidad de poner a trabajar su imaginación; ya conocía su historia. Fue abandonado por sus seres más queridos; lo entregaron en las garras de un viejo despótico resuelto a modelarlo a su imagen y semejanza, y fue engañado por la mujer a la que le había entregado el corazón. Bajó lentamente la mano. ¿Podía culparlo por no creer en los finales felices?

Iba alejándose del retrato con la cabeza gacha cuando un salvaje ladrido hizo trizas el silencio. Al ladrido siguió el ruido de voces elevadas, una sarta de palabrotas en un cockney tan enrevesado que afortunadamente era indescifrable, y por un agudo chillido.

Levantó bruscamente la cabeza. Pensando que estaba perdiendo el juicio se recogió las faldas y echó a correr a toda velocidad.

Casi había llegado a lo alto de la escalera principal cuando apareció Diana desde el ala norte, sus cabellos normalmente impecables peinados por un solo lado.

—¿Qué demonios es esa horrorosa cacofonía? ¡Es como si alguien estuviera torturando a un gato!

En lugar de contestar, Laura pasó como un rayo junto a ella y bajó volando la escalera. No esperó a que el sobresaltado lacayo le abriera la puerta, le quitó el pomo de las manos y la abrió ella.

—¡Laura!

Mientras Addison, con la cara morada por el esfuerzo, trataba de sujetar a los mastines que tiraban por abalanzarse, una niña de cabellos dorados se arrojó en los brazos de Laura. El cesto cubierto por una tela de algodón que colgaba de su brazo podía parecer muy inocente si no hubiera sido por el buen número de coloridas colitas que asomaban por los lados agitándose nerviosas por la presencia de los perros.

Mientras Addison entregaba los perros al cuidado de dos fornidos lacayos, Laura hundió la cara en los rizos de su hermana, aspirando su aroma a bebé limpio.

—¡Lottie! ¡Lottie! ¿Eres tú, de verdad?

—Pues claro que es ella —dijo una voz detrás de Lottie—. ¿Conoces a otra persona que sea capaz de armar tanto alboroto simplemente porque uno de esos simpáticos perros confundió su cesto de gatos por una cesta de merienda?

Laura levantó la cabeza y vio a su hermano apoyado en la portezuela de un hermoso coche aparcado delante de la casa, su corbata impecablemente anudada.

—Vamos, George Fairleigh —exclamó—. Creo que has crecido una pulgada desde la última vez que te vi.

—Media pulgada —reconoció él. Aunque se sintió violento y puso los ojos en blanco, dejó que ella le echara los brazos al cuello y le diera un efusivo beso—. Cuidado con la barba. Pueden ser dos o tres, pero pinchan bastante.

—Si me lo preguntan, que nunca nadie lo hace —gruñó alguien—, sigo pensando que tendríamos que llevar nuestros culos de vuelta a Arden. Vuestra hermana es una lady ahora, demasiado fina para unos pobres diablos como nosotros.

Laura se giró a mirar a Dower, que estaba detrás de ella, con el ceño fruncido en fingido enfurruñamiento.

—Ven aquí, viejo gruñón, y dale un beso a esta dama.

Él le dio un beso rápido en la mejilla y ella le estrechó las nudosas y retorcidas manos, contenta de ver que casi le habían desaparecido los magullones.

En ese momento Cookie se apeó del coche, ayudada nada menos que por el marqués de Gillingham. Las plumas de avestruz que adornaban su nueva papalina se agitaban majestuosamente en la brisa.

Cuando Laura hundió la cara en su ancho hombro, se le oprimió la garganta, haciéndole imposible decir las palabras de bienvenida que deseaba decir.

—Tranquila, corderito —arrulló Cookie, acariciándole el pelo—. Cookie ya está aquí. Todo irá bien.

Aunque Laura sabía que esas palabras no eran ciertas, le dieron el valor para tragarse el nudo de la garganta. Miró el círculo de caras sonrientes.

—No entiendo. ¿Por qué no estáis todos en Arden? ¿Qué hacéis en Londres?

Cookie miró al marqués sonriendo como una boba.

—Vamos, tu marido envió a este apuesto caballero a buscarnos.

Thane le cogió la mano y se la llevó a los labios.

—Ha sido un placer para mí. No todos los días se tiene la oportunidad de viajar con una mujer capaz de torcerle el pescuezo a un pollo con sus manos.

A Cookie se le escapó una risita y le pellizcó la mejilla.

—Si yo fuera unos años menor, descubriría que no es sólo eso lo que sé hacer con mis manos.

Dower puso en blanco los ojos.

—No le haga caso. Es una coqueta desvergonzada.

—Pues sí que lo es —dijo Diana, lo que le valió una intensa mirada de Thane.

Laura seguía atontada por la impresión.

—¿Sterling le envió? ¿Y por qué no me lo dijo?

—Porque quería que fuera una sorpresa.

Al llegar a sus oídos la exquisita voz de su marido, ella se giró y lo vio apoyado en una de las columnas del porche.

—Y a juzgar por tu expresión, creo que lo ha logrado —añadió él.

Ella no pudo contenerse y corrió a echarse en sus brazos. Pero esos brazos continuaron cruzados sobre su pecho, como una formidable barrera a cualquier cosa que no fuera una mesurada expresión de gratitud.

—Gracias, excelencia —dijo ella dulcemente—. La verdad es que no hay palabras para expresar mi gratitud por tu amabilidad.

No había palabras, tal vez, pero sí caricias suaves como pluma y besos intensos, conmovedores, y eso fue lo que ella le prometió con su ardiente mirada.

Lottie le cogió la mano y se la tironeó, impaciente.

—Tienes que enseñarme tu cama, esa que parece una tienda de sultán. Me la describes tan bien en tus cartas que casi me la imagino. ¿Puedo dormir contigo todo el tiempo que estemos aquí? ¿Sí? Di que sí, por favor.

Todos los ojos, a excepción de los de Addison, se volvieron hacia el duque.

Sterling se aclaró la garganta torpemente y un encantador rubor le cubrió la mandíbula.

—Eso no será necesario. He dispuesto que tú y tu hermano tengáis vuestras propias suites con camas que parecen tiendas de sultán.

Antes que Lottie se echara a lloriquear a todo pulmón, Cookie sacó un envoltorio de lino de su bolso y se lo ofreció a Sterling.

—Preparé estos bollos sólo para usted, milord.

—¡Qué… consideración! —dijo Sterling, con un asomo de su antiguo guiño en los ojos.

—¡Yo también le tengo algo! —gritó Lottie, empezando a hurgar en su cesto.

—No me digas que es una tarta nupcial, por favor.

Ella le dedicó una mirada reprobadora y levantó triunfante su hallazgo.

Era la gatita amarilla. La que seguía todos sus pasos en Arden Manor. Cuando Lottie le puso delante la inquieta gatita, la cara de él quedó absolutamente sin expresión.

—Gracias, Carlotta —dijo fríamente, sin hacer ademán de coger a la gata—. Seguro que Addison estará más que encantado de encontrarle buen alojamiento a todos tus gatitos.

Acto seguido, giró sobre sus talones y entró en la casa. Pasado un momento, se oyó a lo lejos el sonido de un portazo.

Alicaída, Lottie volvió a meter la gatita en su cesto.

—No lo entiendo. Creí que se alegraría.

Laura le apretó los hombros a su hermanita, intercambiando una preocupada mirada con Diana.

—No es por ti, Calabacita. Sólo que últimamente es un poco más difícil de complacer que antes.

No dijo a su hermana que estaba a empezando a temer que eso podría resultar imposible.

Addison hizo pasar al vestíbulo a su bullicioso grupo de huéspedes, dejando a Thane y Diana cara a cara.

—Ha sido muy amable lo que has hecho por mi primo —le dijo ella—. Siempre has sido más un hermano que un amigo para él.

—Tal como siempre tú has sido más una hermana que una prima.

Diana soltó una risita algo incómoda.

—Supongo que eso nos hace más o menos hermanos.

Lo último que esperaba Diana era que él le acariciara el pelo. Se había olvidado de lo ridícula que estaría, a medio peinar. Pero en lugar de meterle los mechones sueltos detrás de la oreja, él le quitó suavemente las horquillas del otro lado, dejando caer los sedosos cabellos oscuros alrededor de su cara.

—He pensado en ti de muchas maneras en estos últimos once

años —dijo él, su voz casi tan humosa como sus ojos verdes—, pero jamás como una hermana.

Entonces ahí mismo, delante de los lacayos, el cochero y el propio Dios, le rozó los labios en un beso que nadie podría haber tomado como fraternal.

Diana permaneció ahí, absolutamente aturdida, mientras él subía a su coche. Cuando el vehículo se puso en movimiento, él se asomó por la ventanilla y se tocó el sombrero.

—No me hagas caso. Soy un coqueto desvergonzado —le dijo.

Capítulo 24

Sigo viendo tu cara en mis sueños...

Su madre lo llamaba.

Sterling se incorporó bruscamente, temblando todo entero. Echó atrás las mantas y se bajó de la cama. Atravesó la habitación, sintiendo el suelo como hielo bajo sus pies descalzos, y abrió la maciza puerta.

Tuvo la impresión de que la oscuridad se precipitaba hacia él, pero se mantuvo firme, apretando las mandíbulas para combatir un estremecimiento de miedo. Cuando volvió a oír el sonido, lastimero y dulce, la esperanza le hinchó el corazón. Su madre no estaba simplemente llamándolo, lo llamaba a casa.

Echó a andar a paso rápido por el corredor, casi al trote, siguiendo la música de su voz. Pero de pronto percibió otro sonido, éste procedente de la oscuridad de atrás. Se quedó inmóvil, aplastándose contra la pared.

Al principio no oyó nada aparte del áspero resuello de su respiración. Pero entonces volvió a oírlo; era un sonido que había oído miles de veces antes, un sonido que le hacía correr un escalofrío por el espinazo, como una araña.

Era el rítmico tap tap del bastón de su tío.

Se apartó de la pared y echó a correr. Pero por rápido que corriera, el implacable tap tap lo seguía, al mismo paso de él, aumentando su volumen hasta casi apagar el eco de la voz de su madre. Si tuviera las piernas más largas podría llegar a ella antes que su tío lo cogiera. Si el corredor dejara de alargarse bajo sus pies con cada paso que daba. Si...

Una mano huesuda salió de la oscuridad, detrás de él, y se cerró en su cuello.

Se sentó bruscamente en el diván, todo tembloroso.

Durante los diez años que pasó en el ejército no había tenido ninguna de las pesadillas que lo acosaron durante su infancia. Pero todo ese tiempo habían estado acechando en los rincones oscuros de Devonbrooke Hall, esperando que regresara.

Bajó las piernas al suelo y escondió la cabeza entre las manos. Todavía no se atrevía a acostarse en la cama de su tío; la encontraba demasiado parecida a una tumba. Medio temía que si se hundía en ese colchón de plumas no podría encontrar su camino para salir reptando de allí.

Miró el reloj de la repisa. Su intención había sido echar una corta cabezada antes de ir a la habitación de Laura, pero ya era casi la una de la mañana. Se levantó y se anudó el cinturón de la bata. Si ella ya estaba durmiendo, se prometió, mientras caminaba hacia su habitación, simplemente se metería en su cama, se arrimaría a su cálido cuerpo y hundiría la cara en sus olorosos cabellos hasta que se le disipara el amargo resabio de la pesadilla. Ni siquiera le besaría ese sensible lugar detrás de la oreja que la hacía apretar su trasero contra él ni ahuecaría sus manos en sus turgentes pechos. Movió la cabeza. ¡Demonios si no lo haría!

Entró en la habitación y se encontró con Calibán y Cerbero echados en la alfombra al pie de la cama, como un par de roncadores ángeles guardianes.

—Traidores —susurró, agachándose a acariciarles las cabezas.

Los perros estaban agotados; habían estado toda la tarde persiguiendo a los gatitos de Lottie por el corredor, hasta que un peludo fierabrás gris se dio media vuelta y le arañó la nariz a Calibán; el resto del tiempo se lo pasaron gimoteando escondidos debajo de la escalera de la cocina.

Se le aceleró el pulso de expectación cuando apartó las cortinas de la cama, pero se le tornó en sordos latidos cuando vio la cabeza dorada junto a la oscura de Laura.

Era evidente que su mujer lo había estado esperando; tenía los ojos muy abiertos y nada empañados por el sueño.

—Lottie tuvo una pesadilla —susurró, mirándolo pesarosa—. No podía echarla, ¿verdad?

Sterling contempló a la niña acurrucada en sus brazos y a la media docena de gatitos repartidos por la colcha durmiendo muy relajados, y sintió una fuerte punzada de envidia.

—Claro que no —musitó, acariciándole el pelo a Lottie. Se metió los puños apretados en los bolsillos de la bata para no hacerle lo mismo a Laura—. Está en buenas manos. Tú lograrás mantener a raya a sus monstruos el resto de la noche.

Cuando se dirigía al solarium, sacó un cigarro del bolsillo, deseando que ella pudiera hacer lo mismo con los de él.

Devonbrooke Hall retumbaba de alborozo.

Si los perros no pasaban brincando por el corredor retozando inofensivos con uno de los gatitos, Lottie iba deslizándose veloz por la baranda, chillando a todo pulmón, mientras George patinaba por el suelo del vestíbulo descalzo, sólo con las medias. Un sonriente Addison proclamó que jamás habían estado tan brillantes el mármol del suelo ni la caoba de la baranda, y dio un día libre extra a varios criados.

Cookie se movía por la cocina como una fresca brisa de Hertfordshire, amenazando con un rodillo al altivo cocinero francés cada vez que éste intentaba echarla de su territorio. Cuando ella dio a comer a los gatitos una de sus exquisitas salsas de crema, al hombrecillo le dio una rabieta y pasó por el comedor pisando fuerte y vomitando maldiciones galas con un talento que impresionó incluso a Dower. Cookie se limitó a rescatar el delantal que él le arrojó a la cabeza y se puso a preparar pan de genjibre.

La única persona que parecía inmune al alegre caos que había descendido sobre la casa era su señor. Sterling rara vez salía de la cavernosa penumbra del estudio revestido en madera, e incluso prefería tomar ahí la mayoría de sus comidas, puesto que la familia de Laura había tomado posesión del comedor para sus juegos de cartas y bulliciosas comidas.

Una noche estaba trabajando en su escritorio a la luz de una sola lámpara cuando entró su prima.

—Qué distracción la mía —dijo él, sarcástico—. No debí oírte golpear.

Como siempre, Diana no se anduvo con rodeos:

—Ya hace casi un mes que te casaste y no has hecho el menor esfuerzo por presentar a tu esposa en sociedad.

Sterling hizo un vago gesto con la pluma, y continuó escribiendo una nota para uno de sus administradores de Lancashire.

—La mayoría de las familias están en la costa o en sus casas de campo en estos momentos. Tal vez cuando vuelvan en septiembre…

—Ella cree que te avergüenzas de ella.

Él levantó bruscamente la cabeza.

—¿Que me avergüenzo de ella? ¿De dónde ha sacado esa idea tan ridícula?

—Ha habido ciertos rumores acerca de las insólitas circunstancias de tu matrimonio, y tú no has hecho nada para desmentirlos.

—Elizabeth… —musitó él, pasándose la mano por el pelo—. Maldita esa mujer con su lengua viperina.

—Por desgracia, muy poco después de llegar a Londres, Laura oyó una conversación bastante malintencionada detallando sus diversas deficiencias.

—¿Deficiencias? —exclamó Sterling levantándose—. ¡No tiene ninguna maldita deficiencia! Es hermosa, generosa, leal y graciosa…, y demasiado inteligente para mi conveniencia. Vamos, cualquier hombre se sentiría afortunado de tenerla como esposa.

Diana arqueó una pulcra ceja.

Sterling volvió a sentarse en el sillón, evitando mirarla a los ojos. No tenía por qué echarle toda la culpa a Elizabeth de la errónea imagen que se tenía de Laura, comprendió. Después de todo, él era el único culpable por ir a su cama en secreto cada noche, tratándola más como a una amante que como a una esposa.

Tamborileó con la pluma sobre el secante de cuero.

—¿Cuánto tiempo necesitas para organizar un baile?

—Con la ayuda de Addison, una semana y media —dijo Diana sin vacilar, como si hubiera estado esperando esa pregunta.

—Entonces, será mejor que comiences. —Cuando ella se giró hacia la puerta, añadió—: Ah, y encárgate de que lady Hewitt reciba una invitación.

Diana le dirigió una sonrisa felina.

—Encantada.

La mañana del día del baile, Sterling estaba revisando la lista de invitados muy bien preparada por Diana cuando Addison asomó la cabeza en el estudio con la nariz arrugada como si hubiera estado sometido a un olor desagradable.

—Hay un hombre que desea verle, señor. Un tal señor Theophilus Watkins.

A lo largo de los años el mayordomo había demostrado ser un

juez impecable de la índole de las personas. Ése era el motivo de que Sterling hubiera confiado a Diana a su cuidado todos los años que estuvo ausente.

—Muy bien —dijo, receloso—. Hazlo pasar.

Addison hizo entrar a un hombre bien vestido, pero en lugar de retirarse como era su costumbre, fue a situarse muy rígido detrás del hombro derecho de Sterling.

El desconocido hizo a Sterling una elegante reverencia.

—Theophilus Watkins, excelencia, su humilde servidor.

Pese a sus palabras, no había nada humilde en la actitud del hombre, ni en su ávida sonrisa. La atención de Sterling fue atraída por el bastón con empuñadura de mármol que tenía el hombre en sus manos enguantadas. Lo sostenía más como un arma que como un accesorio de moda.

—¿En qué puedo servirle, señor Watkins?

Watkins se instaló en un sillón sin que lo invitaran.

—Tal vez no lo sepa, excelencia, pero ya le presté un servicio. Fue mi buen trabajo detectivesco el que logró rescatarlo de esos codiciosos rufianes que lo raptaron. Si no hubiera sido por mí, tal vez todavía estaría en sus garras.

Sterling lo miró fijamente un largo rato, sin pestañear. Si no fuera por ese hombre podría estar felizmente casado con la mujer que adoraba. Podría estar viviendo en Arden Manor en dichosa ignorancia de su identidad, sin tener que llevar aburridos libros de cuentas ni revisar las rentas de sus propiedades. Estaría feliz.

De pronto sintió una furia igual a la que le produjo enterarse del engaño de Laura. Deseó aplastar a ese hombre contra la pared y apretarle el asqueroso cuello con el antebrazo hasta que se le pusiera morada su engreída cara.

Se aclaró la garganta y pasó unos papeles de un rimero a otro.

—Mi prima me dio a entender que ya le había remunerado su trabajo.

—Ah, sí, y con mucha justicia, se lo aseguro. Pero me pareció que tal vez usted desearía añadir algún extra por las molestias que me tomé. —Acarició la empuñadura de mármol de su bastón—. Dado que fue su pellejo el que salvé.

Sterling se dio unos golpecitos en los labios con un dedo.

—¿Sabe? Creo que ya sé cuál podría ser ese extra.

Hizo un gesto a Addison doblando un dedo. Addison se le acercó más y él le susurró al oído algo que lo hizo agrandar los ojos.

Cuando el mayordomo salió obedientemente de la sala, Watkins se arrellanó apoyando el bastón en el brazo del sillón, con una falsa sonrisa en la boca. Era evidente que esperaba que Sterling lo recompensaría con una bolsa bien llena.

Estuvieron un rato hablando del tiempo hasta que Sterling oyó pasos en el corredor. Entonces se inclinó sobre el escritorio, sonriendo agradablemente:

—Estoy muy bien enterado de su buen trabajo detectivesco, señor Watkins. Usted fue el que le dio una feroz paliza al fiel criado de mi esposa, ¿verdad? ¿O empleó a otro bruto sanguinario para que le hiciera el trabajo sucio?

Se desvaneció la sonrisa de Watkins. En ese instante, Addison abrió la puerta e hizo pasar a Dower.

—Dower, el señor Watkins estaba a punto de marcharse —se apresuró a decirle Sterling—. ¿Sería mucha molestia para ti acompañarlo a la puerta?

Dower se arremangó bien la camisa, dejando a la vista los gruesos cordones de músculos que le cubrían los brazos.

—Será un placer para mí, milord.

—Tal vez te convenga sacarlo por la puerta de atrás. No hay ninguna necesidad de perturbar la paz de las señoras.

En un ágil salto Dower se puso firmes y se tocó la sien en elegante saludo; acto seguido cogió al vociferante Watkins y de un tirón lo sacó de su asiento, sin darle tiempo a coger su bastón.

—¡Maldita sea, Devonbrooke! ¡No tiene ningún derecho a tratarme así! Lo sé todo de los de su clase. Se cree muy alto y poderoso, pero he oído hablar de esa esposa suya —gruñó, delatando con su enrevesada dicción sus raíces East End—. Seguro que no es el primer tipo al que la marranita se lleva a la cama con engaños, sólo el único lo bastante estúpido para casarse con ella.

Antes de saber lo que iba a hacer, Sterling dio la vuelta al escritorio y le enterró el puño en la cara. Watkins cayó en los brazos de Dower sin conocimiento.

—Bueno, demonios —gimió Dower—. ¿Por qué tenía que ir y estropearme toda la diversión?

—Lo siento. —Sterling se frotó los nudillos doloridos, sin sentir el más mínimo remordimiento. Cogió el bastón, lo rompió en dos sobre la rodilla y metió los trozos dentro de la chaqueta de Watkins—. Déjalo en el callejón con el resto de la basura, ¿de acuerdo?

—Sí, jefe. —Dower empezó a arrastrar a Watkins hacia la puerta, sin tomarse la molestia de sujetarle la cabeza, ni siquiera cuando esta se golpeó contra el marco de la puerta—. Aunque éste es un destino demasiado benigno para los tipos de su calaña.

—No podría estar más de acuerdo —musitó Sterling.

Atormentado por las crueles palabras del hombre, pensó si no sería un destino demasiado benigno para él también.

Capítulo 25

... y querría que esos sueños
duraran eternamente...

—Lady Hewitt tenía razón —gimoteó Laura—. Puedes pulirme todo lo que quieras, pero jamás seré nada más que un trozo de carbón.

Cuando dio la espalda al espejo y se arrojó teatralmente sobre la cama de Diana, poniéndose el brazo sobre la frente, Diana y su doncella intercambiaron una mirada de exasperación.

—No seas tonta, Laura —la reprendió Diana—. Lo único que pasa es que estás desquiciada por los nervios. Vamos, vas a ser la mujer más hermosa del baile.

Laura se sentó.

—¿Por qué? ¿Es que has olvidado invitar a alguien?

Incluso Diana tuvo que reconocer que en ese momento nadie tomaría a la duquesa por un diamante de primera clase. Llevaba una vieja y raída bata salpicada por numerosas manchas de té. Tenía la cabeza llena de rulos hechos con papel, que se le disparaban de la cabeza en todos los ángulos imaginables, y la cara cubierta por una gruesa capa de loción Gowland, la crema milagrosa que, según aseguraban, borraba hasta las pecas más desfavorecedoras.

Suavemente Diana le limpió de crema la punta de la nariz.

—Puede que ahora parezcas un adefesio, pero cuando Celeste haya terminado contigo, serás el bocado más celebrado de todo Londres.

A Laura se le iluminó la cara.

—¿Bocado? Tengo un hambre que me comería una barra de pan entera. ¿Podríamos llamar a Cookie para que traiga unas pocas tostadas?

—Tal vez después —le prometió Diana—. Ahora tenemos que concentrarnos en vestirte.

—¿Para qué? ¿Para que tu primo me haga desfilar delante de todo Londres? ¿Para que los señores y señoras puedan mirar desde arriba de sus narices a la campesinita que consiguió cazarlo con engaños? Yo sabía que estaba resuelto a vengarse de mí, pero incluso en él, esto es demasiado diabólico. Debería haberme casado con Wesley Trumble o con Tom Dillmore. Puede que fueran peludos y hediondos, pero no eran malos. —Volvió a tumbarse en la cama—. Tu primo es un demonio. ¡Lo odio!

—Pues claro que lo odias —canturreó Diana, haciendo gestos desesperados a Celeste para que empezara a ponerle las medias de seda a la duquesa mientras estaba distraída.

Pero antes que la doncella le hubiera pasado una media más arriba del tobillo, Laura volvió a sentarse, su gesto enfurruñado reemplazado por una expresión de la aflicción más absoluta.

—No tengo por qué culparlo, ¿sabes? Dios no me castigaría si no hubiera sido tan malvada. Yo fui la que confundió mi voluntad con la suya, la que lo deseó, la que mintió, la que…

Ese amargo soliloquio con sus pecados podría haber continuado días y días si no hubiera irrumpido Lottie en la habitación con un plato lleno de dulces.

No había llevado mucho tiempo a la hermana de Laura descubrir que el ala norte era el secreto mejor guardado de Devonbrooke Hall. Diana se había hecho un acogedor refugio ahí, un mundo que no tenía nada que ver con los fríos mármoles y los opresivos paneles de caoba del resto de la casa. Las paredes estaban revestidas de hermosas cretonas floreadas, y las alfombras eran el perfecto telón de foro para la peluda gata blanca que estaba echada en una mullida otomana delante del hogar como la esposa más mimada de un sultán.

Como era su costumbre, Lottie ya venía hablando cuando entró.

—Ay, Laura, deberías ver todas las cosas que ha preparado Cookie para esta noche. Hay todo tipo de confites, panecillos de genjibre y helados, un pastel de nata, limón y licor decorado con violetas de azúcar, y los más preciosos pastelitos franceses en forma de corazoncitos empapados en ron. Me dio a probar de cada uno, y Sterling dijo que aunque soy demasiado pequeña para bailar, podía quedarme de pie toda la noche si quería.

La mirada de Laura estaba fija en el plato con pastelillos. Sacó la lengua para mojarse los labios.

—Estoy muerta de hambre. Dame unos pocos.

Lottie eligió un desafortunado momento para ponerse pesada.

—¡No, son míos! —Aferró el plato contra su pecho—. Ve a buscar para ti, si quieres.

Laura se levantó de la cama con los ojos peligrosamente entrecerrados.

—Me vas a dar ahora mismo, mocosa egoísta, si no quieres que te dé de cachetadas.

Lottie la miró boquiabierta.

—¡Pues no te doy! ¡Nunca me has pegado! Ni siquiera cuando lo necesitaba.

—Bueno, siempre hay una primera vez, ¿verdad? —dijo Laura, arrebatándole el plato.

Empezó a temblarle el carnoso labio inferior a Lottie.

—¡Eres una duquesa mala, eso eres, y voy a ir a decírselo a Cookie! Salió corriendo de la habitación, dando un portazo.

Con horrorizada fascinación, Diana observó cómo Laura empezaba a meterse pastelillos en la boca, uno tras otro.

—Celeste, ¿podrías ir a ver si la lavandera ya terminó de planchar el vestido de su excelencia? —dijo dulcemente.

Cuando salió la doncella, empezó a pasearse alrededor de Laura, sin poder apartar los ojos de ella.

—Ah, Lottie tenía razón —exclamó Laura, poniendo los ojos en blanco, extasiada—. Estos pasteles franceses son exquisitos.

Cuando terminó de engullirlos todos, se pasó la lengua por los labios para recoger las miguitas, haciendo un mal gesto al coger también un poco de la crema.

—¡Buen Dios! —exclamó Diana, dejándose caer en la otomana, casi aplastando a la sobresaltada Bola de Nieve—. Estás embarazada, ¿verdad?

Mientras la disgustada gata corría a meterse debajo de la cama, Laura fue lentamente a sentarse en el borde, con el labio inferior tembloroso.

—¿Desde cuándo lo sabes? —le preguntó Diana afablemente.

A Laura le brotó una lágrima de un ojo, que le bajó por la mejilla abriendo un torcido surco por en medio de la crema.

—Lo he sospechado desde hace casi una semana, pero sólo tuve la seguridad esta mañana, cuando vomité el desayuno en mi palangana para lavarme y casi le hice saltar la cabeza al pobre Addison con un grito, sin ningún motivo. Me pareció que el pobre estaba a punto de echarse a llorar.

—Me imagino que esto no te habrá cogido demasiado por sorpresa, ¿no? Sobre todo, dadas las visitas nocturnas de mi primo a tu dormitorio.

—¿Cómo lo sabes? —preguntó Laura, con los ojos agrandados por la sorpresa.

—Puede que ésta sea una casa grande, pero no soy ciega. Ni sorda.

La crema no le cubría las orejas a Laura, de modo que delataron el violento rubor que le subió a la cara.

—Bueno, no tienes por qué hacerte ninguna idea romántica. Sólo ha estado cumpliendo con su deber.

—Y con un entusiasmo incansable, podría añadir —dijo Diana, sarcástica—. ¿Se lo has dicho?

Laura negó con la cabeza.

—¿Por qué habría de decírselo? Una vez que le haya dado su precioso heredero, me relegará a alguna de sus propiedades, de preferencia en Gales o Escocia, y olvidará que yo he existido.

—Eso podría resultarle más difícil de lo que te imaginas. —Diana fue a sentarse junto a ella en la cama, mientras Laura la miraba recelosa—. Cuando Sterling llegó a vivir aquí, mi padre le dio todo lo que había prometido. Puede que le haya faltado afecto, pero jamás le faltó ningún lujo. —Incluso en ese momento Diana sintió la vieja punzada de envidia—. Tenía juguetes de todos los tipos imaginables, un gordo poni Shetland, los mejores tutores. Sin embargo, todas las noches yo lo encontraba sentado en el asiento de la ventana de la sala de los niños, mirando hacia la oscuridad. Aunque nunca lo habría reconocido, esperaba a su madre. En algún remoto recoveco de su corazón, seguía creyendo que su madre vendría a buscarlo.

Laura hizo una inspiración resollante.

—¿Cuándo dejó de creerlo?

—Ah, pues ahí está el problema —repuso Diana—. No creo que nunca haya dejado de creerlo. —Le cogió una mano—. Tienes que ser más fuerte que ella, Laura. No puedes permitirte renunciar sin dar la batalla.

—Pero ¿y si la pierdo? —preguntó Laura en un susurro.

Diana le apretó fuertemente la mano.

—Entonces, sencillamente tendrás que recoger los trozos de tu corazón destrozado y continuar, tal como he hecho yo.

· · ·

Cuando apareció la duquesa de Devonbrooke en lo alto de la escalinata de mármol que bajaba de la galería, se propagó un febril murmullo por todo el salón de baile.

Bajo las rutilantes lámparas de araña se había reunido la flor y nata de la aristocracia londinense a presenciar su entrada en su excelsa sociedad. Al recibir la invitación, muchos habían vuelto a toda prisa de sus casas de campo a atiborrar las estrechas calzadas con sus berlinas y coches de ciudad. Desde la muerte de la última duquesa no había habido ninguna grandiosa recepción en la casa, y todos estaban casi tan ansiosos por echar una mirada a la legendaria mansión como a la joven esposa del notorio Diablo de Devonbrooke.

Resultó que no se llevaron una decepción, ni en lo uno ni en lo otro.

El salón era tan inmenso que no daba lugar a los sofocantes calores y apretujamiento tan corriente en la mayoría de este tipo de reuniones. El suelo resplandecía bajo sus pies, y su delicado aroma a cedro encerado se mezclaba con los perfumes de las damas. La luz de las velas color rosa sostenidas por candeleros adosados a las paredes complementaba de maravilla la agradable luminosidad que arrojaban las de las arañas.

Pero todas esas luces parecieron palidecer ante la deslumbrante belleza de la mujer que estaba en lo alto de la escalinata.

Llevaba recogidos sobre la cabeza sus aterciopelados cabellos castaños en un moño flojo sujeto por una diadema de perlas. Del moño se escapaban unos cuantos rizos que acentuaban la luminosidad de sus ojos y las arqueadas cejas de un color castaño más oscuro. Las pecas le salpicaban las mejillas como brillantes motitas de oro en polvo. La próxima noche tanto las señoras mayores como las bellas jovencitas se darían al laborioso trabajo de reproducir ese efecto espolvoreándose la piel con polvos dorados.

Su esbelta figura estaba muy bien servida por un vestido de talle alto de seda blanca realzado por una sobrefalda de tul del más purísimo verde mar. Sus mangas abombadas y la orilla del vestido estaban adornadas por cintas alternadas de satén y encaje. Su blanco cuello sólo estaba adornado por una finísima cadenilla de plata que desaparecía bajo el escotado corpiño, dejando a la imaginación qué joya fantásticamente cara llevaría oculta.

Sterling estaba cerca de una de las puertas cristalera bebiendo champán y conversando con Thane cuando se elevó el ronco murmullo por el salón.

Se giró a ver qué pasaba y entonces vio a su mujer en lo alto de la escalera.

La primera vez que vio a Laura Fairleigh pensó que no era ninguna beldad. Pues, se había equivocado. Su gracia sobrepasaba con mucho a una simple guapura. El destello de desafío que brillaba en sus ojos por lo demás tranquilos y su mentón avanzado la hacían mucho más seductora a sus ojos.

Thane le dio un codazo.

—¿Te encuentras bien, Dev? Tienes el aspecto de que te hubieran dado un puñetazo en el pecho.

—No es mi pecho lo que me preocupa.

Entregando su aflautada copa a Thane, empezó a abrirse paso por entre el gentío.

Aun cuando no había ninguna necesidad, puesto que Laura ya había captado la atención de todos los ojos, Addison avanzó un paso y cumplió su deber de anunciarla:

—Su excelencia, la duquesa de Devonbrooke.

Mientras Laura descendía los peldaños bajo la evaluadora mirada de los más elegantes de la sociedad, un sólo pensamiento ocupaba su mente: el de gratitud porque ya habían pasado de moda los miriñaques; así no tenía que angustiarse pensando que podría tropezarse con uno y caer rodando por el resto de los peldaños.

Y no le fallaron los pies, hasta que vio a su marido al pie de la escalera, esperándola. Sus cabellos dorados como la miel formaban un deslumbrante contraste con su frac negro y los volantes blancos almidonados de la pechera de su camisa. Aunque sus ojos estaban sombríos, ese esquivo hoyuelo suyo coqueteaba con su mejilla.

—Es tradicional que el baile lo inicie la invitada de honor —dijo, tendiéndole la mano.

Laura puso su mano enguantada en la de él y se dejó llevar al centro de la pista. Interpretando bien la señal, los músicos iniciaron un tintineante minué.

Laura jamás había considerado el minué una danza particularmente apasionada, pero cada vez que se encontraba cara a cara con Sterling y se cogían ligeramente las manos, la expresión que veía en sus ojos le hacía palpitar más rápido el corazón. Bailaron como deberían haberlo hecho en su desayuno de bodas, sus pasos medidos no menos tiernos y eróticos que los del baile en su cama la noche anterior. Cuando sonó la última y delicada nota, Laura estaba tan sin aliento como si hubieran bailado un reel escocés.

Aún no acababa el caluroso aplauso cuando llegó corriendo hasta ellos una beldad de cabellos castaño rojizos, cuyos voluminosos pechos amenazaban con desbordarse de su escotado corpiño.

—Excelencia —ronroneó, haciendo una venia que aumentó el peligro de desborde.

—Ah, ¿lady Hewitt, verdad? Espero que su marido se encuentre bien.

Sterling paseó la vista por la muchedumbre, notando de paso que casi todo el mundo estaba observando la conversación con sumo interés. Los invitados más cercanos corrían el peligro de enfermar de tortícolis, de tanto estirar el cuello para oír lo que decían.

—¿La ha acompañado esta noche? —le preguntó.

—Pues, mi Bertie está en cama con un fuerte ataque de gota. —Hizo un bonito morro—. Supongo que ése es uno de los riesgos de casarse con un hombre mayor que una. Con frecuencia tengo que atender yo sola a mis necesidades.

—Qué lástima. En realidad, esperaba con ilusión saludarle. ¿Le han presentado a mi esposa?

Lady Hewitt hizo una fría inclinación de cabeza hacia Laura.

—Cómo está, excelencia. He oído mucho hablar de usted. En todo Londres no se comenta otra cosa que su vertiginoso noviazgo —dijo, inyectando sus palabras con la mayor maldad que se atrevió.

—Eso no me sorprende nada —repuso Sterling, haciéndole un diabólico guiño—. Las altas cumbres del escándalo, ¿verdad?

A ella pareció desconcertarla que él reconociera eso tan tranquilo. Se llevó la blanca mano a la garganta.

—No me cabe duda de que usted sabe cómo empiezan estas habladurías. Después de todo, ha sido casi un recluso desde su regreso.

—Eso se debe a que no soporto alejarme ni un instante del lado de mi amada. —Rodeó la cintura de Laura con un posesivo brazo. Le sonrió amoroso, sus ojos brillantes de picardía—. En el instante en que puse mis ojos sobre Laura, comprendí que tenía que tenerla. Vamos, casi fue como si hubiéramos estado comprometidos durante años, ¿verdad, queridísima?

—Mmm... eh... —Laura había olvidado lo aniquiladora que podía ser toda la fuerza del encanto de Sterling. Habría continuado tartamudeando indefinidamente si él no le hubiera dado un buen pellizco—. ¡Ah, sí! Fue muy extraordinario. Vamos, ya en el primer encuentro nos pusimos a hablar de nuestro futuro juntos.

—¿Y cómo se conocieron? Dado la disparidad entre sus... circunstancias —lady Hewitt agitó las ventanillas de su patricia nariz—, suponía que debió de ser por casualidad.

Sterling se echó a reír.

—Algunos podrían llamarlo casualidad, pero yo lo llamo destino. Todo se lo debo a una yegua asustadiza. Después que me arrojó al suelo, Laura fue la primera en tropezar conmigo. He de confesar que me encontré bastante a su merced.

Aunque Laura continuó sonriéndole, colocó el pie sobre su empeine y apretó con fuerza.

—No recuerdo haber oído ninguna queja en esos momentos.

—Por el contrario. El día más feliz de mi vida fue aquel en que ella aceptó casarse conmigo.

Laura lo miró batiendo las pestañas.

—¿Y cómo podría haberme resistido a una proposición tan elocuente y romántica?

Él entrecerró muy ligeramente los ojos.

—No es de extrañar que hayamos dado tema de murmuración a las lenguas chismosas, ¿verdad, cariño? ¿Quién podía pensar que el vil Diablo de Devonbrooke acabaría entregando su corazón a un ángel?

Llevándose la mano de Laura a sus labios depositó en ella un tierno beso.

Las mujeres que habían estado oyendo la conversación no se molestaron en reprimir un suspiro de envidia. Cuando uno de los maridos se atrevió a mirar al cielo poniendo los ojos en blanco, su mujer le golpeó el brazo con su abanico.

Lady Hewitt frunció la boca como si hubiera comido algo terriblemente amargo.

—Si me disculpan, creo que le prometí el próximo baile al marqués de Gillingham.

—El cielo lo ampare —musitó Sterling, observando sus exagerados meneos al alejarse.

Laura ya no pudo continuar reprimiendo la risa.

—Y el cielo te ampare a ti por soltar todas esas tonterías. Vamos, habrían hecho ruborizar al propio lord Byron.

—Todo lo contrario. Durante toda la conversación estuvo detrás de tu hombro izquierdo anotando frenético todas mis palabras.

—¡No! Vamos, Lottie se morirá de envidia —exclamó ella, girándose por su veía un atisbo del gallardo poeta.

Sterling le puso las manos en los hombros desnudos y acercó la boca a su oreja.

—Te aseguro que antes de que acabe esta noche, nadie, nadie en Londres, ni siquiera lord Byron, va a dudar de que el duque de Devonbrooke adora a su esposa.

Sus enigmáticas palabras le produjeron un estremecimiento de anhelo en el alma a Laura, pero antes que pudiera expresar sus dudas, los músicos iniciaron un movido reel escocés que les hizo imposible continuar hablando.

Thane pasó medio agachado por entre los bailarines, desesperado por esquivar a una mujer y encontrar a otra. Lady Elizabet Hewitt llevaba una larga hora acosándolo, persiguiéndolo con escalofriante persistencia. Puesto que Sterling la había rechazado, era evidente que deseaba encontrar consuelo en la cama de su más querido amigo. Unas semanas atrás, no habría encontrado tan impensable la idea de llevarse a la cama a una de las desechadas por Sterling, pero en esos momentos las roncas risitas de la mujer y sus incesantes pavoneos le producían escalofríos.

Prefería con mucho a las mujeres altas y cimbreñas que, sintiéndose seguras con su elegancia atemporal, no veían la necesidad de seguir los caprichos de la moda. Suspiró agotado; aunque había peinado todos los rincones del salón de baile, aún no lograba encontrar a una de esas mujeres.

Lo que sí encontró fue a lady Hewitt caminando hacia él otra vez, con el pecho echado hacia delante como la proa de un potente barco. Tragándose un gemido, pasó por debajo de la bandeja vacía de copas de champán que llevaba un lacayo. Estaba considerando seriamente la posibilidad de escapar por una de las puertas cristalera cuando captó un rápido movimiento en la galería de arriba.

Lady Diana Harlow estaba con los codos apoyados en la baranda de la galería, con el mentón sobre sus palmas. Thane agitó la cabeza; tendría que haber imaginado que si bien ella detestaba la superficial alegría de ese tipo de fiestas, querría vigilar atentamente a su primo y a su esposa.

Pero ella no estaba observando a Sterling ni a Laura; lo estaba mirando a él.

Sus ojos se encontraron por encima del mar de bailarines. Ella se enderezó, su expresión melancólica reemplazada por una de alarma. Cuando se giró para escapar, Thane comenzó a subir la escalera, subiendo de dos en dos los peldaños con sus largas piernas.

Cuando llegó a lo alto de la escalera ella acababa de llegar al final del corredor que unía con el que llevaba al ala norte.

—Huyendo del baile, ¿eh? Creí que ése era el papel de la Cenicienta.

Capítulo 26

... pero hasta los sueños más dulces
han de tener su fin.

Diana se detuvo y se giró lentamente, alisándose la falda de exquisito color burdeos.

—Nunca he encontrado justo que el hada madrina no gozara de los mismos privilegios de su protegida.

Thane avanzó hacia ella.

—¿No estás cansada de huir, Diana? Sé que yo lo estoy. Ya llevo once años huyendo y eso no me ha llevado a ninguna parte que deseara ir.

—¿Y dónde deseas estar, milord? —le preguntó ella con una leve sonrisa burlona.

—En tu corazón. En tus brazos. —Mientras del salón subían las primeras notas de un vals, él dio otro paso hacia ella—. En tu cama.

Diana le dio la espalda, pero no antes que él viera derrumbarse su máscara de severidad.

—¿Cómo te atreves a insultarme así? Vamos, a una palabra mía mi primo se vería obligado a retarte en duelo.

—Pues di esa palabra —dijo él tristemente—. Prefiero morir en el campo de duelo mañana antes que pasarme el resto de mis días sólo medio vivo. Así es como me siento cuando no estoy contigo.

Diana se volvió hacia él, pestañeando rápidamente.

—Bueno, eso es simplemente tu mala suerte, ¿verdad? Porque fuiste tú, no yo, el que estropeó los once últimos años de nuestras vidas.

—Eso no es cierto, y condenadamente bien que lo sabes. Fuiste tú la que rompiste nuestro compromiso. Fuiste tú la que decidió creer un feo bocado de chismorreo en lugar de creerte al hombre que decías amar. —Movió la cabeza—. Todavía no puedo creer que hayas pensado que te había dejado por una cabeza de chorlito como Cynthia Markham.

—¡Te vi! —exclamó ella—. ¡Os vi juntos esa noche en la fiesta de lady Oakley! Te vi con ella en tus brazos, te vi besarla igual como siempre me besabas a mí.

Thane sintió que la sangre le abandonaba la cara.

—Ay, Dios —susurró—. No lo sabía.

—¿No vas a negarlo? ¿No vas a decirme que fue ella la que te besó a ti? ¿Quién sabe? Después de todos estos años, a lo mejor me siento tan sola y desesperada que te creería.

Thane cerró los ojos, golpeado por la secreta vergüenza que le había impedido defenderse ante ella todos esos años. Toda una vida de pesares pasó veloz ante ellos: los tiernos momentos que podrían haber vivido, los hijos que podrían haber tenido. Pero cuando los abrió, comprendió que ése era el único momento que importaba.

—No te voy a mentir. La besé.

—¿Por qué? —preguntó ella en un susurro, rompiéndole nuevamente el corazón con las lágrimas que brotaban de sus hermosos ojos—. ¿Por qué hiciste eso?

Él sacó un pañuelo del bolsillo superior del frac y se lo pasó.

—Porque era joven y estúpido, y estaba solo en un jardín iluminado por la luna con una jovencita que me miraba como si yo estuviera colgado de la luna. Porque me faltaban menos de dos semanas para casarme. Porque estaba medio desquiciado de amor por ti, pero aterrado por la intensidad de mis sentimientos. —Movió la cabeza, desesperado—. En el instante en que mis labios tocaron los de ella, comprendí que era un error.

Diana arrugó el pañuelo en el puño.

—Georgiana y Blanche vinieron a verme al día siguiente y me dijeron que planeabas casarte con Cynthia. Y yo, claro, les creí. ¿Cómo no iba a creerles? Había visto la prueba con mis propios ojos. No me dejaste más opción que romper nuestro compromiso antes que me lo dijeras tú. ¿De qué otra manera iba a salvar mi orgullo?

Thane le cogió el mentón y la obligó a mirarlo a los ojos.

—Puede que me hayas visto besar a Cynthia Markham en el jardín esa noche, pero te marchaste antes de verme apartarla de un empujón. No me oíste decirle que mi vida y mi corazón ya estaban prometidos a otra. —Le acarició el tembloroso labio inferior con el pulgar—. A ti.

Ella le cogió la muñeca, revelando lo mucho que deseaba creerle.

—Pero ¿por qué no viniste a decirme eso? Si me lo hubieras explicado...

—Dios sabe que debería haberlo hecho. Debería haber tirado piedras a tu ventana, echado abajo tu puerta. Debería haber gritado mi amor por ti desde todas las azoteas de Londres hasta que no te quedara más remedio que escucharme. Pero yo era poco más que un crío entonces y tu falta de fe en mí fue un golpe terrible para mi orgullo. —Bajó los ojos—. Y supongo que me avergonzaba que hubiera una pizca de verdad en ese cruel chisme.

Diana le miró atentamente a la cara, con las mejillas todavía inundadas de lágrimas.

—Parece que el orgullo y el tiempo nos han hecho tontos a los dos.

Thane la envolvió en sus brazos, abrazándola como había deseado hacer durante tantos años.

—Ahora soy mucho mayor y más sabio. Y digo, ¡al diablo el orgullo! Y en cuanto al tiempo, bueno, no tengo la menor intención de desperdiciar otro precioso segundo.

Fiel a esa afirmación, posó tiernamente los labios sobre los de ella, procurando que ella nunca volviera a tener un motivo para dudar de él.

Ya era bien pasada la medianoche cuando se marcharon los últimos invitados de Devonbrooke Hall. El baile y la cena formal que lo siguió fueron proclamados un éxito rotundo. La principal diversión llegó cuando la condesa de Rockingham levantó la tapa de una fuente y descubrió debajo a un gordo gatito negro mordisqueando el pollo que contenía. Creyendo que era una rata, la rolliza viuda lanzó un chillido y se desmayó.

Como era su costumbre, el gallardo anfitrión de la fiesta ya era la comidilla en los salones de Londres; todo el mundo hablaba de él. Pero esta vez no fueron los mariposeos del duque, ni su afición al juego ni sus duelos los que captaron la imaginación de los dados al cotilleo; fue su conmovedora adoración por su hermosa y joven esposa.

Aunque no era la moda bailar toda la noche con la propia esposa, él rehusó firmemente apartarse de su lado. Entre baile y baile, la iba presentando a sus invitados, obsequiaba a sus embelesados oyentes con la dramática historia de su primer encuentro y subsiguiente cortejo. Durante la cena hizo un brindis en su honor, con tanta ternura y elocuencia que hasta al hastiado lord Byron se lo vio limpiarse una lágrima. La pobre lady Hewitt se sintió tan agobiada por la emoción, que casi no podía hablar y tuvo que marcharse poco después.

Mientras los músicos guardaban sus instrumentos y los lacayos apagaban las velas de los candeleros y lámparas de araña, Laura se paseó por el salón, deseando que el baile hubiera continuado toda la noche, o eternamente. Una eternidad sería poco tiempo para pasarlo disfrutando del cariño que brillaba en los ojos de Sterling, de su cálido contacto. Se le escapó un pesaroso suspiro. Durante unas preciosas horas, casi había sido como si hubiera recuperado a Nicholas.

Alguien se aclaró la garganta detrás de ella. Se giró y vio a Sterling en la penumbra con Lottie dormida en sus brazos.

—La encontré acurrucada debajo de la mesa de los postres, profundamente dormida —le dijo él en voz baja.

Laura se le acercó. Colocándole un brazo en posición más cómoda a Lottie, susurró:

—La pobre se va a sentir fatal. Estaba resuelta a estar despierta toda la noche.

—Probablemente sucumbió a un exceso de dulces. George me dijo que se había quejado de dolor de estómago. Seguro que por la mañana ya se encontrará bien.

Cuando él se dio media vuelta, afirmando suavemente la cabeza de Lottie en su hombro, Laura se sintió avasallada por una repentina oleada de ternura. ¿Llevaría así a sus hijos? ¿Los pondría en sus camas y les besaría sus sonrosadas mejillas cada noche para dejarlos entregados a sus sueños?

No tenía manera de saber si lo haría. Pero debía darle una oportunidad. Se acarició el vientre. Debía hacerlo no sólo por el bien de él, ni por el bien de ella, sino por el bien del bebé aún no nacido.

—Sterling —dijo, alzando el mentón.

—¿Sí? —repuso él, girándose en la puerta.

—Después que acuestes a Lottie, ¿podría hablar un momento contigo en el estudio?

El recelo le ensombreció los ojos a él por primera vez esa noche, produciéndole a Laura una punzada de pesar. Pero no podía permitirse echarse atrás. Si esperaba hasta que él fuera a su dormitorio para intentar hablarle, no habría palabras.

—Muy bien. Volveré enseguida.

Laura se fue al estudio a esperarlo. No había entrado en el refugio de Sterling desde aquella noche en que discutieron por el regalo de cumpleaños. El hogar estaba oscuro y frío, de modo que encendió la lámpara de la esquina del escritorio. Se sentó en el sillón de orejas delante del escritorio y empezó a dar golpecitos con los pies impaciente.

Los momentos parecían alargarse, lentos. Finalmente se levantó a hacer un inquieto recorrido por la sala. La lámpara hacía muy poco para disipar la opresiva oscuridad.

—Tiene que tener unas pocas velas guardadas en alguna parte —musitó.

Pasó la mano por las librerías, pero sólo logró encontrar dos pequeños cabos de vela y una caja de cerillas vacía. Simplemente tendría que atreverse a buscar en el monstruoso escritorio. Su intención fue sentarse en el borde del sillón de Sterling, pero casi involuntariamente se fue hundiendo en la mullida y seductora comodidad del tapiz de lustroso cuero.

Así que ésa era la sensación de ser duque, pensó, contemplando la sala desde una perspectiva totalmente nueva.

Tal vez cuando llegara Sterling debería hacerlo sentarse al otro lado del escritorio. Entonces podría reclinarse en el sillón, meterse un cigarro en la comisura de la boca y explicarle que ya estaba harta de su cavilosa reserva y que sencillamente él tendría que perdonarle el ser tan tonta.

Riéndose en voz baja de su estupidez, empezó a buscar velas en los cajones del escritorio. Pronto llegó el momento en que su única esperanza estaba en el último cajón del lado izquierdo. Tiró del pomo de caoba pero el cajón se quedó atascado, como si hiciera bastante tiempo que no lo abrían. Apretando los dientes, le dio un fuerte tirón.

Libre de sus amarras, el cajón se abrió, inundando el aire con la inconfundible fragancia de azahares.

Capítulo 27

*Ruego a Dios que algún día
encuentres en tu corazón
la piedad para perdonarme.*

Cuando Sterling abrió la puerta del estudio, vio a Laura de pie detrás del escritorio, apretando contra su pecho un puñado de papeles.

Alarmado por las lágrimas que le corrían por las mejillas, echó a andar hacia ella.

—¿Qué te pasa, Laura? ¿Alguien te dijo algo cruel esta noche? Porque si alguien lo hizo te juro que...

Antes que él llegara a su lado, ella se golpeó el pecho con los papeles.

—Nunca las abriste —dijo, con voz ronca y enérgica—. Jamás leíste ni una sola palabra.

Sterling miró sus ojos angustiados y sintió entrar en su corazón una niebla mortal. No le hacía falta mirar de cerca los papeles para saber qué eran. Los olía.

Con manos suaves pero firmes, le quitó las cartas, las dejó caer en el cajón, y lo cerró con el pie.

—No tenía nada que decir que me importara oír.

—¿Cómo puedes saber eso cuando te negaste a escuchar?

Antes que Sterling pudiera impedírselo, Laura abrió el cajón nuevamente y empezó a sacar a puñados las cartas de su madre. Las fue poniendo en el escritorio hasta que el montón era tan alto que las cartas empezaron a caer al suelo.

—Todas las semanas durante los seis últimos años de su vida, esta mujer vaciaba su corazón escribiéndote. Lo mínimo que podías hacer era escucharla.

Sterling notó cómo le iba surgiendo la rabia.

—No quiero hablar de esto contigo, Laura. Ni ahora ni nunca.

—Bueno, eso es lo malo, ¿verdad? Como no soy una carta indeseada no puedes meterme en un cajón. No puedes hacerme desaparecer simplemente no haciendo caso de mí. Si hubieras podido, yo habría desaparecido en el instante en que pusimos los pies en esta maldita casa. —Abrió una de las cartas, sus manos temblando violentamente—. Mi amadísimo hijo —leyó.

—Basta, Laura. No te conviene hacer esto.

Ella lo miró desafiante, y continuó leyendo:

—Se aproxima el invierno y los días se están acortando, pero empiezo y termino cada uno de ellos pensando en ti. Pienso en cómo estarás pasando este frío otoño y en si serás feliz.

Sterling apoyó la cadera en el borde del escritorio y se cruzó de brazos.

—Si mi felicidad hubiera sido tan importante para ella, creo que no habría estado tan ansiosa por venderme al mejor postor.

Laura rompió el sello de otra carta.

—Mi amadísimo Sterling, anoche volví a soñar contigo, no como el niño que recuerdo sino como un hombre cuyo hermoso rostro y excelente carácter me hinchó el corazón de orgullo.

—Caramba, todo un sueño ése, ¿no? —se burló él—. Si hubiera visto la realidad se habría llevado una buena decepción.

Sin hacerle caso, ella desplegó otra carta.

—Mi queridísimo hijo —leyó—. Perdona mi horrible letra, por favor. Parece que el láudano que tomo para aliviar el dolor me atonta la mano y la mente también.

Sterling se enderezó.

—No, Laura —dijo suavemente—. Te advierto que...

—No desperdicies tu compasión en mí —continuó leyendo ella con voz firme, a pesar de las lágrimas que empezaron a correrle nuevamente por las mejillas—. Morir no será algo tan terrible, sólo sería terrible si muriera sin ver tu preciosa cara una última vez.

—¡Maldita sea, mujer, no tienes ningún derecho! —Le arrancó la carta de las manos, la arrugó hasta convertirla en una bolita y la arrojó al hogar—. No era tu madre. ¡Era la mía!

Laura apuntó hacia el hogar con un dedo tembloroso.

—Y esas fueron las últimas palabras que te escribió. ¿Estás seguro que deseas arrojarlas como si no fueran otra cosa que basura?

—¿Y por qué no? Eso fue lo que ella hizo conmigo, ¿no?

—¿Y tu padre? Nunca he logrado comprender por qué la culpas a ella y no a él.

—¡Porque era ella la que tenía que amarme! —rugió Sterling.

Se miraron fijamente un largo rato, los dos temblando y resollantes. Después Sterling fue hasta la ventana y se quedó allí contemplando la noche, consternado por su fallo en autodominarse. Cuando volvió a hablar, lo hizo con voz enérgica y tranquila.

—Mi padre escasamente toleraba mi compañía. Me habría vendido por treinta monedas de plata a cualquier grupo de gitanos que pasara por ahí, si con eso tenía para comprar una botella de oporto o para pasar otra hora en las mesas de juego. —Se volvió lentamente a mirarla—. Puede que haya sido él el que me vendió, pero fue ella la que se lo permitió. No logro entenderlo. Y no puedo perdonarle algo que no logro entender.

Laura cogió un puñado de cartas y se las tendió, con expresión suplicante.

—Pero ¿es que no lo ves? Estas cartas podrían servirte para entender. Si las leyeras, tal vez lograrías comprender lo impotente que la hacía sentirse tu padre, cómo la convenció de que tu tío podía darte un futuro que ella no podría darte jamás. Y cuando ya estuvo hecho todo y comprendió que había sido un terrible error, tu padre no le permitió que se comunicara contigo de ninguna manera. Rompía las cartas antes que ella pudiera enviarlas. La convenció de que tú estabas mejor sin ella, que ella ya no tenía ningún lugar en tu vida. Le llevó años encontrar el valor para volver a escribirte.

—Mi padre murió hace ya más de diez años. Y en todo ese tiempo ella no intentó verme ni una sola vez.

—¿La habrías recibido? —le preguntó ella, alzando el mentón.

—No lo sé —reconoció él.

—Ella tampoco lo sabía. Y creo que no hubiera podido soportarlo si la rechazabas. —Se le acercó un poco—. Y aunque ella hubiera intentado impedir que tu padre te entregara en adopción a Granville Harlow, ¿qué poder tenía? No tenía ningún poder legal. Era sólo una mujer atrapada en un mundo de hombres, un mundo creado por hombres iguales que tú y tu padre.

—No soy como mi padre —replicó él.

Laura hizo una inspiración profunda.

—Tal vez tengas razón. Según Diana, cada día que pasa te pareces más a tu tío.

Sterling se sentó en el alféizar de la ventana, soltando un bufido de risa amarga.

—¿Tú también, Bruto? —musitó en voz baja.

—Tu madre cometió un error terrible, Sterling. Y se pasó el resto de su vida pagándolo.

—¿Pagándolo ella? ¿O yo? —Se pasó la mano por el pelo—. Nunca le he dicho esto a ningún alma viviente, pero ¿sabes lo que hizo, que es lo único no perdonaré jamás?

Laura negó con la cabeza.

—Ese día, cuando comprendí lo que habían hecho ella y mi padre y me estaba preparando para salir por la puerta con mi tío, ella se arrodilló y me abrió los brazos. Era la última vez que la vería, y sin embargo pasé junto a ella sin decir ni una sola palabra. —Aunque ella estaba a sólo la distancia de una mano, él tenía clavada la vista en la alfombra, evitando mirarla—. He revivido ese momento en mil sueños, pero siempre acaba igual. Paso junto a sus brazos abiertos, y entonces despierto con el sonido de su llanto. —Levantó la cabeza y la miró a los ojos—. Eso es lo único que no perdonaré jamás. ¡Jamás!

—Pero ¿a quién no puedes perdonar, Sterling? ¿A ella? —Levantó la mano y le acarició la mejilla—. ¿O a ti?

Él le cogió la muñeca y le apartó suavemente la mano de su cara.

—La verdad es que no veo que eso importe.

Dejándola ahí, volvió al escritorio y empezó a meter las cartas en el cajón.

Laura lo observó, con la cara pálida y tensa.

—¿Te has preguntado alguna vez por qué guardabas las cartas de tu madre si no tenías ninguna intención de leerlas?

Sterling no contestó. Se limitó a recoger las cartas que habían caído al suelo y a tirarlas dentro del cajón encima de las otras.

—Puede que el Diablo de Devonbrooke no sea capaz de perdonarla —dijo ella—, pero apuesto a que Nicholas Radcliffe sí.

—No existe ningún Nicholas Radcliffe. Ése sólo fue un producto de tu imaginación.

—¿Estás seguro? Tal vez era el hombre que habrías sido tú si te hubieras criado en Arden Manor, seguro del amor de tu madre. Tal vez era el hombre que todavía podrías ser si lograras encontrar una migaja de piedad en tu corazón, para ella, para ti. —Laura tragó saliva, con nuevas lágrimas brotando de sus ojos—. ¿Para mí?

Aunque Sterling comprendió instintivamente que esa sería la última vez que ella se tragaría el orgullo para suplicar su perdón, la última vez que lloraría por él, dejó caer la última carta en el montón y lo cerró firmemente.

Laura cerró los ojos. Cuando volvió a abrirlos, los tenía secos.

—Le destrozaste el corazón a tu madre —dijo dulcemente—. No permitiré que me destroces el mío.

Después que ella salió, Sterling giró su sillón, sintiéndose incapaz de soportar seguir mirando la puerta por la que ella acababa de salir. Su mirada cayó en la única carta que no había metido en el cajón, la carta que estaba arrugada y sola en la rejilla del hogar.

Debería encender el fuego, pensó, furioso. Debería arrojar todas las cartas en las llamas y verlas arder. Reprimiendo una maldición, fue a recoger la carta de las frías cenizas.

Abrió el cajón, decidido a ponerla con las otras. Pero algo le detuvo la mano. Podría haber sido una suave bocanada de aroma a azahar o la impresión de ver el deterioro de la letra suavemente redondeada de su madre los últimos días de su vida.

Le tembló la mano al desarrugar la carta, alisándola sobre el secante de su escritorio. Estaba fechada el 28 de enero de 1815, sólo cinco días antes de que muriera.

Mi queridísimo hijo:

Perdona mi horrible letra, por favor. Parece que el láudano que tomo para aliviar el dolor me atonta la mano y la mente también. No desperdicies tu compasión en mí. Morir no será algo tan terrible, sólo sería terrible si muriera sin ver tu preciosa cara una última vez.

Hice las paces con mi Hacedor hace mucho tiempo, así que no tengo ningún miedo de mi futuro. Me considero bendecida entre las mujeres porque tuve el privilegio de ser tu madre, aunque sólo fuera por unos pocos y cortos años.

La voz de su madre era tan clara que igual podría estar de pie detrás de su hombro. Se pellizcó el puente de la nariz, agradeciendo que su tío le hubiera quitado las lágrimas a varillazos.

Nunca nos despedimos como era debido, y no tengo ninguna intención de despedirme ahora. Aunque he estado privada de tu dulce compañía la mayor parte de esta vida, tengo la esperanza de poder cuidar de ti desde el cielo; de poder enviarte sol para abrigarte un frío día de invierno y pasar mi mano invisible por tu frente cuando estés cansado y el día sea largo.

Dondequiera te lleve esta vida, sabe que yo iré detrás. Y si no puedo, entonces enviaré a uno de los ángeles de Dios en mi lugar.

Sterling se echó a reír a su pesar.

—Y sí que me enviaste un ángel, mamá. Uno vengador.

En todo lo que esté en mi poder, me encargaré de que nunca camines solo. Ni en esta vida, ni en la próxima. Mis manos pueden estar temblorosas, pero mi corazón está firme, y es con este corazón que te hago esta última promesa, promesa que trataré de cumplir durante toda la eternidad.

Tu madre siempre amante,
Eleanor Harlow

Sterling pasó la yema del dedo por la firma desfigurada por el temblor de la mano. Estaba ligeramente manchada, como si hubiera caído una lágrima que ella se apresuró a secar.

—Trataste de cumplir tu promesa, ¿verdad? —susurró.

Laura estaba equivocada. Él no le destrozó el corazón a su madre, después de todo. Al final, su corazón estaba lo bastante fuerte y fiel para sobrevivir a todas las desilusiones de su vida, incluso a su indiferencia.

Dobló suavemente la carta y la dejó a un lado. Haciendo una temblorosa inspiración, bajó la mano y abrió lentamente el cajón. Pasado un momento de vacilación, eligió una de las cartas de encima del montón, rompió el sello, se acomodó en su sillón y empezó a leer.

Cuando el duque de Devonbrooke salió disparado del estudio a la mañana siguiente, chocó con una joven criada pecosa, que cayó al suelo de espaldas lanzando un asustado chillido y soltando el fregasuelos que llevaba en la mano.

—Ay, excelencia, perdone, lo siento tanto. No sabía que estaba ahí.

Estaba tratando de levantarse cuando él le cogió el brazo y la puso de pie.

—No hay por qué disculparse, querida. Fui yo el torpe, no tú.

Le puso el fregasuelos en la mano y continuó su camino. Al cabo de un instante miró atrás por encima del hombro y la vio mirándolo fijamente con los ojos redondos como platos.

Era comprensible, supuso. Aunque todavía vestía el atuendo formal que se puso para la fiesta, éste dejaba mucho que desear. La corbata le colgaba suelta del cuello, y se había quitado el frac. Se había pasado los dedos por los cabellos, pero en lugar de peinarlos los había dejado más revueltos que nunca. Pero estaba seguro que lo más desconcertante de él era su sonrisa; una sonrisa que no lograba reprimir por mucho que lo intentara. Después de verlo abatido durante semanas, con un ceño fruncido por toda expresión, ¿era de extrañar que la pobre muchacha pensara que se había vuelto loco?

Aunque ya era casi media mañana, no había nadie en el vestíbulo y la casa estaba extrañamente silenciosa, más o menos como cuando vivía su tío. En ese momento se dio cuenta de lo mucho que se había acostumbrado al alegre caos formado por las peleas entre Lottie y George, las palabrotas de Dower y los cantos de Cookie ajetreada en la cocina. Todos debían estar metidos en sus camas, durmiendo los efectos del baile.

Estaba a medio camino por la escalera cuando sintió los rápidos pasos de Addison en el suelo de mármol abajo.

—¡Excelencia! —gritó el mayordomo, con un extraño dejo de urgencia en su sonora voz—. Tengo que hablar con usted, señor.

—Lo siento, Addison, no tengo ni un minuto. Ya he perdido bastante de mi precioso tiempo.

—Pero milord. Ocurre que…

—Después —canturreó Sterling por encima del hombro y echó a andar por la galería en dirección al ala este.

En su mente resonaba un trocito de una de las cartas de su madre: «Mi pequeña Laura está cada día más hermosa, pero sigue inquietándome su futuro. Creo que no se contentará con un simple afecto mientras anhele esa pasión abrasadora con que todas las mujeres sueñan pero jamás encuentran».

Lo sorprendió encontrar a los perros moviéndose inquietos pegados a la puerta del dormitorio de Laura. Cuando estaba cerca, Calibán empezó a gimotear, mientras Cerbero levantaba su enorme pata para golpear la puerta.

—¿Qué pasa, muchachos? —les preguntó, desconcertado—. Lo comprendería si me dejara fuera a mí, pero vosotros no os merecéis ese destino.

Movió el pomo y descubrió que la puerta no estaba cerrada con llave. Cuando la abrió, los perros pasaron como un rayo junto a él y empezaron a dar vueltas por la habitación, oliscándolo todo.

Cuando pasó la vista por la habitación desierta, mudo de incredulidad, sintió la tentación de hacer lo mismo; al parecer, lo único que quedaba de Laura era su olor. Habían despojado la habitación de todo lo demás que pertenecía a ella, dejándola sin ninguna señal de que hubiera sido ocupada.

A excepción del papel de cartas doblado que descansaba en medio de la colcha de satén.

Cuando lo desplegó, de mala gana, recordó la primera vez que viera la osada letra de su mujer, cuando le escribió para informarlo de la muerte de su madre. Aunque no quiso reconocerlo, ya entonces había encontrado su voz imposible de resistir.

Querido Sterling:

No tengo manera de saber si leerás esto o simplemente lo encerrarás en el cajón del escritorio donde guardas tu corazón.
No se puede negar que me porté mal contigo. Aunque podría estar dispuesta a continuar pagando mis pecados el resto de mi vida, creo que no es justo pedirle a mi hijo no nacido que participe en esa penitencia.

La habitación comenzó a girar, de modo que comprendió que debía sentarse. Pero erró el cálculo y en lugar de sentarse en el borde de la cama cayó sentado violentamente en el suelo. Apoyó la cabeza en la cama, hizo una profunda inspiración y continuó leyendo:

Parece que los dos somos dignos de encomio por haber cumplido con nuestro deber. Puesto que tus atenciones ya no serán necesarias, he decidido retirarme a Arden Manor, para pasar allí mi embarazo. Dado que tu único motivo para casarte conmigo fue adquirir un heredero, supongo que una hija será de poco interés para ti.

Una hija, pensó, algo aturdido, pasándose la mano por la boca. Una niñita de pelo oscuro y carita pecosa que se arrojaría a sus brazos para colgarse de su cuello con los bracitos regordetes. Una soñadora de ojos alegres, tan inocente para creer que con sólo un beso podría despertar a un príncipe durmiente.

He de advertirte que en el caso de que nos nazca un varón, no permitiré que se críe en una casa mausoleo con un ogro frío e insensible por padre. Se criará aquí en Arden, rodeado de sol y gatitos. Tendrá a su irrefrenable tía Lottie para adorarlo y a su devoto tío George para enseñarle a hacer trampas en el whist. Cookie lo atiborrará de bollos calientes y cuando tenga edad, Dower le enseñará a maldecir como un hombre.

Le pondré Nicholas y lo criaré para que sea el hombre que podrías haber sido tú si el mundo y tu tío no te hubieran envenenado el alma.

Y nadie, ni siquiera tú, me lo arrebatará jamás.

—Así se habla, muchacha —musitó Sterling, sorprendido al sentir mojadas las mejillas.

Te ruego que no te enfades con Diana ni con los criados por no haberte alertado de nuestra partida. Como ciertamente sabes, Dower es muy ocurrente e ingenioso cuando hace falta. A pesar de nuestras diferencias, continuaré siendo

Tu amante esposa
Laura

Sterling besó la carta.

—Si yo tengo voz y voto en esto, ciertamente continuarás siéndolo.

Se levantó y salió corriendo de la habitación, llamando a voz en cuello a su prima.

Capítulo 28

Pero aunque ese día no llegue nunca,
sabe que siempre te amaré.

Cuando Sterling llegó al ala norte, un sonido muy extraordinario hizo más lentas sus largas e impacientes zancadas. Apoyó el oído en la puerta de la suite de Diana, pensando si la falta de sueño no le habría deteriorado los sentidos. Pero no, volvió a oír ese sonido.

Diana se estaba riendo. Su seria prima, cuya sonrisa era tan excepcional y preciosa como una rosa florecida en invierno, se estaba riendo, ¡riendo! Entonces llegó a sus oídos un sonido aún más sorprendente: la voz grave y ronca de un hombre.

Demasiado pasmado para pensar, simplemente levantó el pie y abrió la puerta de una patada.

Diana se incorporó bruscamente en la cama, tapándose los pechos con la sábana; sus oscuros cabellos le caían sueltos alrededor de sus blancos hombros.

—Qué distracción la mía —dijo con educada mordacidad—. No debí oírte golpear.

Junto a ella en la cama, con los ojos desorbitados, Thane parecía estar dudando entre esconderse debajo de las mantas o dar un salto para salir por la ventana.

—¿Estás armado?

—No en este momento —replicó Sterling—. Aunque podría llamar a Addison para que me traiga mi pistola si lo crees necesario.

Thane levantó una mano apaciguadora.

—No nos precipitemos. No hay ninguna necesidad de que me retes a duelo. Te aseguro que mis intenciones hacia tu prima son absolutamente honrosas.

Sterling paseó la mirada por la ropa esparcida por todo el suelo, las ropas de cama arrugadas, el revelador rubor de las mejillas de Diana.

—Sí, eso ya lo veo.

—Estaba tratando de convencerlo de que nos fugáramos a Gretna Green —le explicó Diana, reclinándose en los almohadones con una sonrisa felina.

—¡Y yo no quiero oír hablar de eso! —exclamó Thane, tan ofendido que pareció olvidarse de la presencia de Sterling—. Después de todos los años que me has hecho esperar, me debes una boda como es debido. Quiero que todos los chismosos y traficantes de escándalos de Londres vean qué hermosa estás de novia.

—Pero no creo que pueda esperar un día más para convertirme en tu esposa.

Mientras los dos se frotaban las narices, poco menos que haciéndose arrumacos, Sterling miró hacia el cielo poniendo los ojos en blanco.

—Laura se marchó. Me ha abandonado.

Thane y Diana intercambiaron una mirada de complicidad.

—Lo encuentro muy comprensible —dijo Diana.

Thane se encogió de hombros.

—Sólo era cuestión de tiempo, ¿verdad?

Exasperado porque no demostraban ninguna inquietud, Sterling añadió.

—Está embarazada de un hijo mío.

Diana ladeó la cabeza.

—¿Por eso la quieres de vuelta?

—¡No! —ladró él, con el corazón demasiado lleno como para pensar otra respuesta.

Diana agitó las manos hacia él.

—Entonces, ¿por qué estás perdiendo tiempo hablando con nosotros? ¡Ve tras ella! ¡Ve!

Sterling le hizo un guiño a su prima y luego miró con expresión amenazadora a su mejor amigo.

—Te sugiero que os fuguéis, Thane. Porque si no estáis casados cuando yo vuelva, me temo que me veré obligado a meterte un tiro.

Cuando tiró de la puerta para cerrarla sobre los goznes sueltos, lo último que vio fue la sonrisa triunfal de Diana.

• • •

Sterling Harlow iba de regreso a su casa.

Los setos vivos y las cercas pasaban volando a su lado, sus brillantes hojas y sus erosionadas piedras doradas por la luz del sol poniente. El azul del cielo iba llenándose lentamente de manchones rosa y dorado, bordeados por una cinta de intenso color púrpura.

A medida que el día avanzaba hacia su fin, el calor del verano parecía irse con él. Pero Sterling hacía pasar tan rápido a su caballo por las bolsas de aire frío que casi no lo sentía. No tenía ningún motivo para temer el inminente otoño. Pensaba pasarlo calentándose los pies junto al hogar del acogedor salón de Arden Manor, viendo crecer el vientre de su hermosa esposa.

Si ella lo aceptaba, claro.

Pero antes de ir a casa a descubrir eso, tenía que hacer otro alto en el camino.

Cuando llegó al patio de la iglesia Saint Michael, las sombras del crepúsculo ya avanzaban rápido. Amarró las riendas del caballo en la puerta del camposanto y echó a andar por entre las lápidas inclinadas hasta llegar a la tumba de su madre.

Aunque Laura no podía haber llegado a casa sino unas pocas horas antes, al pie de la lápida había un ramo de azahares frescos amorosamente puesto.

Hincando una rodilla en el suelo, lo cogió y se lo llevó a la nariz; con una honda inspiración, aspiró su conocida fragancia.

El ángel de alabastro que montaba guardia sobre la tumba lo miraba con ojos astutos. Dejando el ramo en su lugar, pasó suavemente la yema del dedo por la inscripción.

«Eleanor Harlow, amada madre».

Inclinó la cabeza, libre al fin para llorar no sólo los años que se perdieron debido a la codicia y doblez de su padre sino también por aquellos perdidos por su propio orgullo. Se acordó de cuando estaba de rodillas en la iglesia al lado de Laura y fingía rezar aunque sabía que no había nadie escuchándolo. Pero aún sabiendo ya que había alguien escuchando, no encontraba las palabras para expresar lo que tanto necesitaba decir. Así pues, sencillamente continuó de rodillas ahí, su espíritu hecho un torbellino y su corazón vacío.

Hasta que pasó por su frente una mano invisible, moviéndole los cabellos aunque no soplaba brisa.

Ahogó una exclamación al sentirse inundado por una tremenda

sensación de paz, que llenó los espacios vacíos de su corazón. Cuando levantó la cabeza, le pareció nada menos que milagroso ver a Laura a unos cuantos palmos de él bajo la oscura sombra de un viejo roble.

Se puso de pie lentamente.

—¿Cómo supiste que vendría?

—No lo sabía —repuso ella dulcemente.

—Leí las cartas, ¿sabes? —dijo él, haciendo un gesto hacia la tumba.

—¿Todas?

—Todas las trescientas dieciséis.

—Fue mucha perseverancia.

—Sí —dijo él, metiéndose las manos en los bolsillos—. Creía que yo había vivido lo bastante para haber aprendido una lección importante. Pero no la había aprendido. Hasta ahora.

—¿Y qué lección era ésa? —preguntó Laura, con ojos recelosos.

—Que a veces las personas hacen todas las cosas incorrectas por todos los motivos correctos.

—¿Por eso has venido? —preguntó Laura, tratando de no revelar amargura en su voz, sin conseguirlo del todo—. ¿Para decirme que has decidido graciosamente perdonarme?

—No, a suplicarte que me perdones.

Ella movió la cabeza, absolutamente incrédula.

—¿Que te perdone qué?

Él echó a caminar hacia ella, ya incapaz de resistir la tentación.

—El tener demasiado orgullo y tan poca sensatez. El mentir acerca de mis motivos para casarme contigo. El fingir que lo único que deseaba de ti era un heredero cuando la verdad es que no podía soportar que salieras de mi vida. El haberte hecho mi esposa y tratado como a una amante. —Al ver brotar lágrimas en sus hermosos ojos castaños, le cogió la cara entre las manos—. El no querer reconocer que tu ridícula farsita fue lo mejor que me ha ocurrido en mi vida y que probablemente no sólo me salvó la vida sino también el alma. —Le rozó la pecosa mejilla con los labios, deseando poder borrarle con besos todas las lágrimas que la había hecho derramar, todas las lágrimas que derramaría el resto de su vida—. Pero por encima de todo, el no haber tenido el valor para decirte lo mucho que te quiero, lo mucho que te amo.

Ella se apartó, giró sobre sus talones y empezó a alejarse. Sterling tuvo que hacer un enorme esfuerzo para no ponerse a llorar a gritos. Contempló su espalda rígida y apretó los puños con fuerza para no correr a abrazarla otra vez.

—Si no encuentras en tu corazón la piedad para perdonarme, lo comprenderé. No me lo merezco.

Ella se giró a mirarlo.

—Una vez me dijiste que había una cosa que no perdonarías jamás.

Antes que él se diera cuenta de lo que iba a hacer, ella le abrió los brazos, tal como hiciera su madre hacía tantos años.

Sin dudarlo un instante, Sterling corrió a arrojarse en ellos, estrechándola fuertemente contra él y hundiendo la cara en sus sedosos cabellos.

—Dios mío, Laura, creo que no podría haber esperado ni un momento más para verte, para acariciarte. Cuando te vi allí, fue como un milagro. —Agitó la cabeza—. Si no hubieras venido a dejar las flores...

—¿Las flores? —repitió Laura, visiblemente perpleja. Echó atrás la cabeza, sin soltarle los brazos—. Yo no traje flores. Vine a esperarte. Pensé que las flores las habías traído tú.

Se miraron pasmados un momento y luego se giraron al mismo tiempo a mirar el ramo posado sobre la tumba de su madre. En ese momento sopló una tibia brisa por el camposanto haciendo revolotear los delicados pétalos por el aire.

Sterling se echó a reír, cogió en sus brazos a Laura y la hizo girar en volandas.

—Cumplió su promesa, ¿verdad? Me prometió que se encargaría de que jamás caminara solo.

Laura le sonrió con los ojos llenos de lágrimas de alegría.

—Y nunca caminarás solo, cariño. Porque siempre estaré contigo para amarte.

Mientras la celestial fragancia de los azahares revoloteaba alrededor de ellos, sus labios se unieron en un beso que ninguno de los dos olvidaría jamás.

Epílogo

A sus cuatro añitos, Nicholas Harlow, el futuro duque de Devonbrooke, sabía ser un diablillo; sobre todo cuando su hermanita de cinco años no hacía su voluntad.

Los dos estaban en el patio mirándose fijamente, la nariz pecosa de él casi tocando la nariz respingona de ella.

—Tienes que hacer todo lo que yo digo —proclamó él, quitándose un oscuro mechón de los ojos—. Poque soy el hedero de mi papá y un día voy a sed duque.

Ellie se plantó las manos en las caderas, agitando sus rizos dorados.

—Papá ya es el duque y mamá no hace todo lo que él dice. Además, puedes ser el hedero de mi papá, pero yo soy la Beldad Incomparable de la familia. Tita Lottie lo dice.

Entonces ella le sacó la lengua y él golpeó el suelo con el pie, soltando una tremenda sarta de palabrotas. Afortunadamente nadie podía entenderlas, porque junto con las palabras había cogido la enrevesada pronunciación de Dower.

—¡Eleanor! ¡Nicky!

Al oír la voz de su madre, los dos se giraron y vieron a sus padres sentados en el pórtico de atrás; habían visto y oído todo.

El papá les hizo un guiño, con cara tan inocente como la gorda gata amarilla que dormitaba a sus pies sobre los adoquines.

—Cookie acaba de sacar del horno una tanda de bollos.

Los niños se miraron alarmados y echaron a correr en dirección opuesta a la casa.

—¡Eso fue cruel! —dijo Laura, golpeándole el brazo—. Ahora tendrás que comértelos tú.

La perversa sonrisa de él se desvaneció.

—Ah, no había pensado en eso.

Laura suspiró encantada, contemplando a sus hijos retozar por el prado iluminado por el sol, seguidos por dos regordetes cachorros de mastín que trataban de mordisquearles los talones.

—Son exactamente lo que siempre deseaste, ¿verdad? Un niño y una niña.

—Eso era lo que deseaba Nicholas Radcliffe. Yo deseaba media docena. —La miró con una sonrisa provocativa—. Para empezar.

Ella le tironeó un mechón.

—Si es así, milord, entonces te convendrá ser más diligente en tus deberes.

Él la colocó sobre sus rodillas y le mordisqueó tiernamente el cuello.

—Si fuera más diligente, ya tendríamos una docena de bebés.

Laura le rodeó el cuello con los brazos.

—Eso sería toda una proeza, puesto que sólo llevamos seis años casados. —Movió la cabeza—. Cuesta creer que George vaya a empezar su primer año en Cambridge este otoño. Y ahora que Lottie ha cumplido la excelsa edad de dieciséis años, está contando los días que faltan para la temporada en Londres que le prometiste.

Sterling se echó a temblar.

—Me horroriza la idea de soltarla sobre esos desventurados cachorros. No sería una proposición tan aterradora si la traviesa sargentita no hubiera resultado ser una Beldad Incomparable después de todo.

—Sencillamente tienes que encontrarle un marido que le impida meterse en dificultades.

—No te preocupes —le aseguró él solemnemente—. Serás la primera en saberlo si encuentro a un confiado posible novio inconsciente en el viejo robledal.

Riendo, Laura hizo un desganado ademán de desprenderse de sus brazos.

—Eres un verdadero diablo.

—Eso es lo que dicen. —Sterling le acarició la mejillla, suavizando su pícara expresión hasta dejarla en una maravillada—. Pero de todas maneras eso no explica que Dios haya decidido bendecirme con mi ángel y mi rinconcito de cielo en Hertfordshire.

Cuando se apoderó de sus labios en un beso fiero y tierno a la vez, la gata amarilla frotó la cabeza contra sus tobillos entrelazados, ronroneando como loca.

Laura apoyó la cabeza en el hombro de Sterling.

—Tu madre me dijo una vez que todos los gatitos de Lottie descienden de una única madre gata. ¿Sabías eso?

—Sí —dijo Sterling en voz baja, sintiendo que se le formaba un nudo en la garganta al bajar la mano para hundir los dedos en el suave pelaje de la gata—. Creo que sí.

Acerca de la autora

Recientemente, la novelista Teresa Medeiros, cuyos libros están en la lista de bestsellers de *USA Today* y *Publishers Weekly*, fue elegida una de las Top Ten Favorite Romance Authors por la revista *Affaire de Coeur* y ganó el Choice Award de los críticos de *Romantic Times* para la Mejor Novela Histórica de Amor y Risa. Ex chica del ejército y enfermera titulada, escribió su primera novela a los 21 años, y ha continuado escribiendo, ganándose los corazones de críticos y lectores por igual. Autora de trece novelas, Teresa vive en Kentucky con su marido y dos gatos. Los lectores pueden visitar su website en www.teresamedeiros.com.